A HISTÓRIA NÃO CONTADA

MONICA ALI

A HISTÓRIA NÃO CONTADA

Tradução de Ana Deiró

Rocco

Título original
UNTOLD STORY

Esta é uma obra de ficção. Nomes, personagens, lugares e incidentes são produtos da imaginação da autora, foram usados de forma fictícia. Qualquer semelhança com acontecimentos reais ou localidades, ou pessoas, vivas ou não, é mera coincidência.

Copyright © 2011 *by* Monica Ali

Todos os direitos reservados.
Nenhuma parte desta obra pode ser reproduzida no todo ou em parte sob qualquer forma.

Direitos para a língua portuguesa reservados com exclusividade para o Brasil à
EDITORA ROCCO LTDA.
Av. Presidente Wilson, 231 – 8º andar
20030-021 – Rio de Janeiro – RJ
Tel.: (21) 3525-2000 – Fax: (21) 3525-2001
rocco@rocco.com.br
www.rocco.com.br

Printed in Brazil/Impresso no Brasil

Diagramação: Fatima Agra

Preparação de originais: Luciana Dias

CIP-Brasil. Catalogação na fonte.
Sindicato Nacional dos Editores de Livros, RJ.

A39h Ali, Monica, 1967-
   A história não contada/Monica Ali; tradução de Ana Deiró. – Rio de Janeiro: Rocco, 2012.

   Tradução de: Untold story
   ISBN 978-85-325-2750-9

   1. Romance inglês. I. Cardoso, Ana Lúcia Deiró. II. Título.

12-0836   CDD – 823
                  CDU – 821.111-3

Para M.M.S.

CAPÍTULO UM

*A*lgumas histórias são destinadas a nunca serem contadas. Algumas só podem ser contadas como contos de fadas.

Era uma vez três amigas que ofereceram uma festa para uma quarta, que ainda estava ausente quando a primeira garrafa de Pinot Grigio foi esvaziada. Acompanhem-me agora numa caminhada até o quintal dos fundos da elegante casa de subúrbio, nesta rua na área central da cidade, com casas amplamente espaçadas, passando pelas bicicletas das crianças e pelo bastão de beisebol, estacionados no cetim verde do gramado, e, subindo até o brilho suave da janela da cozinha, deem uma olhada no interior. Três mulheres, uma morena, uma loura e uma ruiva – todas na flor da idade, naqueles anos tênues em que a meia-idade é mantida cuidadosamente à distância. Lá estão elas, sentadas à mesa, inocentes na sua fantasia, ignorantes da história, ingenuamente inspirando e expirando.

– Onde está Lydia? – pergunta Amber, a loura. Ela é pequenina e elegante. Feições delicadas, vestido com gola Peter Pan, unhas pintadas à francesinha. – Onde ela pode estar?

– Vamos dar um tempo nos sanduíches, certo? – pergunta Suzie, a amiga morena. Ela não teve tempo de se trocar antes de vir. Na camiseta, uma mancha de molho bolonhesa que preparou apressadamente e deixou para as crianças e a babá comerem. – Estas Ruffles são de baixa caloria? Esqueça, nem vou provar. – Ela afasta a tigela de chips para longe.

– Será que eu deveria ligar de novo? – pergunta Amber. – Já deixei três recados. – Ela fechou sua loja de roupas uma hora mais cedo para ter certeza de ter tudo pronto na hora certa.

A ruiva, Tevis, tira um pequeno cristal em forma de falo do bolso e o coloca sobre a mesa. Então diz:

– Tive uma premonição esta manhã.

– Você já foi a um médico para ver isso? – pergunta Suzie. Vestida com suas calças cáqui favoritas e uma camiseta manchada, ela senta como homem, o tornozelo direito sobre o joelho esquerdo. Dá uma piscadela para Amber.

– Vocês podem zombar quanto quiserem – diz Tevis. Ela veio direto do trabalho. Em seu terninho, com o cabelo preso em um coque apertado e franzindo os lábios, parece quase formal, o oposto de como gostaria de ser vista.

– Não estamos zombando – diz Amber. – Era a respeito de Lydia?

– Não especificamente – diz Tevis, num tom muito típico seu. Ela junta as mãos em concha em cima da pedra.

– Você leva isso com você para onde vai? – pergunta Suzie. Seu cabelo é escuro como berinjela, um toque arroxeado, e tem aquele brilho de cabelo recém-pintado. Tira uma cenoura da geladeira e a descasca direto sobre a mesa, posta com bonitas peças de louça, rosas vermelhas e cor-de-rosa pintadas à mão, e xícaras e pires de fina porcelana com asas pequeninas, do tipo que nos obriga a dobrar o dedo mínimo, exatamente como em um chá formal inglês. – Não se preocupem, eu vou limpar tudo.

– Acho bom – diz Amber, mas estende a mão e recolhe as cascas ela mesma. Se Lydia entrar naquele segundo, tudo deve estar perfeito. Ela se sente culpada por ter mandado Serena e Tyler para a casa de amigos, quando eles queriam ficar e desejar feliz aniversário a Lydia. Será que ela não teria preferido ver as crianças em vez de ter tudo impecavelmente arrumado? Amber enfia o cabelo atrás das orelhas e puxa um fio solto da manga. – Por favor, diga que não foi a respeito dela.

– Minha Nossa Senhora! – diz Suzie. – Ela deve ter tido que trabalhar até mais tarde. Você sabe como adora aqueles cachorros.

– Por que ela não está atendendo ao telefone? – pergunta Amber.

– Eu não embrulhei o presente. Vocês acham que ela vai se importar? – Suzie morde a ponta da cenoura crua com os dentes da frente. Eles são fortes e brancos, mas irregulares.

– Não estou tentando deixar ninguém preocupado – diz Tevis. Ela põe o cristal de volta no bolso do paletó feito sob medida. Tevis é corretora de imóveis e precisa estar sempre elegante. Mas ela não é assim, o trabalho é, como ela mesma já ressaltou inúmeras vezes. Mas aquela é uma cidade cheia de céticos, gente que compra todo aquele fandango de imóveis de tijolos e alvenaria caiados de branco em vez de mandar limpar seus chacras.

— Falando sério – diz Suzie –, não está mesmo. – Ela adora Tevis, que não tem filhos, então costumam falar sobre outros assuntos. Suzie tem quatro filhos e, depois de falar deles e dos filhos de outras mães, está na hora de ir para casa e arrumar as mochilas com o equipamento de esporte para o dia seguinte. O fato de Tevis não ter filhos fazia com que as outras sentissem um pouco de pena dela, e também de inveja. Provavelmente era a mesma coisa que ela sentia em relação às outras. Podia ser sonhadora ou intensa em uma estranha combinação das duas coisas. E era divertido implicar com ela.

— Vocês se lembram do que aconteceu da última vez? – pergunta Tevis.

— Da última vez o quê? Que você teve uma premonição? É a respeito de Lydia ou não? – Amber tem certeza de que conhece Lydia melhor que as outras. Tornou-se amiga dela antes, agora já faz quase três anos.

— Eu não sei – diz Tevis. – É apenas um mau pressentimento. Senti logo de manhã, quando saí do chuveiro.

— Eu também tive um mau pressentimento quando saí do chuveiro esta manhã – diz Suzie. – Tive a sensação de que iria comer uma caixa inteira de Pop-Tarts de café da manhã.

— Afinal, quanto tempo ela está atrasada? Deus do céu, uma hora e meia. – Amber olha melancolicamente para os garfos de prata para bolo abertos em leque próximo ao centro da mesa. Estavam quase pretos quando ela os encontrou numa loja de antiguidades perto de Faifax, mas ficaram lindos depois de uma boa limpeza.

— E adivinhem só – disse Suzie –, eu comi. A porcaria da caixa inteira.

Tevis tira o paletó.

— O ar sempre fica assim antes de uma tempestade.

— O quê? – diz Suzie. – Está uma noite linda, você não está mais em Chicago.

— Estou só comentando – diz Tevis. Ela encara Suzie.

— Ora, Tevis, pare com isso, não tente nos deixar assustadas. – Os sanduíches de pepino estão começando a se curvar nas pontas. É meio uma idiotice, Amber sabe, oferecer um chá formal inglês às sete da noite. Ou melhor, agora mais para as oito e meia.

— Está certo, vamos apenas ouvir o que você tem a dizer, garota. Da última vez que teve uma premonição... – Suzie começa, em seu habitual ritmo acelerado, mas subitamente se cala.

— Então você se lembra – diz Tevis. Ela se vira para Amber. – Por favor, tente não se preocupar. Mas da última vez que tive um pressentimento, foi no dia em que o filhinho de Jolinda fugiu correndo para a rua e foi atropelado pelo ônibus escolar.

– E você viu isso? Viu antes que acontecesse?

Tevis hesita por um momento, então escrupulosamente sacode a cabeça.

– Não. Foi mais como uma premonição genérica.

– E isso foi quando, há dois anos? Quantas outras premonições você teve desde então? – Amber, cada vez mais ansiosa, olha para o bolo Dundee, entronado em uma travessa com pé de vidro no centro da mesa. É um bolo de chocolate marrom e pesa uma tonelada. Lydia o mencionou uma vez como o favorito de sua infância, e Amber encontrou uma receita na internet.

– Nenhuma – responde Tevis – até hoje.

– Você nunca tem um mau pressentimento de manhã? – pergunta Suzie. – Cara, eu tenho sempre, tipo, todos os dias.

Amber se levanta e começa a lavar as três taças de vinho sujas. Ela tem que fazer alguma coisa, e isso é a única coisa em que consegue pensar, exceto, é claro, ligar para Lydia de novo. Mas quando Lydia entrar a passadas largas pela porta, com aquele balanço de quadris, aquela risada na voz, Amber não quer parecer uma grande tola.

– Droga, vou ligar de novo – diz, secando as mãos.

– Não há nenhum motivo pelo qual tenha que dizer respeito a Lydia – diz Tevis, mas quanto mais repete isso, mais certeza tem do contrário. Apenas dois dias antes, Lydia foi a casa dela e pediu que lhe jogasse o tarô, algo que sempre tinha recusado antes. Tevis arrumou as cartas sobre a mesa com o mosaico da sereia, mas então Rufus sacudiu o rabo e derrubou duas cartas no chão. Lydia as recolheu e disse:

– Não vamos mais fazer isso. – E embaralhou todas as cartas no baralho. Tevis explicou que não importava, que dar as cartas de novo não diminuiria o poder delas. – Eu sei – disse Lydia –, mas mudei de ideia. Rufus me fez mudar de ideia. Ele é muito esperto, sabe. – Ela riu e, embora seu riso contivesse, como sempre, um tilintar de sinos de prata, ele também tocou outra nota. Lydia era intuitiva, sabia das coisas, as percebia, e tinha desistido das cartas.

– Não há absolutamente nenhum motivo – repete Tevis, e Suzie diz:

– Provavelmente não foi nada demais. – Um comentário que parece ser de palavras de conforto, mas que deixa as três inquietas pelo fato de que tal conforto fosse necessário.

Amber joga seu celular numa travessa. O telefone de Lydia foi direto para a caixa de mensagens mais uma vez, e de que adianta deixar outro recado?

— Talvez ela tenha levado Rufus para um longo passeio, tenha perdido a noção do tempo e se esquecido de levar o telefone. — Ela sabe que a desculpa parece esfarrapada.

— Ela poderia ter confundido os dias — diz Suzie, sem convicção.

— Suzie, hoje é o dia do aniversário dela. Como poderia ter confundido? De qualquer maneira, ela ligou hoje de manhã e disse que me veria às sete. Não há nenhuma confusão, ela apenas... está atrasada. — Lydia parecia distraída, era verdade. Mas, para Amber, ela tem parecido distraída com frequência ultimamente.

— Mas que...? — diz Suzie.

— Eu disse a vocês — diz Tevis. — Granizo.

— Mas que...? — diz Suzie de novo, e o resto da frase se perde na barulheira.

— Vamos! — grita Amber, correndo para a porta da frente. — Se ela chegar neste momento, não vamos ouvir a campainha.

∼

Elas estão paradas do lado de fora, no deque da frente, e observam o granizo martelar o telhado da sra. Gillot, quicar para o lado na capota do Highlander de Amber, chacoalhar entrando e saindo do balde de alumínio junto à garagem. O céu se tingiu de um tom inglório de púrpura e o granizo cai com absoluto abandono, quicando, colidindo, rolando imperativo em sua inconveniência. Ele cai e cai. As pedras de granizo não são grandes, apenas densas, jorrando como arroz branco.

— Ai, meu Deus! — exclama Amber.

— Olhe só para isso! — exclama Suzie em resposta. Tevis desce a escada e se planta no gramado, de braços bem abertos, estendidos, a cabeça inclinada para trás, virada para o céu.

— Ela está rezando? — grita Suzie, e Amber, apesar da tensão, ou por causa dela, desata a rir.

Ela ainda está rindo quando um carro surge na rua. Os faróis parecem varrer o granizo, levantá-lo numa nuvem branca espessa acima do asfalto negro da entrada para carros e salpicá-lo em direção a casa. Tevis deixa os braços caírem e corre em direção ao carro, sua blusa de corretora de seda creme colando nas costas magras. As outras também correm para o carro. Deve ser Lydia, embora o carro não passe de uma forma escura atrás das luzes.

Quando Esther salta do banco da frente, apertando um presente contra o peito, elas se abraçam em um desajeitado círculo de consolação que de pouco serve para esconder o desapontamento.

~

De volta à cozinha, Amber põe mais um lugar na mesa. Esther espana o granizo dos ombros, solta o coque e sacode algumas pedras de gelo dos longos cabelos grisalhos.

– Vocês se esqueceram de que eu vinha, não foi? – diz ela, seu tom de voz em algum ponto entre a esperteza e a travessura.

– Não! – diz Amber. – Bem, esquecemos.

– Isto é o que acontece com mulheres – diz Esther. – Depois que chegamos a uma certa idade, ficamos esquecidas. – Ela não parece nem um pouco aborrecida.

Amber, em meio à sua nuvem de constrangimento e ansiedade, sente uma pontada de medo pelo que a espera mais adiante, e teme, de fato, que já tenha começado a ser, na sua idade, o que será pelo resto da vida: uma mulher divorciada. Ela se controla e volta ao presente.

– A questão é que todas nós estamos um pouco preocupadas com a Lydia. Ela está trabalhando até tarde? Não está atendendo ao telefone.

– Lydia tirou o dia de folga – diz Esther. – Você quer dizer que ela não esteve aqui?

Ninguém responde, enquanto Esther olha de uma para a outra.

– Nós deveríamos pegar o carro e ir até a casa dela – diz Suzie.

– Vamos esperar até o granizo parar – diz Tevis.

– Não podemos simplesmente ficar paradas aqui – diz Amber.

Elas se sentam e olham umas para as outras, esperando que alguém assuma o comando.

CAPÍTULO DOIS

Um mês antes, março de 2007

Para uma cidade de apenas oito mil habitantes, Kensington tinha praticamente tudo: uma casa de ferragens, dois mercados, um florista, uma padaria, uma farmácia com uma seleção de livros mais ampla do que a habitual, uma loja de antiguidades, uma corretora de imóveis, uma casa funerária. Quando havia uma morte em Abrams, Havering, Bloomfield ou Gains, ou em outra não exatamente cidadezinha que se espalhava pelo condado, ninguém sonharia em chamar uma funerária da própria cidade. Eles chamariam a J. C. Dryden e Filhos, um negócio estabelecido em 1882, apenas quatro anos depois da fundação da própria Kensington. Se, como às vezes acontecia, a demanda calhava de estar tão alta que um funeral não pudesse ser acomodado de forma oportuna, o Sr. Dryden telefonava para a família enlutada e, pessoalmente, aconselhava sobre as alternativas. Deste modo, Kensington era procurada por ocasião da morte e, se não era igualmente procurada em vida, os preços dos imóveis sem dúvida tendiam a ser bastante altos. Poucas lojas ficavam localizadas em Fairfax, mas a maioria se enfileirava de ambos os lados da rua Albert ou dobrava a esquina entrando na rua Victoria. Da Albert, a cidade se abria em leque numa ligeira inclinação rumo ao norte; ao sul chegava a oito quilômetros da Interestadual, muito prática para aqueles que tinham que trabalhar na cidade; a leste tinha por limite um rio de aspecto sedento, e a oeste os gramados saturados de irrigadores do campo de golfe que finalmente cedia lugar a uma floresta de lariços americanos, âmbares, e pinheiros.

Lydia dirigia passando pelo campo de golfe em seu caminho para a cidade. Às quartas-feiras, ela trabalhava meio expediente no Santuário Canino de Kensington, um bloco grande e espaçoso de canis e pátios nos arredores da cidade que recolhia vira-latas ou mandava trazê-los da "área de escuridão", que era como Esther descrevia o condado, que não tinha outros abrigos para cães. Quatro dias por semana, Lydia trabalhava até às seis da tarde, encomendando mantimentos, limpando canis, treinando e adestrando, carregando sacas de 13 quilos da ração Nature Variety para cães, comendo a salada de arroz com galinha de Esther de um tupperware. Mas nas quartas-feiras, Lydia acordava Rufus com uma cutucada do bico de seu tênis ao meio-dia. Ele normalmente estaria dormindo no escritório com as orelhas caídas sobre os olhos, e esticaria o traseiro para o ar, estremeceria as patas da frente e sacudiria a cabeça como se não soubesse onde o mundo iria parar, então correria na frente dela para saltar no banco traseiro do Sport Trac azul-claro.

Geralmente Lydia o tirava do compartimento de carga e o punha no banco do passageiro, mas naquele dia o deixou seguir no compartimento com o vento balançando suas orelhas, de modo que quando ela disse "Você acha que devo parar de sair com Carson?", não houve cara interrogativa olhando para ela, insistindo para que continuasse. Ela deu de ombros para o banco do passageiro vazio e ligou o rádio.

Lydia subiu pela Fairfax, passando pelo campo esportivo, pelo playground, pela escola de ensino fundamental e pela pensão. Entrou na Albert, estacionando junto da padaria, onde comprou dois sanduíches de pastrami em pão italiano torrado e paninis suíços, e foi andando até a loja de Amber, com Rufus tão colado a seus tornozelos que teve que se esforçar para não tropeçar nele.

A loja não fechava para o almoço e, às quartas-feiras, a assistente de Amber ia à escola para cabeleireiros na cidade, e Lydia, então, sempre trazia sanduíches.

– Oi – disse Amber, levantando o olhar de uma revista. Ela saiu de trás do balcão, ajeitando a saia e o cabelo, tocando o lábio com o dedo para se certificar de que o batom não havia borrado.

A primeira coisa que Lydia tinha aprendido, a primeira de muitas primeiras coisas, quando assumira o trabalho que agora tinha, ou que a tinha, durante a maior parte de sua vida adulta, fora nunca mexer em nenhuma peça de seu guarda-roupa ou de sua maquiagem. Sim, eles tinham lhe ensinado isto explicitamente, embora houvesse muita coisa que não haviam ensinado. Era uma lição que ela poderia passar para Amber. Amber, que não podia passar por um espelho sem se olhar, que usava uma janela ou uma vitrine se não tivesse um espelho disponível, que tinha medo de ser olhada por todo mundo e terror de não ser olhada por ninguém. Mas ter compostura e equilíbrio, concluíra Lydia, era supervalorizado. Somente tolos e patifes davam bola para isso.

– Você está ótima – disse ela. – Saia nova?

Amber disse que era e pressionou Lydia para uma opinião detalhada, explicando que era de uma confecção que estava considerando em usar como fornecedora para a loja. Lydia vestia jeans e camiseta quase todos os dias, mas Amber parecia achar que ela sabia muito sobre roupas e moda, algo que nunca fora uma impressão que Lydia quisera passar.

Elas sentaram na cópia do *récamier* de época junto à janela. Amber o tinha comprado, dizia, para os maridos que ficavam ligeiramente tontos quando viam os preços nas etiquetas.

– Embora não haja nada aqui que custe mais que quatrocentos dólares – acrescentara, um tanto melancolicamente.

– Eu tenho que lhe mostrar estas fotos – disse Amber, apanhando a revista de fofocas do balcão.

– Esta foi tirada na semana passada. E então aqui está ela nos anos 1990. Não parece muito diferente?

– Nós todas não parecemos? – disse Lydia, mal lançando um olhar para a página.

– As narinas dela estão desiguais – observou Amber. – Isto é sempre um sinal revelador.

Lydia deu outra mordida em seu sanduíche para não ter de dizer alguma coisa.

Amber começou a ler em voz alta.

– "Ela pode ter feito um *lifting* da pálpebra inferior, e, a julgar por sua aparência, o cirurgião pode ter empregado uma nova técnica ao penetrar por baixo do globo ocular – o que reduz o risco de cicatrizes e pode dar excelentes resultados."

Lydia fez uma careta.

– Por que você lê estas coisas? – Ela apontou com o sanduíche para a pilha de revistas na mesinha em frente ao sofá.

– Eu sei, eu sei – disse Amber. – É ridículo. Ela definitivamente colocou botox também.

– Quem se importa? – disse Lydia. – Ela e todas as outras atrizes da mesma idade.

Amber enfiou o cabelo atrás das orelhas. No ano anterior, cortara uma franja que estava deixando crescer e o cabelo ficava o tempo todo caindo sobre os olhos, portanto o enfiar atrás da orelha era uma necessidade repetitiva, mas também se tornara uma parte de seu repertório de gestos e adquirira um caráter de desculpas. Ela deu uma risada.

– Eu não sei por que leio estas porcarias. Mas todo mundo lê. Tem até uma professora de faculdade que vem aqui e passa mais tempo folheando as revistas do que olhando as araras. Imagino que não goste de comprar as revistas ela mesma, mas o que você acha que ela lê na cadeira do cabeleireiro? Não são seus livros didáticos, com certeza.

Lydia estendeu uma fatia de pastrami para Rufus.

– Bem, nós achamos que é uma tolice, não é menino?

Rufus lambeu os dedos dela em consentimento.

– Ai meu Deus! – disse Amber.

Lydia adorava a maneira como Amber dizia *Ai meu Deus!* Era tão americana. Fazia com que se lembrasse de como ainda se sentia inglesa, mesmo depois de quase dez anos nos Estados Unidos, e que quando tudo mais a respeito dela parecia não tão escondido, mas gasto, sua natureza inglesa, pelo menos, permanecia.

Quase dez anos. Era 1997 quando ela chegara – não apenas na década passada, mas no milênio passado.

– Ai meu Deus, eu tinha me esquecido... Tenho uns vestidos lá nos fundos e quero muito que você experimente. Eles vão ficar incríveis em você. Mal posso esperar para ver.

Amber correu para o estoque e Lydia viu pela porta aberta enquanto ela retirava vestidos envoltos em plástico da arara e os pendurava no braço.

Quando chegara a Kensington, fora Tevis quem vendera a casa a Lydia, mas tinha sido com Amber que ela primeiro fizera amizade. Elas tinham dividido uma mesa na padaria. Só havia quatro mesas, portanto normalmente tinha-se que dividir. Enquanto Amber tomava um *cappuccino*, e Lydia, um Earl Gray, elas se identificaram imediatamente, e Lydia, que por sete anos tinha tido apenas conhecidos, ficara aliviada por se entregar ao inevitável. Tinha sido cuidadosa, é claro, mas depois de algumas conversas, informando uma à outra sobre o passado e história de vida, não houvera muita necessidade de cautela, e Lydia se descobrira querendo saber por que, por tanto tempo, tinha se mantido distante de todo mundo.

Naquela primeira tarde, Amber contou a Lydia sobre seu casamento, com o namorado de infância, que a havia traído com sua melhor amiga, e como ela perdoara os dois porque "tinha acontecido meio que por acaso". Eles eram advogados na mesma firma e ela era mãe e dona de casa. Andava meio desleixada na maioria dos dias, e, quando se olhara no espelho, se sentira meio culpada por tudo o que aconteceu. Ela tratara de se cuidar e se arrumar, é claro, e eles passaram a sair mais, e conversaram e puseram na mesa para discussão uma série de questões, tipo como ele detestava bolo de carne e nunca tivera coragem de dizer. E tudo tinha corrido às mil maravilhas por algum tempo, até que ela descobriu que ele estava tendo outro caso, agora com uma garçonete do restaurante favorito das saídas do casal, mas ele dissera que era "apenas uma coisa física" e ela o perdoara de novo. De qualquer maneira, tinha chorado muito por causa daquilo, como qualquer uma choraria, e tinha sido Donna quem a consolara. Donna, sua melhor amiga. Que estava dormindo com seu marido, como provavelmente todo mundo sabia, exceto Amber, e, quando os apanhou em flagrante, nos momentos antes de eles se darem conta de sua presença, lutou contra uma vontade imensa de sair de mansinho e fingir que não tinha visto nada. Aos trinta e nove anos, com dois filhos e sem nenhuma carreira, tinha-lhe parecido mais sensato tratar aquilo como uma alucinação do que encarar a verdade gritante.

– Você teve que se mudar para tão longe do Maine – comentara Lydia. – Eu acho que sei por quê.

– Eu não sei. Para fugir dele?

– Você ficou com medo de perdoá-lo mais uma vez. – Lydia tocou na mão de Amber.

– Ai meu Deus, você tem toda razão. Ele era um tremendo canalha. Mas... – começou a se justificar – ... ele teria conseguido me convencer. Não com a conversa, mas pela maneira como andava, a maneira como os jeans lhe ficavam bem. Eu sou tão burra. Por que fiquei com ele tanto tempo? Quer saber de verdade? Porque eu gostava do seu jeito de andar e do seu cheiro.

Amber saiu do estoque e Lydia abriu espaço para que ela pudesse colocar os vestidos no sofá, algo que Amber fez com tamanha delicadeza que nenhum agente funerário da J. C. Dryden teria feito igual ao deitar um falecido.

– Dez vestidos, três tamanhos, a sessenta e cinco, preço de atacado. Diga-me que não sou louca.

Lydia limpou os dedos nos jeans antes de desembrulhar a primeira oferta. Closet, a loja, tinha um bom estoque e vendia bem os modelos clássicos de vestidos tipo envelope, saias evasés e cardigans bordados com contas e paetês, preferidos pelas mulheres de Kensington. As vendas cresciam na temporada das formaturas, com vestidos coquetes nas cores fúcsia, dourada e branca, vendidos a cerca de $300, e vestidos longos clássicos e formais que ofereciam suporte para os seios e eram prezados pelas matronas de Kensington, que investiam neles para bodas de prata e esperavam, se Deus quisesse, serem usados até nas bodas de diamante. As boas mulheres de Kensington não eram pão-duras de contar tostões, mas eram sábias o suficiente para saber que dinheiro não crescia em árvores e, além disso, havia poucas ocasiões formais para usá-los.

– Uau – exclamou Lydia –, deslumbrantes! – Será que deveria perguntar se os vestidos estavam em consignação? Não queria desanimar a amiga. Examinar o trabalho de bordado lhe deu tempo para pensar, e ela seguiu com o dedo o traçado da linha do decote bordada no pescoço.

Quando elas se conheceram, Amber contara toda a sua história e esta tinha parecido tão natural e previsível para Lydia quanto chá servido de um bule. Ela não tinha conseguido exatamente retribuir a sinceridade da amiga, mas falara da mudança para os Estados Unidos, por volta dos trinta anos, com o marido, e como fora estimulante deixar para trás a formalidade da Inglaterra, como tudo ali era ao mesmo tempo desconhecido e familiar, e como o casamento não tinha dado certo. Ela era uma perita em contar a história e, quando falava, não tinha a sensação de contar mentiras. Não havia nomes nem datas nem lugares, era melhor deixar tudo vago, apenas tecer pequenos detalhes – a novidade, para uma pessoa inglesa, de ter uma bandeira hasteada em sua casa, a emoção de encontrar Marmite num supermercado, a maneira como ela havia incorporado diferentes palavras e expressões que nunca tinha sonhado em usar, como *rabo, maldição, droga*.

Com o passar das semanas e meses, houve perguntas, porque, quando Amber não estava com Lydia, a história se reduzia a um monte de fios que Amber juntava e, depois, completava. Lydia contara a ela algumas coisas que não eram verdade – a pior era que não tinha filhos. Negar a existência deles se tornou mais difícil e não mais fácil com o passar do tempo, como se a cada vez que falasse nisso mais realidade se tornava. Algumas coisas que ela dissera eram de fato verdadeiras – por exemplo, que seu marido tinha sido cruel. Amber nunca a pressionava demais. E Lydia fizera isto profissionalmente durante grande parte de sua vida adulta – dedicar momentos a desconhecidos que os apreciavam como sendo sinceros e íntimos, sem absolutamente conhecê-la. Não houvera nenhum treinamento, mas se revelara que ela tinha um dom. Amber, Tevis e Suzie não eram mais desconhecidas e sabiam de tanto quanto ela podia lhes contar, mas nos primeiros tempos o que Lydia lhes oferecera fora um voto de confiança, a ponto de lhes fazer confidências, e elas haviam lhe fornecido grande parte do material: presumindo que o marido tivesse sido violento, que era um homem bastante influente, e que ela não queria ser descoberta.

~

Amber abriu a porta do provador:

— Por favor – disse –, experimente. Quero ver como fica.

— Por que não experimenta? – retrucou Lydia. – Este verde é definitivamente a sua cor. Você deveria escolher um para você.

— Ah, eu já experimentei todos. Mas sou tão mal servida de bunda que eles não caem bem em mim.

— Que bobagem – disse Lydia. – Pare de encontrar defeitos em si mesma.

— Pare de enrolar, e trate de entrar aqui. – Amber a empurrou para o provador.

O vestido era uma coluna verde clara com bordado em prata e um delicado aplique de flores se estendendo na diagonal, que fez com que Lydia pensasse em Valentino, embora, é claro, o trabalho não fosse tão fino.

— Ande, venha até aqui – chamou Amber.

Não havia espelho no provador, porque Amber dizia que as mulheres de Kensington eram rápidas demais e estavam sempre prontas a fazer escolhas equivocadas, sem dar às roupas uma chance: alguns alfinetes na bainha, uma troca de blusa, uma echarpe no pescoço podiam fazer toda a diferença.

Lydia entrou desfilando como uma modelo na passarela, de mãos no quadril, o rosto sério, a cabeça se virando para a esquerda e para a direita. Amber aplaudiu e assoviou, então segurou Lydia pelos ombros e a virou de frente para o espelho.

— Linda – murmurou Amber –, simplesmente linda.

Lydia respirou fundo. Havia dez anos desde que tinha usado um vestido longo. Havia uma queimação em seu estômago na qual não prestaria atenção por nada no mundo. Em vez disso, se concentrou em equalizar o tempo de suas inalações com o das exalações.

— Caiu como uma luva – disse Amber. – O que você acha?

— Não exatamente – disse Lydia. – Eu ajustaria um tiquinho no quadril.

— Sabe de uma coisa? – perguntou Amber. – Você tem que ficar com ele. É um presente. Eu sabia que estes vestidos ficariam ótimos em você, seu corpo é perfeito, mas não imaginei que ficariam tão maravilhosos. E eu não tinha nem certeza de que conseguiria fazê-la provar um. Pensei que talvez tivesse que mandar remover os seus jeans com uma cirurgia.

— E quando, exatamente, eu iria usá-lo? – perguntou Lydia examinando-se de perfil. – Não é muito prático para limpar canis. Você pode imaginar se eu o usasse para um dos churrascos de Suzie? – No minuto em que disse essas palavras, se arrependeu. Tinha acabado de assinalar por que Amber tinha errado ao investir tanto dinheiro naqueles vestidos.

Sua amiga a contemplou sem falar, o rosto congelado por um momento em seu encantamento anterior, como se ainda não tivesse recebido a má notícia do cérebro.

— Ah – disse ela finalmente –, faça com que o Carson a leve a um lugar bacana.

— Vou fazer isso – disse Lydia apoiando-a. – Vou fazer isso mesmo. Posso experimentar os outros também?

— É claro – disse Amber parecendo desanimada. – Então escolha o que achar mais bonito. Será um presente meu.

~

Elas passaram a tarde com Lydia experimentando um vestido depois do outro, e, quando uma cliente entrou, os vestidos foram debatidos em todos os detalhes, duas das mulheres até experimentando o de tafetá azul-marinho e prometendo voltar no dia seguinte. Deste modo, o bom humor de Amber foi recuperado. Às cinco horas, elas tinham acabado e guardado tudo e se sentaram para tomar um café com leite.

— Como vai Serena? – perguntou Lydia. – E como Tyler tem se saído com o violino?

— Ah, eu vivo atrás dele chateando para que ensaie, mas é perda de tempo. Serena é uma das candidatas para desempenhar um papel na peça da escola: Dorothy, em *O mágico de Oz*.

— Vou ficar de dedos cruzados – disse Lydia.

— Se ela não conseguir...

— Aposto que vai conseguir.

— Aulas de sapateado, de canto, de balé... Mas todas as meninas fazem isso, sabe, é tão competitivo.

— Espere até ter a notícia. Não comece a se preocupar antes da hora. — Lydia gesticulou para a arara onde elas tinham pendurado os vestidos. — Você não vai ficar com um?

Amber enfiou o cabelo atrás das orelhas.

— Ah, não sei. Talvez eu acabe ficando com mais de um.

Elas se entreolharam e caíram na gargalhada.

— Quero dizer — disse Amber, rindo —, a menos que vestidos de noite se tornem o último grito da moda entre as estudantes.

— Nunca se sabe — disse Lydia. — Coisas mais estranhas já aconteceram. — Ela bebericou seu café e se engasgou.

— Não por aqui. — Amber deu palmadinhas nas costas de Lydia. — Quando estava na faculdade — disse, a mão ainda descansando entre os ombros de Lydia —, eu era tão sonhadora. Andava pelo mundo como se estivesse em um sonho. Eu era bonitinha, mas não espetacular, minhas notas também não eram lá grande coisa, eu tinha amigas, mas não era a Miss Simpatia, não fazia parte de nenhum dos times classe A. — Ela fez uma pausa se calando por um longo momento, como se tivesse entrado de volta no velho sonho. — Mas era como se eu estivesse carregando um grande segredo em meu íntimo e nunca contaria a ninguém, só que um dia eles o veriam porque por dentro eu era tão especial que o mundo, quando eu fosse para ele, estava destinado a fazer de mim uma estrela. Eu não achava sequer que precisaria tentar. Achava que simplesmente *aconteceria*, estava destinado a acontecer, eu tinha certeza. Portanto, nunca prestava realmente atenção a nada ao meu redor, estava esperando que a minha vida começasse. Quando isso acontecesse, eu estaria usando estes vestidos fabulosos e as pessoas inicialmente ficariam um tanto surpresas e depois diriam: "É claro, Amber, nós devíamos ter imaginado." Tudo seria perfeito. Os vestidos, as casas, os carros, o príncipe encantado que me pediria em casamento. — Amber deu uma gargalhada e esfregou as costas de Lydia, embora ela não tivesse tossido de novo. — Que idiota eu era. Talvez ainda seja.

Lydia tirou a mão de Amber de suas costas e a segurou entre as suas.

— Escute, você não é uma idiota. Todas nós sentimos isso quando somos jovens.

Amber sorriu. Havia algo de tocante em seu sorriso. A maneira como ela mostrava a gengiva superior fazia com que parecesse aberta a um ataque.

– Aposto que você era mais sensata.

– Ah, eu era incorrigível em meus tempos de escola – disse Lydia. – Burra como uma porta, assim que eu era.

~

Amber subiu a rua correndo para chegar à farmácia antes que fechasse, e Lydia esperou uns dois minutos depois que a porta se fechou para pegar a pilha de revistas. Ela separou as três que eram daquela semana e as colocou sobre o joelho. Primeiro, concentrou seus pensamentos: não iria ficar abalada de jeito nenhum. Se encontrasse o que estava procurando, arrancaria a página e a guardaria na bolsa para examinar com calma quando estivesse em casa. Se não encontrasse nada, não interpretaria como um golpe, mas apenas tentaria de novo na semana seguinte. Ela virou as páginas e rapidamente descartou a primeira revista. Depois a segunda e então a terceira. Nada. Era um golpe. Como poderia não ser?

Seu telefone celular soou o sinal de alerta e ela leu a mensagem de texto de Carson. *Apanho você às 7 horas. OK?* Ela digitou *Sim*, Amber voltou e disse que tinha se encontrado com seu novo vizinho e que ele a tinha convidado para almoçar na semana seguinte.

– É um encontro? – perguntou Lydia.

Amber puxou a franja loura e ajeitou a saia.

– Acho que sim. Não. Não tenho certeza. Talvez ele esteja apenas sendo amistoso.

– E você vai?

– Um almoço provavelmente não é um encontro. E ele é meu vizinho. Portanto, devo ir.

– E se for um encontro?

Amber franziu os lábios.

– Se for um encontro, ele está sem sorte, é baixo demais para mim.

– Você tem um metro e sessenta.

– Eu não preciso de um homem alto, mas apenas alto o suficiente, sabe como é. De modo que haja uma diferença segura. Tipo, usar saltos sem me preocupar, e se a gente se beijar, o ângulo ficar correto.

– Ah – disse Lydia. – Bem, Carson é apenas uns quatro centímetros mais alto que eu. Acha que devo me livrar dele?

— Não! — exclamou Amber. — Não preste atenção ao que eu digo. Eu já disse como sou tola.

Lydia se levantou, empurrando Rufus para o chão e recolhendo sua bolsa e seu celular. Deu um abraço em Amber e prometeu ligar para ela no dia seguinte para analisar melhor o convite para o almoço, quando Amber já teria mais informações. Levou o vestido verde, o primeiro que experimentara, decidindo que deixaria o dinheiro com a assistente de Amber de modo a poupar ambas do constrangimento de brigar por causa daquilo.

Eram quinze para as seis quando ela chegou em casa e o ar estava ligeiramente frio, mas Lydia precisava desesperadamente nadar. A piscina não era aquecida, e ela completou o primeiro percurso debaixo da água, transformando sua mente em gelo. Depois, nadou três idas e voltas em crawl em ritmo regular, por trinta minutos, sem sentir nada, exceto a extensão de seus braços, o alongamento das costas, a flexão das coxas, e a gratidão que se apoderava dela com o alívio que o exercício lhe dava. Quando terminou, ficou parada por um momento na parte rasa de frente para a casa. Fora a primeira casa que havia comprado nos Estados Unidos. A primeira que comprara em qualquer lugar. Ela tivera um apartamento em Londres, antes de seu casamento. Mas aquele tinha sido comprado para ela. A casa era um bangalô de um andar e meio, com um telhado inclinado baixo e beirais profundos. Tinha colunas quadradas na frente e nos fundos que faziam com que parecesse solidamente enraizada, e acabamentos em madeira que ela havia pintado de cinza bem clarinho. Completara o trabalho sozinha, declinando educadamente todas as ofertas de ajuda. Uma casa elegante, modesta, num bairro de boa vizinhança na extremidade norte da cidade, situada no meio de um terreno de quase quatrocentos hectares ladeado pelo abrigo de frondosos ácares e tílias americanas que a tornavam invisível da rua e de outras propriedades, e Lydia dissera "Vou ficar com ela", antes que Tevis a tivesse levado ao segundo andar.

Ela saiu da piscina, enrolou uma toalha ao redor do corpo e entrou. Na cozinha, parou diante do laptop aberto, sabendo que poderia buscar na internet o que estivera procurando nas revistas. Mas se começasse, não pararia nunca. Precisava cumprir os acordos que fizera consigo mesma.

Lydia subiu para o quarto e acendeu as luzes. Despiu o maiô e tomou um banho. Depois de ter secado o cabelo e tirado uma calça jeans limpa do armário, reparou no vestido atirado sobre a cama.

Ela o vestiu e se sentou ao lado de Rufus, que tinha feito um ninho na ponta do edredom. Lydia usou um espelho compacto para fazer a maquiagem, então puxou os cabelos para trás dos ombros e os prendeu em um coque frouxo.

Ao se olhar no espelho de corpo inteiro, estremeceu. Apesar do cabelo escuro, do bisturi do cirurgião plástico, das rugas criadas pelo passar dos anos e do bronzeado permanente, ela via um fantasma olhando de volta, um fantasma que há muito tempo tinha sido relegado ao passado. Lentamente virou-se e olhou por sobre o ombro. O vestido fazia um decote baixo arredondado na cintura. A pele estava flácida, não demais, só um pouquinho, abaixo das escápulas. Como aquilo pareceria horrível em uma fotografia, em que nenhum defeito jamais era perdoado, em que você só tinha a força de seu ponto mais fraco.

Depois de pendurar o vestido devidamente no closet, e se vestir apropriadamente, com jeans e uma camisa branca bem passada, Lydia abriu uma lata de ração para Rufus e levantou a tigela dele no ar.

— Tenho uma pergunta para você — disse, enquanto ele se levantava com as patas dianteiras apoiadas na perna dela. — Você acha que devo terminar com o Carson? Ele está fazendo perguntas demais. Está começando a ficar cansativo.

Rufus ofegou ansiosamente e puxou o jeans dela com uma das patas.

— Você já vai ganhar o seu jantar. Mas primeiro responda. Lata uma vez para sim e duas vezes para não.

Rufus latiu três vezes.

— Ah, seu imprestável — disse, pondo o jantar dele no chão. Ela deu-lhe uma palmadinha. — Você é um spaniel boboca. E eu estou conversando com um cachorro.

CAPÍTULO TRÊS

~~~~~

*G*rabowski tinha parado para tomar uma Coca-Cola e comer um cachorro-quente numa lanchonete na saída da autoestrada quando seu telefone celular tocou de novo. Desta vez, atendeu a chamada.

– Escute – disse ele –, como vou conseguir fazer alguma coisa se você não me deixa em paz e liga o dia inteiro?

– Alô, companheiro – disse Gareth. – Eu também amo você.

– O que você quer?

– Eu já deixei, sei lá, um milhão de mensagens. E você nunca me liga de volta. Só quero saber como está avançando o livro. Está conseguindo ter toda a paz e tranquilidade de que precisa em, onde é mesmo?, Pau de Porco, Illinois?

– Limpa Bunda, no Arizona. Saí de lá há uma semana.

– Não era sossegado o suficiente, Limpa Bunda? Onde você está agora?

– Na estrada.

– Volte para Pau de Porco ou Limpa Bunda, ou seja lá o que for, tranque-se no quarto e não faça mais nada, nem sequer respire, até o livro estar acabado. Por favor.

Grabowski esvaziou a lata de Coca-Cola e arrotou.

– Não posso – disse ele. – Aquele lugar me dá diarreia. Tenho que encontrar outro.

– Então não beba a água de lá – disse Gareth. – Só beba água mineral engarrafada. Não perca tempo olhando a paisagem, você não está numa viagem de passeio.

– Eu não vou voltar para lá. O lugar me dava calafrios.

Gareth suspirou.

– Olhe – disse –, como seu agente, preciso aconselhá-lo a voltar para Londres e tratar de meter bronca nesta droga de livro. Esqueça os grandes céus, o deserto, a contemplação e todo esse negócio artístico. Apenas acabe de escrever o livro.

— Está certo – retrucou Grabowski –, é fácil. Assim, num estalar de dedos. – Ele fez sinal para a garçonete pedindo outra lata de Coca-Cola. O Arizona tinha funcionado como uma lavagem cerebral, limpado tudo completamente. Desde então, ele dirigira sem rumo, em busca do lugar perfeito, parando de vez em quando para tirar fotografias, escrevendo com facilidade em sua mente, mas perdendo de novo as palavras quando se sentava diante de um teclado em vez de um volante de carro. Não, ele não queria grandes céus nem desertos, ele queria uma cidadezinha comum, um lugar sem distrações. Mas havia tantas entre as quais escolher que ele ficava apenas dirigindo de uma para a outra.

— Ninguém está dizendo que é fácil, companheiro – disse Gareth amolecendo. – Mas pense no assunto. Precisamos que este livro esteja pronto para ser lançado no décimo aniversário. O décimo primeiro aniversário não serve, não tem apelo mercadológico.

Na mesa ao lado, uma mãe olhava pela janela enquanto seu bebê de dois anos comia um pacote de Nutra Sweet.

Gareth prosseguiu:

— Não perca muito tempo com floreios ao escrever. Você sabe o que eles querem. Algumas anedotas, a primeira vez que você pôs os olhos nela, os truques do ofício, todas aquelas velhas histórias de guerra que você conta no pub. Para ser honesto, ninguém vai dar a menor importância ao texto, como tal. São as fotografias que todo mundo quer, "imagens nunca vistas da Princesa de Gales, registradas pelo homem que melhor a conheceu".

Grabowski fungou. Pegou um palito de dentes e o quebrou em dois.

— Tudo bem – disse Gareth –, não exatamente esta linha. O assessor de imprensa vai enfeitar a coisa. "Imagens nunca vistas da Princesa de Gales dos arquivos particulares do fotógrafo que tirou a primeira fotografia pré-noivado e documentou sua vida e seu trabalho." Ficou um pouco longa.

Dois adolescentes, uma garota e um garoto, grudados um no outro como um nó de correr, entraram pela porta giratória e deslizaram juntos para um banco de vinil vermelho. No balcão, um caminhoneiro juntou e dobrou seis notas de um dólar e tentou enfiá-las na blusa da garçonete.

— Eu tenho que ir.

— Você tem alguma coisa para me mandar? – perguntou Gareth. – Mande-me o que tiver.

— Vou mandar um cartão-postal.

– O prazo limite é daqui a um mês. Não me deixe na mão. Não se deixe na mão. Você precisa do dinheiro, lembre-se. Divórcios não saem baratos.

– Obrigado por me lembrar.

– Para onde está indo? Está voltando para casa? Você precisa de um descanso, foi bom ter tirado umas férias, agora volte para o trabalho.

– Quê? – disse Grabowski. – Não estou ouvindo... Gareth, sua voz está truncada.

Os caminhões que troavam passando pela autoestrada faziam o capô do Pontiac tremer enquanto Grabowski desdobrava e abria o mapa rodoviário. Ele o examinou, passando os dedos ao longo das linhas entre as cidades como se uma imagem pudesse ser revelada como um daqueles desenhos de ligar os pontos. Uma Harley customizada de assento baixo parou no estacionamento, o motoqueiro era um mal-encarado com um colete jeans e tatuagens do ombro ao pulso. Grabowski estendeu a mão para o assento do passageiro para pegar sua câmera e tirou algumas fotos rapidamente. O motoqueiro estragou tudo ao começar a fazer pose.

Grabowski voltou sua atenção para o mapa, Abrams, então Havering, Gains, Bloomfield... Não havia como escolher. Kensington, Littlefield... Ele passou o dedo de volta. Kensington. Então sorriu. Dobrou o mapa, guardou a câmera e entrou no carro.

CAPÍTULO QUATRO

1º de janeiro de 1998
Costuma-se pagar um prêmio por uma vista para o mar, mas em dias como o de hoje eu gostaria de saber por quê. Aquelas ondas de lábios cerrados se esfregando nos seixos, aquele vazio cinzento cruel mais além. Uma onda quebrando com estrondo, um mar furioso, isso pode animar o espírito. Esta indiferença inexpressiva é sempre pior.

2 de janeiro de 1998
Patricia veio para o Réveillon. Tentei persuadi-la a ficar em Londres com John e as crianças, mas ela se recusou a mudar de ideia. Abri uma garrafa de champanhe e nos sentamos na varanda enrolados em cobertores, olhando fixamente para a escuridão. Ela disse:
— Brighton é muito linda, não é? O ar marinho provavelmente está lhe fazendo bem. — Respondi:
— Pelo amor de Deus, Pat. — Então ela chorou. Eu pedi desculpas, é claro.
Ela quer que eu me mude de volta para Londres e vá morar com ela. John, aparentemente, é a favor, do mesmo modo que são minha sobrinha e meu sobrinho.
Eu culpei o trabalho, disse que nós, historiadores, nós, escritores, precisamos do nosso glorioso isolamento, precisamos estar a sós com nossos pensamentos. Isso pareceu animá-la.
Não estou conseguindo fazer grande coisa.

4 de janeiro de 1998
Ontem eu trabalhei o dia inteiro e no final tinha pouca coisa para mostrar. Duzentas palavras sobre o Tratado Clayton-Bulwer e uma ligeira revisão dos parágrafos sobre a Controvérsia das Indenizações Belgas. Minha mente está em outro lugar.

A HISTÓRIA NÃO CONTADA

5 de janeiro de 1998
Ilusões de Conflito: Uma História da Diplomacia Anglo-Americana, de Dr. Lawrence Arthur Seymour Standing. Que tal soa? Imponente o suficiente?

Minha *magnus opus*. Meu legado. O único filho por mim gerado.

Nove anos em gestação e sem dúvida será uma criança morta ao nascer. Se é que há de haver nascimento. Tom veio me visitar em dezembro e me levou para almoçar fora. Contei a ele que o manuscrito estava com setecentas páginas e ainda não estava concluído. Ele nem piscou.

– Vai ser maravilhoso – disse. – Vamos fazer uma festa no Carlton, não, no Reform. Talvez no Garrick, onde você preferir. – Que canalha! Ele espera que eu morra antes de terminar e assim não terá que honrar a promessa.

6 de janeiro de 1998
Tenho trabalhado em minha "bio", como Tom insiste em chamá-la.

Lawrence Standing nasceu em Norfolk em 1944 e estudou no Marlborough College e no Trinity College, em Oxford, onde recebeu sua licenciatura com louvor e honras de primeiro da turma em História. Depois de se formar, entrou para o Ministério das Relações Exteriores e serviu em muitos postos estrangeiros, inclusive Turquia, Brasil, Alemanha e Japão. (Será que eu deveria acrescentar um pouco de tempero ao falar sobre minhas breves atividades como espião?) Em 1980, deixou o Ministério das Relações Exteriores para assumir o cargo de Secretário Particular da Princesa de Gales, cargo que ocupou até 1986. Ele continuou a atuar como seu conselheiro informal até a morte prematura da Princesa, em 1997. Em 1987, Lawrence retornou ao mundo acadêmico, completando um PhD em História Anglo-Americana e tornando-se professor titular da University College, em Londres. Lawrence era um grande apreciador de esportes, tendo recebido um prêmio em críquete em Oxford e correndo quase todos os dias de sua vida, até ter diagnosticado um tumor cerebral inoperável em março de 1977. Ele morreu em 1998. Ele morreu em 1999. (Apagar conforme for apropriado.)

8 de janeiro de 1998
Mais um dia desperdiçado. Fiquei mexendo na "bio". É como escrever meu próprio obituário.

12 de janeiro de 1998
Fui à minha consulta com a dra. Patel, embora não conseguisse ver realmente para quê. Ela disse:

— A apatia é um sintoma comum em casos de tumores no lobo frontal. Está vivenciando episódios de agressividade, de irritação ou perda de inibições?

— Cuide da porra da sua vida, cadela – respondi.

É claro que não fiz isso. Não tenho certeza de que a dra. Patel seja capaz de entender uma brincadeira.

Eu lhe fiz um relatório completo sobre dores de cabeça, enjoos e visão borrada no olho esquerdo. Contei a ela que não consigo mais sentir o cheiro de nada. Ela fez uma anotação.

13 de janeiro de 1998
Tudo a respeito de que quero escrever é...

O que mais importa?

O que eu fiz em minha vida que importe, exceto aquilo?

14 de janeiro de 1998
O que é que me impede? Se eu escrever tudo (escrever e depois me livrar de tudo imediatamente), talvez consiga me concentrar de novo. Ande, vá em frente, Lawrence, seu idiota.

16 de janeiro de 1998
Eu vou vê-la uma última vez, em março, antes de ficar fraco demais para poder viajar. Está tudo acertado. Vou voar para Washington para "dar continuidade às minhas pesquisas" e de lá dirigirei um carro ou contratarei um motorista se for necessário. Eu disse:

— Eu lhe prometo que, se eu não chegar no dia, só poderá significar uma coisa. – Ela disse:

— Ah, Lawrence. – E segurou minha mão. Ela teve muita prática nesta área. Segurar a mão dos que estão morrendo, isso nunca fez dela uma santa, mas sim um anjo neste mundo.

Será que o tumor está me deixando apático? Não sei. Eu sei que me senti vivo quando escrevi aquele parágrafo ainda agora.

Vá em frente, Lawrence, continue. Não há nenhuma traição aqui.

17 de janeiro de 1998
Cynthia vem para fazer a limpeza. Ela nunca tocaria em meus papéis. Ela foi bem treinada. Amigos que só vejo em almoços em restaurantes ou, muito raramente nesses últimos tempos, em um jantar na casa de alguma outra pessoa. Eles perguntam sobre o livro, com tanto maldito tato, com uma delicadeza tão solícita em voz baixa, como se fosse o livro que estivesse me matando. Gail veio me visitar uma vez. Difícil acreditar que houve uma época em que estivemos quase noivos. Quem mais vem? Somente Patricia, que, já se disse, talvez ficasse tentada em ler meu diário, se o encontrasse por aí dando sopa. Para descobrir se é verdade o que eles dizem, o que alguns dizem, que eu nunca "saí do armário". Ela provavelmente ouviu também o outro boato que esteve em voga quando eu trabalhava no Palácio de Kensington, de que houve um período em que eu dormia com a patroa. Não que Patricia jamais fosse mencionar qualquer das duas possibilidades, nem de brincadeira.

Ela poderia dar uma olhada às escondidas no diário, mas será que algum dia vai ler as setecentas páginas do manuscrito enquanto eu estiver no banho, ou no banheiro, e inadvertidamente achar este diário por acaso? Não há a menor possibilidade.

Você agora já se convenceu? Já se deu permissão? O que está esperando?

18 de janeiro de 1998
De seis meses a um ano, me diz a dra. Patel, é o tempo de vida que me resta. Embora, como ela sempre diz, seja impossível fazer previsões exatas e, como sempre digo, eu compreendo. E mais do que os dez meses que já tive, de modo que é um resultado bastante bom no mundo dos tumores cerebrais. Apenas 30 por cento de nós vivemos mais de um ano. Catorze por cento conseguem viver cinco anos completos. Alguns sortudos, o clube dos 10 por cento, vivem mais 10 anos. Meu tumor é de grau mais alto que isso. Eu perguntei à dra. Patel:

— Grau mais alto, isto significa uma melhor qualidade de tumor, certo? — Ela não achou graça.

O que acontecerá com o manuscrito, em todo caso, depois de minha morte? Mesmo se estas páginas fossem permanecer aqui devido a alguma calamitosa reviravolta dos acontecimentos, será vaidade de minha parte temer que sejam lidas. Tom, o bom e velho Tom, a víbora que se mataria a porradas, já tem suas palavras de desculpas preparadas, e ficará profundamente triste por não poder publicar o que, muito infelizmente, é apenas um manuscrito *parcial*.

Patricia o embalará numa caixa e o porá no sótão. Talvez ela leve a caixa até o escritório de Tom, e a largue sobre a escrivaninha dele. Talvez ela a jogue fora. Não, não jogará.

Mas estas páginas não existirão mais nessa altura. Eu me certificarei disso.

19 de janeiro de 1998
Eu costumava encorajá-la a escrever. Escrever pode ser uma forma de terapia, mas era uma das poucas que ela não estava disposta a tentar. Tinha sua própria maneira de conseguir pôr sua história por escrito, mais dramática do que a que eu defendia. É uma garota que gosta de correr altos riscos. Eu me lembro de alguém certa vez perguntar se costumava jogar por dinheiro. Ela respondeu:

– Não com cartas.

Ela escrevia muitas cartas de agradecimentos. Tão logo chegava em casa de um programa noturno, se sentava em sua escrivaninha no Palácio de Kensington com um cartão à sua frente com todas as palavras que tinha dificuldade de soletrar e escrevia um de seus graciosos bilhetes de agradecimento. As pessoas sempre se surpreendiam com como encontrava tempo para isso.

– Lawrence – dizia ela –, o que eles imaginam que eu vou fazer sozinha nestes aposentos vazios?

20 de janeiro de 1998
A última vez em que a vi foi em novembro. Quando a deixei em setembro, ela estava maníaca, histérica de sofrimento e medo, e uma das poucas coisas que a acalmaram foi quando lhe implorei que me perdoasse pelo que eu tinha feito, pelo que eu a tinha ajudado a fazer. Ela ficou sentada sem dizer nada até que as lágrimas secaram em seu rosto.

– Não – disse ela em voz baixa e clara –, eu não podia continuar. Nós dois sabíamos disso.

E de fato, eu havia temido pela sua sanidade durante os últimos meses, quando ela havia perdido "o amor de sua vida", quando seu comportamento tinha se tornado tão errático que havia causado um furor entre os tabloides, quando ela parecia vagar em meio a um número excessivo de nossas conversas como se em um estado de semifuga. Incontáveis vezes, ao longo dos anos, ela saíra da escuridão (da traição de seu marido, de sua bulimia, de numerosos escândalos) e encantara o mundo com seu brilho. Quanto mais profunda a escuridão, com mais intensidade ela brilhava. Aquilo era impossível de sustentar indefinidamente, e eu a tinha visto cambalear, finalmente, à beira do abismo.

Eu disse:

– E o que vai fazer agora? Agora a senhora pode continuar? – E embora momentos antes ela tivesse soluçado até quase vomitar, sufocando diante da impossibilidade de tudo aquilo, ela sorriu aquele seu sorriso totalmente sensual e completamente casto, e disse:

– Ah, dê-me um bocadinho de crédito, por favor.

Mas, quando voltei, o seu estado de espírito estava negro. Quase dois meses de vida em um subúrbio sem graça no Brasil, caprichando no bronzeado e tentando vulgarizar seu sotaque, talvez já tivessem dado a ela um excesso da "normalidade" que desejava tanto.

Isso não é uma coisa justa de dizer.

Ela não é a primeira pessoa neste planeta a abandonar uma vida e "começar de novo", como se diz em sua pátria adotiva. Não é a primeira mãe a deixar para trás os filhos. Coisas assim acontecem, embora nos choquem quando ouvimos falar delas.

Mas suas circunstâncias são extremas. Que palavras secas estou usando. Quem me dera eu pudesse escrever a respeito disso, a respeito dela, com poesia e paixão, em vez de meu estilo de trabalhador diarista. Quem me dera eu pudesse escrever não em prosa, mas em forma de ária.

De modo que sim, as circunstâncias são extremas e a depressão e a desolação são naturais e inevitáveis. Nós conversamos a respeito antes como um estágio pelo qual ela passaria. Embora, dado o estado delicado de sua mente, ela talvez não tenha compreendido plenamente o caráter definitivo de suas ações, não tenha aceitado a perda de seus meninos como permanente. Não, ela não podia continuar. Mas eu não duvidei, e ainda não duvido, que sobreviveria às suas perdas. Ela é uma sobrevivente. É a mulher mais forte que já conheci.

"A vida real", contudo, deve ter vindo como um grande choque. Ela sempre a quis, ou pelo menos imaginava que sim. Ela fantasiava andar em um ônibus de dois andares da maneira como outras pessoas sonham andar numa carruagem puxada por cavalos. Quando estávamos fazendo nosso "pequeno plano" (era assim que se referia a ele; ela com frequência é engraçada, embora raramente se credite a princesas algum senso de humor), ela me recordava de quantas vezes tinha andado por uma rua de Londres "e escapado sem que ninguém descobrisse". Não foram tantas vezes, nós podíamos contá-las, porque geralmente um fotógrafo, ou vários, expunham o seu "disfarce". O "disfarce", sendo que aquela não podia ser a Princesa de Gales de jeans e blusão de malha, folheando uma revista numa banca de jornal. Em outras ocasiões, ela saía de fato disfarçada, uma peruca, óculos escuros, certa vez um uniforme de policial feminina. Foi algo que ela fez uma ou duas vezes no começo, travessuras com sua cunhada, e mais tarde, com desespero, para fazer ligações de telefones públicos para algum objeto não merecedor de seu amor. Disfarces, ela sabia, podiam funcionar.

Mas a rotina incessante do dia a dia de fazer compras e cozinhar e limpar a casa e lavar roupas, a despeito de ela ter conservado ao longo dos anos um toque do complexo de Cinderela, definitivamente tinha se tornado maçante. Ela não tinha contratado uma faxineira quando a vi. Ao final de novembro, tinha passado mais de dois meses se virando sozinha. Esse é um motivo de orgulho que de vez em quando ela menciona.

Ela está usando uma peruca e também pintando o cabelo; nunca foi uma pessoa de fazer as coisas pala metade. Seu bronzeado está mais escuro do que jamais vi e ela reclama que as lentes de contato a incomodam na hora de botar e tirar.

Ao final de setembro, quando fomos fazer a cirurgia de "preenchimento" de seus lábios, numa clínica local em Belo Horizonte (a cidade onde ela se escondeu), ela mal conseguia respirar durante todo o percurso de carro para a clínica. Tinha passado as duas semanas anteriores escondida em casa, com as cortinas fechadas, racionando a comida que eu havia comprado.

– Ah, meu Deus! – dizia a todo instante durante o percurso. – Ah, meu Deus!

Eu disse:

– Será que a senhora me permitiria um par de observações, madame? A primeira é que nós vamos entrar e sair da clínica em quarenta minutos e a senhora pode ficar com seus óculos escuros se sentir-se mais confortável. A segunda é que, na verdade, ninguém, realmente, ninguém está lhe procurando. A senhora não está mais sendo caçada, acabou, já era.

Ela se acalmou, recuperou o controle e então se apoderou do espelho retrovisor para se reassegurar de que agora era uma beldade de cabelos castanho-escuros e olhos castanhos. Então disse:

– Será que você poderia parar de me chamar de senhora?

Os seus lábios agora estão mais carnudos e eu acho que ela gostou do resultado, depois que o inchaço desapareceu e tornou-se evidente que ela não iria ficar com um bico permanente.

— Eles são bastante sensuais, não acha Lawrence? — Mesmo no meio de toda a angústia, ela consegue flertar.

Em novembro, ela fez a cirurgia no nariz no Rio de Janeiro, embora eu achasse que não precisava. Mas quando você já foi a mulher mais fotografada do mundo, é difícil acreditar que está a salvo de ser descoberta. E quando afinal a deixei na Carolina do Norte, três semanas depois (eu já arranjara a casa com antecedência), pude ver que a cirurgia tinha sido feita com maestria. Além disso, ela estivera absolutamente certa em fazê-la. Acrescentando um novo nariz à nova boca, a diferença parecia não apenas ampliada, mas exponencial uma vez que parecia alterar, como talvez de fato tenha feito, as próprias proporções de seu rosto.

21 de janeiro de 1998

Só Deus sabe o que ela está fazendo da vida agora. Tento imaginar e não consigo. Ela sonhou com isso tantas vezes, uma "vida normal", mas sempre com um homem, aquele eleito que a tiraria daquilo tudo. Nunca iria acontecer assim, e até mesmo ela se dava conta no final.

Eu lhe dei alguns livros, *Feira das vaidades*, *Orgulho e preconceito*, *Madame Bovary*, *Crime e castigo*. Ela disse:

— É muita gentileza sua, Lawrence, fingir que sou inteligente o suficiente para ler tais coisas.

O que ela estará fazendo agora? Como serão suas manhãs? Talvez comece a praticar jardinagem. Talvez obtenha um cartão de biblioteca.

É difícil demais imaginá-la vivendo numa escala humana, e eu não sei se é porque a exalto excessivamente ou sou demasiado condescendente com ela. Quando não estava em público, era comum estar sozinha numa sala com um sofá, uma almofada bordada e um aparelho de televisão.

Ela adorava assistir a novelas, mas nunca havia um drama que estivesse à altura do drama de sua vida. Por mais difícil que fosse (de novo, a secura), ela deve sentir falta, e quando estivemos juntos pela última vez, ela parecia quase se ressentir do fato de que podia cuidar da vida e de suas coisas com facilidade. Quando, por exemplo, eu a levei ao hospital para fazer a rinoplastia, ela não ficou ofegante durante todo o percurso como da outra vez, embora fosse ficar em "intensa observação" durante sua estadia, de acordo com a brochura. Desta vez ela ficou emburrada, quase silenciosa, e quando perguntei se estava preocupada, respondeu:

— Por que eu haveria de estar? Sou apenas uma dentre dúzias de outras.

Isto era absolutamente verdade. O Rio é provavelmente a capital da cirurgia plástica no mundo. Comprar um nariz novo era tão simples quanto comprar um vestido novo de um catálogo; você podia escolher o estilo que preferisse a partir de uma porção de fotografias.

Eu fiquei lívido, entretanto, quando entramos na recepção e vi a sua fotografia enfeitando a capa de muitas das revistas que estavam lá. Ela, contudo, estava um passo adiante de mim. Pegou uma revista e me disse para segurá-la. Durante a "consulta" com o cirurgião, uma conversa pré-sala de cirurgia quando já estava vestida com a bata do hospital, sentada numa maca, mantive a revista com a capa virada para baixo em meu colo e a senti queimar meus joelhos. Ela estava sem nenhuma maquiagem, com apenas algumas mechas de cabelo castanho-escuro escapando da touca plástica. Depois das preliminares, o cirurgião, um sujeito muito delicado e agradável, um bonitão, frequentador da noite e da alta sociedade, vestido de cirurgião, começou a examinar seu perfil. Faz dois meses desde que se tinha presumido que ela havia morrido afogada. Seu retrato ainda aparecia por toda parte na imprensa. Por mais comum que parecesse em sua bata e touca, será que havia alguma possibilidade de que ele a reconhecesse? Eu prendi a respiração.

– Querido – disse ela –, me passe a revista. Ela não era linda? Eu gostaria que o senhor me fizesse ficar mais parecida com ela. É possível?

O cirurgião olhou para a revista, então disse:

– Que tragédia. Uma mulher tão bonita. Agora, o que eu sugiro para você, se me permite, é que afilemos um pouco aqui, e aqui, e tragamos as narinas para cá. Acho que você vai adorar o resultado.

Ela aquiesceu com pouco mais que um murmúrio e ele começou a marcar seu rosto com uma caneta. Fiquei sentado ao seu lado, no papel do marido, suponho. O cirurgião deve ver casais assim toda semana. Um marido levando a esposa para umas férias de esticadinha aqui, ajeitadinha ali, no Brasil, com algumas semanas na praia para permitir a recuperação, antes de voltar para casa notavelmente "renovada".

Mesmo assim, eu estava nervoso, tenho que admitir, de uma maneira que não ficava desde que ela fora declarada oficialmente morta. Quando voltei para visitá-la de manhã, fiquei parado por cinco minutos completos na escadaria do hospital, me segurando num corrimão enquanto minhas pernas davam o melhor de si para me levar ao chão. Tenho vergonha de me lembrar que meu medo era tanto por mim quanto por ela, e enquanto eu tremia diante da perspectiva da descoberta, eu tinha em mente, talvez mais do que qualquer outra coisa, minha própria inevitável desgraça.

Finalmente, consegui me controlar. Por um instante, desejei que pudesse cair morto ali, naquele momento, um súbito coágulo sanguíneo no cérebro para vencer o tumor, não viver mais aqueles apertos e afrouxamentos do nó da forca do carrasco, não prestar mais serviço a ele, a ela, a nada, a ninguém. E então recuperei o controle, lançando mão de meu direito de nascença como inglês, de recorrer ao orgulho, manter a impassibilidade, e me empertiguei como os Guardas do Regimento da Rainha para domar qualquer revolta das emoções.

Quase caí na gargalhada quando a vi, sentada na cama, pintando as unhas dos pés com os dois olhos roxos, uma bandagem cobrindo o nariz e o rosto inchado que eu mesmo mal consegui reconhecer.

– Eu estou um horror! – disse ela. – E as enfermeiras acham que sou apenas uma esposa rica e mimada qualquer que não tem nada melhor para fazer que cortar um nariz perfeitamente direito. – Ela parecia petulante.

Levei-a para casa dois dias depois. O percurso foi longo e, de novo, silencioso. Preparei jantar, ou melhor, esquentei duas bandejas de plástico no micro-ondas, enquanto ela ficava deitada no sofá, debaixo de um cobertor, apenas o alto da cabeça e os dois olhos cheios de hematomas de fora. Durante os dias que se seguiram, seu humor se manteve tão sóbrio como poucas vezes eu tinha visto. Não desesperado, não histérico e não pontuado por aqueles raios de luz com os quais ela penetrava até os mais negros de seus humores. Ela estava absorvendo, creio, a ideia de que não será mais reconhecida; não pelos vizinhos, pelos comerciantes, pelas enfermeiras nem por mais ninguém. Quando sair agora, poderá tomar todas as precauções que quiser, com a maneira como se veste, como fala, o que diz; mas o drama estará limitado aos cenários se desenrolando em sua mente. Suas saídas não serão mais carregadas de adrenalina. A cortina se fechou. A novela foi tirada do ar. E deste modo começa o resto de sua vida.

CAPÍTULO CINCO

◈

Embora não devesse trabalhar nos fins de semana, Lydia gostava de aparecer por lá nos sábados de manhã porque era quando as famílias vinham procurar um novo animal de estimação e havia menos pessoal disponível para exercitar e cuidar dos cachorros. Ela estacionou na frente do escritório pré-fabricado e abriu a porta do passageiro para deixar Rufus saltar e correr à sua frente.

Esther estava na clínica com Kerry, o filhote de blue terrier que elas tinham acolhido alguns dias antes.

– Este aqui – disse ela – não quer tomar as pílulas contra vermes. Eric as tem misturado com a comida, mas ele as encontra e as cospe.

– É um malandrinho esperto – disse Lydia.

– Com um traseiro dolorido para provar.

Lydia acariciou o pelo preto encaracolado do filhote. Só adquiriria aquela linda tonalidade de azul ardósia dali a alguns meses. Ela passou a mão por sua pequena barba.

– Eu vou esmagar um comprimido – disse ela – e misturar com manteiga de amendoim. Geralmente resolve.

– Então vou deixá-lo por sua conta – disse Esther. – Tem uma família que deve chegar a qualquer minuto, e se eu conseguir que eles levem um dos cachorros mais velhos enquanto este malandrinho estiver fora de vista, tanto melhor.

◈

Lydia levou Tyson, Zeus e Topper para um passeio pela floresta junto com Rufus, que orgulhosamente encabeçou o grupo pelo caminho. Eles eram cães velhos que já estavam no abrigo havia anos e que provavelmente nunca encontrariam outro lar. Tyson arrastava uma pata traseira e Zeus e Topper rosnavam um para o outro como velhos rabugentos que eram. Ela os levou porque os outros teriam mais chances, eram bonitinhos o suficiente para encontrar famílias que atirariam galhos e bolas de borracha para brincar, enquanto Zeus e Topper roíam a grade de arame do canil e Tyson se enroscava e mordia sua pata.

Na noite anterior, Carson tinha aparecido e ela fizera frango à parmegiana e, depois de lavar os pratos, ele dissera:

– Morar sozinho é ótimo. Mais ninguém para agradar.

Ela esperou.

– Mas não é um pouco solitário? De vez em quando?

Lydia entendia bem sobre solidão.

– Nada jamais é perfeito – respondeu.

– Não me entenda mal. Eu não estou reclamando. Apenas querendo saber se poderia haver alguma outra maneira. Penso nisso de vez em quando.

– Não fique todo romântico comigo – disse Lydia.

Haveria alguma coisa que ela não conhecesse sobre a solidão? Ela já havia saboreado de tantas maneiras.

– Ora, você sabe que não existe este perigo. – Ele esfregou a nuca.

– Ufa – disse Lydia. – Estou aliviada.

– Estar com outras pessoas não nos impede de sermos solitários – disse Carson. – Não necessariamente. E viver sozinha não faz com que você seja solitária. Mas se você não está passando tempo suficiente com as pessoas com quem quer passar seu tempo, é então que talvez as coisas comecem a ficar duras.

– Carson – disse Lydia –, nós só estamos namorando há quatro meses.

Houve uma época em que Lydia tinha pensado – ah, a arrogância, a arrogância todo-poderosa – que ninguém havia conhecido solidão como a dela. Sua vida era tão... singular, tão *distante* da experiência comum. Que tola tinha sido. Havia tantas pessoas solitárias, e ela era apenas uma delas. Lawrence também não havia sido solitário? Ela fora cega na época, mas não tinha sido aquele o laço que os unira?

– Comprei entradas para o balé – disse Carson.

– Eu adoro balé – disse Lydia.

– Eu sei. Você me disse. Uma das poucas coisas que tenho permissão de saber.

Lydia deu uma gargalhada.

– A que vamos assistir?

– Ao *Lago dos cisnes,* no Lincoln Center.

— Você vai me levar para Nova York?

— O dia de seu aniversário não está chegando? Pensei em passarmos um fim de semana fora. Caminhar pelo Central Park. Sair para um belo jantar. Ir ao balé.

Ela ficou calada enquanto olhava para ele. Ela não sabia se queria ir a nenhum dos lugares aos quais costumava ir. Há alguns anos, teria recusado terminantemente. Agora apenas não tinha certeza.

— É muito carinhoso de sua parte – disse ela.

— Então você virá? Eu já comprei as entradas, é no fim de semana depois do seu aniversário. Eu ia fazer uma surpresa, mas depois achei que talvez você não fosse gostar de ser sequestrada.

Ela realmente tinha que pôr um fim àquela história antes que se tornasse uma complicação. Já estava violando suas próprias regras ao aceitar que ele passasse algumas noites na casa dela.

Ela respondeu.

— Vou ter que encontrar uma roupa para usar.

Depois de Lydia ter levado os cachorros para o canil, ela observou Esther treinando Delilah no pátio.

— Eu não estou sendo ambiciosa demais aqui – disse Esther. – Sentar e ficar por cinco segundos é o ponto em que estamos no dia de hoje. Boa menina! – Ela deu a Delilah seu prêmio e a cadela labrador saltou no ar, uma grande bola amarela saltitante de alegria. – Agora não estrague uma coisa boa, Delilah. Sentada.

Lydia ainda estava aprendendo a técnica de adestramento e obediência. Ela lera alguns livros. Tinha trabalhado com vários cachorros, inclusive com o seu. Mas observar Esther ainda era melhor que tudo.

— Então ela fica um pouco mais de tempo de cada vez?

— Esta é a ideia – disse Esther. – Nós acrescentamos os três Ds: duração, distância e distração. Não tentamos fazer demais de uma só vez.

Elas fizeram uma pausa na sala do pessoal com canecas de chá de ervas. Era um aposento medonho, com um teto manchado por infiltração e uma pia que pingava o tempo todo. Além da mesa e das cadeiras de plástico, havia duas poltronas que cheiravam a mofo. Esther vivia dizendo que iria jogá-las fora. Também vivia dizendo que iria fazer alguma coisa sobre o estado geral desagradável daquele escritório, mas sempre que elas recebiam algum dinheiro, Esther dizia que em primeiro lugar vinham os cachorros – que era para eles que as pessoas davam o dinheiro.

– Um garoto apareceu aqui hoje de manhã e deu trinta e dois dólares que ele mesmo tinha economizado.

– Que gracinha – disse Lydia.

– Gracinha mesmo. Foi o que eu disse a ele. Tinha oito anos.

– Mais alguém apareceu?

– Janice Lindstrom veio com as latas de coleta. Contamos oitenta e nove dólares e dez centavos.

– Puxa – disse Lydia.

– Pois é, puxa mesmo. – Esther alisou seus braços nus de cima a baixo. Ela sempre usava camisetas sem mangas e calças de tecido de camuflagem, que comprava de uma loja de sobras do exército na cidade. Era um visual que ela usava com grande estilo. Tinha cabelos grisalhos cor de aço que usava presos puxados para trás num rabo de cavalo, ou para cima num coque ou enrolados em duas tranças grossas.

Esther examinou um hematoma no bíceps. Ela era distraída e costumava deixar as portas dos canis balançarem e baterem contra seu braço, quando estava no meio do umbral da porta colocando um cachorro para dentro e tirando outro.

– Ah, e quatro novas adoções pelo website, o que significa mais cento e vinte dólares a cada mês. Deveríamos dizer aleluia por isso.

– Cada pequeno detalhe ajuda – disse Lydia.

– Eu vou me mandar – disse Esther. – Vou me mandar, me mudar para Maui e beber margaritas na beira do mar.

– Posso ir junto?

– Claro. Vamos fazer as malas. – Esther deu uma gargalhada. – Como foi que viemos parar nesta cidade de qualquer maneira?

Depois de todos aqueles anos de mudanças e aluguéis, Lydia estivera procurando por uma casa para comprar em Gains, a dezesseis quilômetros descendo pela autoestrada. Quando a corretora em Gains esgotou suas opções, pôs Lydia em contato com Tevis e a ideia de morar em Kensington imediatamente a atraiu. Se você mantivesse seu senso de humor, sempre teria alguma coisa.

– Não é tão mau – disse Lydia.

– Se você tivesse me dito quando eu tinha vinte anos – disse Esther – que era aqui que eu iria acabar... – Ela sacudiu a cabeça, mas estava sorrindo. – Se tivesse me dito que algum dia eu ficaria *velha*. Sessenta e seis! Uma velha. Eu? De jeito nenhum.

– Quando eu tinha vinte anos... – começou Lydia. Mas se calou.

Esther tinha contado a Lydia como ela havia passado seus anos de adolescência e o princípio da casa dos vinte. ("Você já ouviu falar do *The Eletric Kool-Aid Acid Test*? Eu estava lá, boneca. Estava naquele ônibus.") Ela continuara hippie por muito tempo depois daquilo, vivendo em Haight-Ashbury, assando *brownies* com haxixe de uma rara variedade de plantação libanesa, dormindo com quem quer que não estivesse doidão demais para conseguir. Um amigo dela tinha sido preso em uma manifestação em prol dos direitos dos gays por ter beijado um agente de polícia, que o espancou e então o acusou de agressão física violenta. Ele foi condenado a uma sentença de 18 meses na penitenciária estadual, e Esther comprou alguns livros de direito porque os advogados eram todos burros demais para palavras. Quando afinal ela teve alguma noção de direito, seu amigo estava solto em liberdade condicional, mas Esther tinha retomado os estudos. Ela tomou jeito na vida. Queria se especializar em direitos humanos internacionais, conseguir um emprego na ONU em Nova York. Mas acabou em Boise, Idaho, numa firma de direito corporativo da qual se tornou sócia em oito anos. Seu BMW era top de linha. Seus gramados eram aparados por mexicanos. Seus sapatos de salto alto lhe machucavam os pés. O dia em que ela entregou sua carta de demissão foi o mais feliz de sua vida.

– Quando eu tinha vinte anos – disse Lydia –, tinha acabado de me casar. Meu marido era de uma família muito rica e conservadora. Tudo era tão sufocante. Eu mal respirei durante anos.

Ela viera a se dar conta, devagar, bem devagar, agora que tinha alguns amigos, que não era tão difícil quanto presumia mencionar certas coisas de seu passado. Ninguém estava de tocaia esperando para apanhá-la, para fazer com que cometesse um erro. E não achariam tão estranho que ela tivesse escolhido deixar tanta coisa para trás. Nos Estados Unidos, as pessoas viajavam e se mudavam muito, iam morar longe de suas famílias. A autorreinvenção era tão americana quanto molho de maçã.

– Pobre garota – disse Esther. – O que a gente sabia aos vinte anos? Eu pensava que sabia de tudo. Você acha que algum dia voltará a se casar?

– Nem em um milhão de anos. – Ela gostava de Carson. Gostava muito dele, mas não iria se permitir se apaixonar. Mesmo depois dos trinta, tinha se apaixonado de maneira tão avassaladora que achava sempre aterrador, fora de controle. Era uma outra forma de vício, é claro.

Esther parecia estar observando-a. Ela disse:

– Carson é um sujeito decente.

– Eu sei – disse Lydia.

Eles tinham se conhecido havia cerca de um ano quando ele aparecera no Canino de Kensington, puxando as calças para cima com os polegares. Ele preencheu um formulário, examinou alguns dos cachorros e marcou uma data para uma inspeção domiciliar. Quando voltou, escolheu uma setter irlandesa vermelha chamada Madeleine. Lydia estava certa de que ele escolheria um buldogue, um boxer ou um pastor alemão. Ela gostou do fato de ter-se enganado.

– Escute – disse Esther –, vá embora. Não se case. Não com este lugar. Não com os cachorros. Você ainda é muito jovem para isso. E eu sei que você gosta de se sentir necessária, mas realmente não preciso de você hoje, tenho um bando de voluntários chegando a qualquer minuto. Então saia daqui e trate de arrumar alguma encrenca enquanto pode.

~

Dirigindo para a cidade para comprar alguns mantimentos, Lydia disse para Rufus:

– Não faz mal nenhum a gente se abrir um pouco, não é?

Rufus guardou sua opinião para si.

No sinal de trânsito, ela se inclinou e beijou o topo da cabeça dele. Cheirava a xampu, terra da floresta e a cachorro. Ele enfiou o focinho sob o queixo dela.

– É claro que não – respondeu ela.

Lydia se permitiu refletir sobre uma lembrança por alguns momentos. Seus meninos, sentados no sofá, cada um de um lado dela, assistindo a um filme, jogando pipoca um no outro, rindo quando um pedaço ficava preso no seu cabelo. Não fazia assim tanto tempo. Ela se puxou de volta para o presente. O passado era um oceano, e embora ela nadasse em direção à costa, sabia que ele poderia engoli-la e puxá-la para baixo. O segredo era nadar para o lado, não lutar diretamente contra as correntes e ao mesmo tempo não se deixar levar por elas.

~

Depois que acabou de fazer compras, lembrou-se de que tinha prometido emprestar um livro à sra. Jackson, que estava no porta-luvas do carro havia várias semanas porque sempre se esquecia de entregar. A sra. Jackson era um pilar da sociedade de Kensington, e Esther vivia resmungando sobre tentar alistá-la na angariação de fundos. Valia a pena fazer um pequeno desvio agora. Lydia andou até a pousada, uma casa em estilo colonial de três andares restaurada, em Fairfax, de propriedade dos Jackson.

A sra. Jackson estava saindo com Otis, que, apenas a alguns passos da pousada, já estava enrolado na coleira.

– Ah, minha nossa – disse a sra. Jackson. – Que cachorro levado.

Lydia tirou o livro da bolsa.

– Este livro foi realmente muito útil lá no abrigo – disse.

– *Quando porcos voam!* – leu a sra. Jackson. – *Como adestrar com sucesso cães impossíveis*. Você ouviu só, Otis? Ouviu bem?

Lydia se ajoelhou, levantou o daschund do chão e desenrolou a guia da coleira de suas pernas.

– Na noite passada, ele arrancou todas as almofadas dos sofás e as jogou longe, quando cheguei em casa havia penas espalhadas pela sala inteira.

– Ai, céus – disse Lydia. Ela fez festinha em Otis, que se deitou de lado enquanto Lydia lhe esfregava a barriga e o dorso. Lydia olhou para a sra. Jackson. Nos degraus da entrada da pousada, acima do ombro da sra. Jackson, ela viu a parte de trás da cabeça de um homem, quadrada e grisalha, se encaminhando para o interior da casa.

– E lá estava ele, deitado no chão, com cara de inocente, uma pena enfiada atrás da orelha.

Lydia deu uma gargalhada. Pôs Otis de volta no chão e se levantou. Conversou mais um pouco com a sra. Jackson e quando lançou um olhar para a janela de sacada, as cortinas tremularam como se movidas pela brisa.

CAPÍTULO SEIS

Grabowski ficou deitado na cama de quatro colunas e dossel da pousada. Depois que tirou os sapatos e afrouxou o cinto, começou a pensar em ficar por ali e tirar uma soneca rápida antes do almoço. Mas as delicadas e impecáveis cortinas de renda branca e o quarto atravancado demais (com mobília em estilo colonial – cadeiras com espaldar em forma de violino, mesinhas laterais com pernas em forma de patas de animais) o desanimaram da ideia. Seu estômago também não estava ajudando, quando ele baixou o olhar para vê-lo. Ele o encolheu. Então fechou os olhos e tentou de novo.

Passando em revista seu álbum de imagens mentais, não conseguiu identificar nada que causasse alguma agitação. Grabowski perguntou a si mesmo se havia trancado a porta. Não considerava impossível que a sra. Jackson entrasse sem aviso. Ela estava desesperada para ter alguém com quem conversar e já havia entediado o marido até fazê-lo dormir na poltrona. Aquela mulher com quem ela estivera mais cedo era bonita. Cabelos castanho-escuros longos, pernas compridas, incríveis olhos azuis que ela virara para a sra. Jackson justamente quando ele ia passando a caminho da escada da frente. Ele tinha ido para a sala de estar e a observara da janela. Tinha pensado em sair, ir até lá e tentar puxar conversa. Reprimira a vontade, é claro. Ele era um banana, faltava-lhe coragem. Engraçado, antes de Cathy tê-lo mandado embora, ele achava fácil puxar conversa com mulheres. Agora parecia muito mais difícil.

Grabowski desistiu de dormir e fechou o zíper das calças, foi cambaleando até a escrivaninha e ligou o laptop. Todas as fotos, mesmo as dos primeiros tempos, estavam no disco rígido. Tinha mandado transformar todos os filmes em arquivos digitais. Ele abriu uma ao acaso. Necker Island. Aquelas tinham sido de uma temporada de férias "privadas", mas, inevitavelmente, ela organizara uma sessão de fotos. Estava estonteante naquele biquíni vermelho, saindo do mar. Ele deu um zoom. Ela estava sorrindo, aparentemente despreocupada e curtindo um breve período de tempo apenas para si mesma. Só ela e uma falange de fotógrafos, fora de vista.

Ele examinou mais fotos. Por que não conseguia encontrar ânimo para trabalhar? Não tinha sequer feito a seleção final de fotografias, sem falar dar início à tarefa principal de escrever. Aquele livro deveria ser seu fundo de aposentadoria. Embora Cathy pudesse pôr fim a tudo com suas exigências incessantes de mais dinheiro. Aquilo não o excitava. Ele era um fotojornalista, não uma droga de um arquivista. Gostava da emoção da caçada. De se arrastar pelo tojo em Balmoral, ficar de tocaia em seus restaurantes favoritos, receber dicas de sua rede de informantes, interceptar o rádio da polícia com seu scanner portátil enquanto comia um sanduíche em seu carro, em Kensington. Decifrara o código quase que imediatamente – *52 em movimento*, isto significava que ela passara pelo posto de controle de segurança interno em seu Audi azul-marinho e que em mais um minuto estaria entrando no tráfego do oeste de Londres. Um minuto e ele estaria em movimento.

Grabowski suspirou. Tirou seu rosário de contas do bolso e as esfregou uma por uma entre os dedos. Bem, não iria voltar para Londres para tirar mais fotografias de todas as celebridades de segunda classe. Estava farto delas. Quando você começa pelo topo, é muito difícil descer. Cantores pop, divas de novelas, astros de reality shows. De vez em quando uma estrela de Hollywood de verdade. Mas, mesmo assim...

Não adiantava nada ficar preso ao passado.

Ele pegou seu telefone celular na escrivaninha e discou um número.

– Aqui é John Grabowski – disse.

– Oi, Grabber – disse Tibby. – O que você manda?

– Vou aparecer por aí.

– Finalmente recuperou o bom-senso. Por que você quereria estar em qualquer lugar que não fosse Los Angeles? Estou sentado ao lado da piscina, bebendo uma Bud Light. Tenho cinco caras atrás de Britney, cara, ela vai explodir, tenho outros três seguindo Cameron, ela vai aprontar alguma, tenho...

– Tinny, você não precisa me convencer.

– Venho tentando convencer você há anos. Dê o fora de Londres. Olhe, eu sinto muito sobre você e Cathy, eu ouvi falar, não sei quem foi que me falou, mas essas notícias se espalham, você sabe, e ouça, tenho um trabalho para você aqui, a agência está realmente indo de vento em popa, bombando, mas alguns desses mexicanos que trabalham para mim me deixam louco.

– Você tem mexicanos trabalhando para você?

– Não, tenho franceses, tenho espanhóis, tenho italianos, tenho ingleses. Meus imigrantes europeus. Eles sabem enfiar as lentes sob o nariz de alguém, mas não têm nenhum refinamento, sabe do que estou falando?

Grabowski sabia. A arte estava em vias de desaparecer do mercado.

– Eu saí de Londres. Estou nos Estados Unidos e estou a caminho.

– Beleza – disse Tinny. – As cervejas estão no gelo, as garotas estão quentes. Que porra fez você demorar tanto?

– Eu deveria estar produzindo um livro. Não apenas de fotografias – o livro definitivo, sabe. Está demorando um pouco.

– Quanto? Dez anos? Você pode fazer isso aqui. Vou botar você para trabalhar dois ou três dias por semana. Grabber, tenho outra chamada que preciso atender. Você sabe onde me encontrar, certo?

Sim, ele sabia onde encontrar Tinny. Eles tinham se conhecido naquela viagem a Necker Island quando Tinny estivera trabalhando para uma das agências de notícias americanas. Ele tinha montado sua própria agência pouco depois e conseguira alguns furos quase que imediatamente. Eles tinham se mantido em contato. Tinny lhe oferecera um emprego – com salário e uma participação decente nas vendas – e Grabowski e Cathy tinham ido para lá por uma semana para conhecer o lugar, Cathy dissera que não conseguiria suportar aquilo. É tudo tão falso, dissera. E dissera que eles iriam se divorciar se aquilo fosse o que ele queria. Depois ela pediu o divórcio de qualquer maneira.

Era bom que sua mãe estivesse morta. Divórcio, na opinião dela, era pecado. Algo que uma protestante como Cathy nunca entenderia. No casamento deles, sua mãe tinha se debulhado em lágrimas, e não tinham sido de alegria.

Ele abriu outro arquivo no laptop. Uma viagem para esquiar. Não serviria para a foto da capa, e era a que ele queria encontrar naquele dia. Se conseguisse, teria realizado pelo menos alguma coisa. Mais um arquivo de um jogo de polo a que ela estava assistindo sob a sombra de algumas árvores. Estava usando um chapéu horroroso. Esta não serviria.

Esta era mais promissora, uma noite de gala de caridade no Ritz. Ela usava sua gargantilha de pérolas favorita e um vestidinho preto de matar. Ele cortou a cabeça e os ombros. Então abriu o zoom de novo para cabeça e pescoço. Chegou mais perto do rosto dela. A foto ainda estava nítida e bem definida. Ele olhou fixamente para seus olhos, que olhavam diretamente para os dele.

– Toque, toque – disse a sra. Jackson, abrindo a porta sem na verdade bater antes.

– Se a senhora estava esperando me apanhar nu, sra. Jackson, receio que tenha chegado alguns minutos atrasada.

Ela pareceu não compreender o que ele estava falando.

– Está decente? – perguntou. – Ótimo. Recebi um telefonema sobre quartos livres para amanhã. Agora diga-me, o senhor vai querer ficar com seu quarto amanhã? O senhor disse que não tinha certeza quando se registrou.

– Eu vou... – Ele se virou para fechar a imagem. Estava na hora de pensar em almoçar. – Eu irei embora... – Ele encarou aqueles olhos mais uma vez. Quantas horas havia passado, ao longo de dezessete anos, olhando para eles, fosse através de lentes ou em pessoa, ou numa fotografia? Milhares e milhares, calculava. Muito mais tempo do que qualquer amante que ela algum dia tivesse tido.

– De manhã? – perguntou a sra. Jackson. – Ah, Otis, seu cachorro malcomportado. Você sabe que não pode entrar aqui. Fora, já!

Ao longo dos anos, pensou Grabowski, ela mudara tanto. Tinha crescido em beleza quando se livrou de sua imagem de jovem liberal dos primeiros anos. Ela havia começado grande e desajeitada, então se tornara assustadoramente magra, antes de engordar um pouco novamente. Seu penteado mudara e, quando o fizera, fora motivo para mais uma primeira página na imprensa. Suas roupas e a confiança com que as usava cresciam a cada ano. Mas seus olhos continuavam os mesmos. Eram bonitos de uma maneira fascinante, e ele nunca tinha visto outro par que fosse tão deslumbrante. Até hoje.

– Dentro de alguns dias – disse Grabowski. – Eu partirei dentro de alguns dias.

A sra. Jackson segurava Otis, que não tinha ido embora, enfiado debaixo do braço. O cachorro parecia louco para escapar e Grabowski concluiu que não podia censurar o bichinho. Aquela não era uma posição em que gostaria de se encontrar.

– Então ficaremos felizes em ter o senhor aqui – disse a sra. Jackson. – Nos dê licença, mas creio que alguém está desesperado para "ir ao banheiro".

– Não vou reter a senhora – disse Grabowski. – Mas apenas uma pergunta. – Ele deveria pelo menos tentar conhecer aquela mulher. E qual seria o problema se ela lhe desse um fora? A gente nunca poderia saber a menos que tentasse, e talvez, apenas talvez, seria possível que ele desse sorte. Tinha engordado um pouco ultimamente, por causa de todo o estresse, mas era um homem bastante bem-apessoado. – Uma pergunta: com quem a senhora estava falando lá fora esta manhã? Ela estava com um pequeno spaniel.

A sra. Jackson se esqueceu das necessidades de Otis. Contou a ele tudo o que sabia sobre Lydia Snaresbrook – muito pouco, na verdade, mas ela se acomodou no pé da cama e fez a história render tanto quanto pôde.

CAPÍTULO SETE

23 de janeiro de 1998

Tive que ficar na cama ontem. Nada tão assustador – vomitei copiosamente em um balde, depois fui dominado por um poderosíssimo cansaço. É bom que eu não consiga mais sentir o cheiro de nada. O balde ficou ao lado da cama até hoje de manhã e não me incomodou nem um pouco. Enquanto ainda estou no estado de espírito de contar minhas bênçãos, vou oferecer um agradecimento ao fato de que o tumor não seja do lado esquerdo de cérebro, meu "hemisfério dominante", aquele que controla a fala e a escrita. E sinto-me, na verdade, pateticamente grato por isto.

Tenho me sentido tão melhor nesses últimos dias que o episódio de ontem realmente me nocauteou. A esperança é um cachorro velho muito dissimulado; ela se aproxima com um tímido e pequenino abanar de rabo e enfia o focinho em sua virilha, tentando abrir caminho, reconquistar e recuperar sua afeição. Eu deveria saber. Eu sei. Se o tumor não respondeu à quimioterapia e à radioterapia, não vai responder ao "pensamento positivo", como é denominado pela brigada da autoajuda. Toda aquela bobagem de "lutar bravamente". Contra o que eu deveria estar lutando? Lutar contra o câncer com um sorriso?

A enfermeira Macmillan veio me examinar, e voltará mais tarde hoje. Ela é uma mulher realmente maravilhosa, a Gloria. Tem mãos grandes e quadradas, usa um vestido disforme e tem cabelos grisalhos que parece que poderiam ser usados para arear panelas. É calorosa, meticulosa e competente, e sabe contar uma piada suja. Em momento nenhum, sugeriu que eu lutasse contra o tumor com força de vontade e personalidade vencedora. Em vez disso, ela checa e conta meus remédios, pergunta sobre o controle da dor.

Ontem me perguntou sobre meu livro, e eu confessei que tenho andado um pouco absorvido demais nos desvios de um artigo do *New York Times* do arquivo de 1898, debatendo o discurso de Chamberlain em Birmingham sob a perspectiva de diplomatas e jornalistas alemães.

Aquilo foi um pouco como uma falsa confissão. Comparados com o tempo que passei me detendo em Belo Horizonte, meus rabiscos na margem de uma história do *fin de siècle* foram de proporções microscópicas. A ironia da situação não escapou à minha atenção. Um historiador que tem dificuldades de esconder um momento da história. Parece ser meu destino.

24 de janeiro de 1998
Quando eu preparei a casa em Belo Horizonte, ou BH, como é mais familiarmente conhecida, me angustiei e me preocupei com o fato de como parecia estéril. Naturalmente não era nenhum palácio, mas essa não era minha preocupação. A sala de estar informal e o quarto no Palácio de Kensington não eram imponentes nem luxuosos, eram acolhedores, cheios de almofadas e lembranças, e desenhos e fotografias das crianças. Fiz o melhor que pude. Foi, talvez, o que é chamado em psicologia pop de "atividade de deslocamento" em resultado de dois instintos contraditórios. Saí para comprar peças de mobília macias, vasos e – minha *pièce de résistence* – um zoológico de bichos de pelúcia. Eu os alinhei no pé da cama como ela fazia no Palácio, e como me pareciam infelizes, especialmente o elefante, tive que virá-lo ao contrário de modo a não ver aqueles olhinhos tristes, aquele cenho franzido.

Escolhi um subúrbio "seguro", é claro, e dentro deste um enclave cercado com grades e patrulhado por seguranças. Sou, embora seja eu mesmo quem o diga, um pesquisador diligente e um planejador meticuloso. Era melhor não ter uma residência luxuosa demais (também havia considerações de orçamento), e eu queria um lugar com uma demografia fluida tanto de estrangeiros como de habitantes locais, um lugar onde um recém-chegado não fosse atrair atenção. Belo Horizonte tem uma população significativa no ramo dos negócios entre seus quase cinco milhões de habitantes da área metropolitana, portanto não foi muito difícil.

Eu tinha comprado roupas para ela, e os outros artigos essenciais da vida, artigos de toalete e assim por diante. De início, quando estávamos elaborando nosso "pequeno plano", ela costumava dizer:

– Ah, Lawrence, você vai trazer pelo menos um álbum de fotografias, não vai? – Ou: – Duas coisas que eu absolutamente tenho que ter são a pequena escultura entalhada em madeira da sala de visitas e a pintura na moldura azul sobre a lareira. São obras-primas, as duas!

Eu tive que dar muito duro para convencê-la de que não seria indicado que nada ficasse faltando (nem mesmo as "obras-primas" das crianças) no momento de seu desaparecimento. Agora já não tenho tanta certeza disso. O paradeiro de muitos de seus objetos pessoais é atualmente desconhecido pelos empregados da casa real, ou pelo menos, só é conhecido por membros individuais do pessoal que podem tê-los surrupiado para "guardá-los em segurança".

Será que eu poderia ter trabalhado de forma mais tenaz para persuadi-la de que seus planos para ver as crianças de novo não eram nem factíveis nem recomendáveis? Eu realmente tentei. Mas não consegui fazer pressão demais quanto a este ponto.

Eu levei uma coisa que ela havia pedido, uma fita de áudio feita por seu antigo professor de dicção e oratória (como ela detestava fazer discursos!), uma dentre muitas, que nunca foram catalogadas nem notadas de forma alguma. Ele a filmava durante as sessões. Eu estive presente uma ou duas vezes. Lembro-me dela sentada no sofá, vestia calças capri pretas e uma blusa preta de gola polo acima da qual seu cabelo louro curto parecia lindamente juvenil, e tinha as pernas dobradas para cima do sofá e nos pés uma daquelas sapatilhas de balé sem salto de que ela tanto gosta, e ele estava fingindo entrevistá-la como um apresentador de televisão. Ele disse:

– A senhora é muito conhecida por seu trabalho filantrópico. O que é que a atrai para fazer tantos trabalhos na área da caridade? – E ela deu o que só pode ser descrito como um sorriso maroto e respondeu:

– É porque eu não tenho mais nada que fazer. – Então caiu na gargalhada. Ela é capaz de rir com grande abandono.

Quanto tempo levará, eu me pergunto, antes que uma daquelas fitas de vídeos apareça na televisão, vendidas a quem pagar mais alto? Ela pode ser demasiadamente ingênua e confiante, como foi com aquele homem, permitindo-lhe ficar com seus filmes falando com tanta franqueza. E também pode levar a suspeita ao nível do delírio paranoico. Apenas uma de suas muitas contradições.

25 de janeiro de 1998
Não era verdade, é claro, o que ela disse sobre não ter mais nada o que fazer. Talvez um pouco – não querer ser apenas uma dondoca desfilando roupas. Mas ela,

por vezes, é fantástica em fazer pouco de si mesma. Uma das frases favoritas que sempre repetia é:

— Ah, eu não saberia nada a respeito disso, nunca aprendi grande coisa na escola, o único prêmio que algum dia ganhei foi o de porquinho-da-índia mais bem tratado. — Mas ela era brilhante no trabalho que fazia, e creio que o segredo fosse que ela nunca estava apenas cumprindo sua função pública, seu papel oficialmente atribuído; ela realmente se dava e as pessoas sentiam isso, e davam a ela alguma coisa em troca. Seu marido se ressentia disso, do fato de que ela tinha verdadeiro prazer em fazer o que ele considerava rondas maçantes impostas pelo dever e pelo destino.

~

O professor de oratória havia preparado uma fita de áudio que, de acordo com seus conselhos, a ajudariam a "se conectar" mais com o público ao tirar o excesso de seu sotaque límpido e nobre. Ela deu pouca atenção. Falar em público nunca tinha sido o seu forte, e ela é perceptiva o suficiente para saber que não era uma questão de diferença de classe, e que é melhor ser chique do que falsa. A despeito do pedigree aristocrático e do trabalho a que se dedicou com o professor, sua voz permaneceu bastante indistinta e relativamente desconhecida, o que hoje é uma vantagem. Mas ela não confia nisso e está — ou pelo menos estava, quando a vi — gastando aquela fita de tanto usar, determinada a burilar sua linguagem e extrair os ditongos e as vogais límpidas típicas da aristocracia. Pensei em dizer que a natureza faria seu trabalho e que eles se apagariam com o passar do tempo, mas me reprimi, porque agora ela realmente não tem mais nada para fazer.

Eu tive algumas preocupações, como disse, com relação à esterilidade da casa quando a aluguei, mas dei o melhor de mim, embora decoração não seja uma tendência natural minha. Olhando em volta agora, posso ver que a mesinha de café poderia ter ficado melhor com uma tigela estrategicamente posicionada, que uma manta poderia ter suavizado a poltrona *chesterfield*, que a ordem regimental da grande escrivaninha poderia ter sido suavizada por um ou dois enfeites. Mas a maior parte do tempo eu me mantenho em estado de graça, aceitando os ambientes íntimos que me circundam como se eles tivessem sido ordenados lá de bem alto.

Na ocasião de minha terceira, não, minha quarta, visita, ela tinha dado um toque feminino e — fiquei contente de ver — tinha conservado os animais de pelúcia. Estive lá quatro vezes. A primeira foi quando acertei o aluguel; a segunda, quando a levei lá; a terceira, quando voltei depois do funeral; e a quarta quando voltei em novembro, depois da sua recuperação na cirurgia e a levei à Terra Prometida. A terceira vez foi a mais carregada, embora cada visita tivesse tido suas dificuldades.

Eu tinha feito o que podia para protegê-la ao retirar o aparelho de televisão da casa. Embora seja uma figura de linguagem ideal de escritor de livro de suspense, assistir a seu próprio funeral não pode ser psicologicamente saudável; ver seus próprios filhos assistindo seria o suficiente para levar qualquer um à loucura. Será que ela havia imaginado aquela cena enquanto estávamos planejando sua fuga? Creio, com certeza absoluta, que não. Perto do fim, ela estava tão assediada, assombrada e desesperada, e havia uma parte de sua mente – dentro da qual os meninos estavam abrigados em segurança e sacrossantos – que era pura e simplesmente inatingível.

Depois do funeral, liguei para ela no telefone celular pré-pago que lhe havia dado. Ela me implorou que trouxesse tantos recortes de imprensa de Londres quanto pudesse. Eu a aconselhei contra. Ela me ligou de volta mais tarde, embora tivéssemos concordado em manter as chamadas estritamente ao mínimo necessário, e desta vez me deu ordens para fazer o que mandava. Para alguém que tem o "dom de se relacionar com a gente comum do povo", ela pode ser espantosamente imperiosa de vez em quando.

– Lawrence – disse –, eu não sou sua prisioneira. Você não pode me manter na ignorância. – Eu disse que com certeza absoluta ela não era minha prisioneira e que estava livre para fazer o que bem quisesse. Ela disse:

– Eu vou fazer o que quiser, e o que quero é que traga consigo os recortes, tantos quantos conseguir enfiar na mala.

Ela sempre foi uma viciada em matérias de imprensa, especialmente dos tabloides, desde os primeiros dias, o que era ao mesmo tempo uma força e uma fraqueza. Eu teria lhe negado acesso ao seu canto do cisne, se ela não tivesse me dado a contraordem, mas teria sido certo? Em todo caso, a cobertura provavelmente penetrou até as selvas mais obscuras de Borneu e minha proteção teria sido, no melhor dos casos, parcial. Levei tantos recortes quanto pude carregar junto com minhas roupas.

Sua resposta inicial, ao folhear os jornais e revistas, foi a que eu havia esperado. Eu podia tê-la "poupado" de assistir àquilo na televisão, mas as fotografias estavam todas lá em imagens coloridas. Os meninos andando corajosamente de rostos pálidos atrás do coche fúnebre; o caixão que se dizia (embora nenhuma fonte oficial do palácio tivesse confirmado) conter um de seus vestidos escolhidos por eles; e em cima do caixão, uma única palavra escrita com flores brancas – *Mamãe*.

É possível morrer de sofrimento? Parece que não. Se fosse possível, ela teria conseguido naquele dia.

26 de janeiro de 1998
Seu sofrimento avassalador. Eu o registro pelo bem deste processo. E este processo agora de fato parece ser inteiramente necessário para mim, este documento fugaz é mais essencial e me dá mais sustento que a variedade de comprimidos na minha mesinha de cabeceira. Eu o registro, mas não me alongarei, do mesmo modo que, quando ela conseguiu voltar a me ouvir, eu insisti repetidas vezes na importância de não se permitir ficar presa e remoendo o sofrimento deles. Os jovens se curam e se ajeitam. Eu disse:

– A senhora não deve ficar seguindo o progresso deles incessantemente, não deve persegui-los de longe. Se o fizer – eu a alertei –, não se sinta ressentida quando os vir alegres, sorrindo e prosperando na plenitude de suas vidas.

Ela se zangou ao ouvi-lo, como eu sabia que aconteceria, a ideia de que ela pudesse ser tão egoísta; mas percebi que o comentário também tinha acertado em cheio o alvo: eles ficariam bem sem ela.

Não acabou por ali, é claro. Aquilo prosseguiu, ciclicamente. Eu poderia ter relatado, em meu estilo mandarim, os motivos que a levaram àquela decisão cataclísmica e que me levaram a ajudar e participar da mesma. Mas não estava na hora. Por que tentar estancar uma ferida inestancável? Eu deixei que sangrasse, e quando me pareceu que estava diminuindo, fiz todas as intervenções fracas e inadequadas que pude.

Eu pedi desculpas. Isto ajudou um pouco. Mais do que eu poderia ter previsto. Falei animadamente do futuro dos garotos. Isto a levantou um pouco. Mais que qualquer coisa, tentei manter o controle e a coragem e me lembrar das vezes em que ela estava tão aparentemente fora de controle que eu temia que nada a traria de volta à terra firme de novo – os gritos, o atirar longe das relíquias de família, o comer descontrolado seguido por vômitos, os cortes autoinfligidos nos braços e nas pernas. Existem muito poucos aspectos da vida que permanecem privados para um secretário particular.

Ela sobreviveu àqueles tempos. Aquilo que não nos mata nos fortalece, como se costuma dizer. Este ditado é um tanto mentiroso para o meu gosto. Sim, ela é forte, dura, a mais dura. Mas certos materiais, à medida que endurecem, estão sempre em perigo de se quebrar. Ela sabia disso, e eu sabia disso – ela tinha suportado o suficiente, mais do que se deveria esperar que qualquer um suportasse, e era meu dever, meu privilégio, ajudá-la a fugir – se me permitem lançar mão de um clichê – da gaiola dourada.

Em meio a todo o sofrimento, sua vida espalhada em colunas de centímetros pelo assoalho, é preciso que se diga, naquilo havia algum conforto e força que se poderia encontrar. Eu deveria estar em Washington, dando continuidade à pesquisa para o meu livro. Passei duas semanas com ela e dia após dia ela sentava, às vezes deitava, lendo os recortes e chorando. E finalmente começou a encontrar um pouco de consolo: ela era amada.

Quem quer que a tivesse amado anteriormente, não a tinha amado o suficiente. Houve muitas pessoas. Eu me incluo entre elas. Embora eu tenha escapado até ao banimento temporário de seu círculo (um dos poucos a ter sido objeto desta honraria), posso me lembrar de alguns momentos difíceis em que a ferocidade de meu apego, de minha devoção, de minha lealdade inabalável, minha disposição para falar no telefone às três da manhã, foram postas em questão, submetidas ao seu escrutínio obsessivo. Muitos empregados foram mandados para a guilhotina (não, talvez, tantos quanto a imprensa sugeria), executados não tanto por qualquer delito mas mais por falhar em incluí-la plenamente em seus corações. Amigos caíam às margens do caminho, excluídos por meio do simples expediente da mudança de quaisquer que tivessem sido os números de telefone particulares que ela lhes tivesse dado. As causas, ostensivamente, eram amplas e variadas – uma sugestão de traição, uma ofensa percebida, uma insinuação da instalação de tédio –, mas a causa subjacente era sempre a mesma. Uma falta, de acordo com a visão dela, do amor verdadeiro e eterno.

Quanto aos amantes. Bem. Quanto a eles. Eles nem sempre tinham os mais altos padrões. Creio que posso afirmá-lo sem ciúmes turvando meu julgamento. Não quero desculpá-los nem condená-los, mas simplesmente observar a extraordinária dificuldade da tarefa deles. A necessidade que ela tem de amor é tão vasta quanto o céu e igualmente impossível para um mortal desprovido de asas de satisfazer.

Será que em vez disso o amor de uma nação inteira bastaria?

– Lawrence – disse ela –, todas estas pessoas. Todas estas pessoas... – e não conseguiu dizer mais nada. Eu mesmo mal conseguia acreditar, embora tivesse sido testemunha daquela cena. O mar de flores, os poemas e cartas, a vigília à luz de velas no PK. Eu as vi, crianças e adultos, de todas as classes, cores e credos. Eu vi um policial enxugar uma lágrima. Vi um homem idoso numa cadeira de rodas murmurar uma prece. Vi uma mulher de sári colocar uma coroa de flores. Vi um homem num casaco Burberry se apoiar num absoluto desconhecido e chorar de soluçar.

Não consigo dizer o que senti naquela noite, depois do anúncio oficial de sua morte, quando voava de volta para Londres. Aquela noite, passei em claro com os enlutados, caminhei em meio a eles, dividi com eles seu frascos de bebida e sua dor, e ouvi, de vez em quando, as histórias que eles tinham para contar – das visitas dela ao hospital, ao asilo de doentes, ao abrigo dos sem-teto, à clínica de anorexia. Eu só conseguia pensar em uma coisa: como eu a tinha tomado de todos eles. E me descobri rogando a um Deus em quem não acredito para não ser julgado muito duramente por meu pecado.

27 de janeiro de 1998
É claro que minhas faculdades críticas estavam um tanto prejudicadas. Eu estava exausto pelas atividades do dia anterior, e extenuado pelas emoções e nervosismo. Agora, com algum distanciamento, vejo as coisas de maneira diferente. De certa maneira, ela não foi tomada do povo, e sim entregue a ele. Pois ela se tornou naquela noite um autêntico emblema de bondade e de sofrimento. Um povo pode tomar posse de um emblema, muito mais do que de um ser humano de carne e osso.

Sua "morte" mudou a nação, pelo menos é o que os escritores de manchetes e colunistas afirmam. Ela consignou a atitude tipicamente inglesa da impassibilidade, de sempre manter o controle, para os anais da história. O Primeiro-Ministro falou dela com a voz embargada. A Rainha quebrou o protocolo e fez uma mesura para o caixão.

"A Rainha quebrou o protocolo." Que espantoso é para mim escrever estas palavras.

Houve uma caça às bruxas, é claro. A imprensa e o público identificaram os culpados. Ela fora caçada e assediada pelos fotógrafos, pelos paparazzi, e eles foram considerados os culpados. Eles a impeliram a seu comportamento errático e a riscos que culminaram inevitavelmente em sua morte.

Ela não demorou muito a ver a ironia daquilo.

– A imprensa está acusando a si mesma? – perguntou.

Mas ela tirou forças da onda de sentimento, que se estendeu muito além dos limites de nossas costas. Estima-se que dois bilhões de pessoas tenham assistido ao funeral.

28 de janeiro de 1998
Será que eu agi bem? Eu já desatei esse nó moral tantas vezes e ele ainda insiste em se emaranhar. Tudo que posso dizer no fim é espero que sim. Eu espero não ter agido errado. Em última instância, a resposta está com ela. Se conseguir criar uma nova vida para si mesma, então agi corretamente ao facilitá-la. Mas não estarei por aqui para ver. Por outro lado, se eu não estivesse condenado a uma sentença de morte, não poderia ter feito o que fiz. Carregar o fardo do segredo e da responsabilidade ao longo de décadas teria tornado a tarefa impossível para mim e arriscada demais para ela.

E assim a vida segue. A gente espera que a proximidade da morte traga mais sagacidade. Talvez quando eu começar a me sentir muito sábio, eu saiba que o fim está próximo.

Há ocasiões em que acordo no meio da noite, como se de um pesadelo. Não consigo mais me lembrar de um único sonho. Se eu de fato sonho com alguma coisa, com certeza é com ela. Por vezes me descubro caindo em devaneios durante o dia. Descubro-me ansiando por telefonar. Nós concordamos que não o faríamos, que não pegaríamos no telefone exceto em alguma situação extrema.

– Mesmo se eu estiver numa emergência, Lawrence – disse ela –, eu sei que tenho que encontrar uma maneira de me virar sozinha. Afinal... – Ela não concluiu o raciocínio, mas ambos sabíamos o que queria dizer. Não se tratava da questão de ela estar embaraçada pela perspectiva de minha, ou de qualquer, morte. A morte foi considerada uma espécie de perversão e apropriadamente foi mantida afastada da vida em sociedade bem-educada. Mas não por ela.

– Você já foi da mais tremenda ajuda, sabe. – Ela beijou minha careca rosada e se desmanchou em risadinhas descontroladas. – Ah, Deus, Lawrence, o que posso dizer? Qualquer coisa que eu diga para agradecer a você parece tão ridícula.

Parecera, de fato, que eu fora tremendamente prestativo ao preparar a cesta do piquenique e trazer o carro para a porta.

Ela não estava usando as lentes de contato castanhas. Estávamos sentados juntos no sofá na pequenina casa branca de madeira na Carolina do Norte, e eu estava inteiramente perdido no azul ultramarino das suas íris. Seus olhos mereciam um soneto. São os olhos mais bonitos que jamais vi na vida.

– Você está com medo? – perguntou-me ela.

Dei de ombros.

– Tenho andado ocupado demais para pensar a respeito – disse.

– Eu estaria com medo – disse ela. – Sempre que pensei em me matar, soube que nunca iria até o fim porque ficaria com muito medo.

Ela pode ser franca como uma criança.

– Mas você deve estar com medo – disse.

Eu concordei com seu argumento.

– Sim, quando me permito pensar no assunto.

Ela então conversou comigo sobre os velhos tempos, com um carinho tão grande que me pareceu um adeus. Nós trocamos histórias de nosso primeiro encontro, quando eu tinha feito uma reverência para ela e ela me fizera uma mesura em retribuição, com aquele brilho glorioso no olhar.

Depois de algum tempo, ela ficou séria de novo.

– Eu tinha medo demais para morrer, Lawrence. Agora eu não quero ter medo de viver.

29 de janeiro de 1998
Na noite em que nadou para sua nova vida, ela estava crua, rebelde, magnífica. Fiquei sentado no barco por quase uma hora antes de avistá-la, me perguntando se seria possível que ela tivesse mudado de ideia, se todo o "pequeno plano" tinha existido apenas como uma espécie de ataque delirante de um cérebro doente. Então, as águas silenciosas e escuras se abriram, seu braço se levantou e ela acenou. Ela nadou em ritmo regular até o barco enquanto eu olhava nervosamente ao redor, checando pela milionésima vez a possibilidade de ser visto. O *Ramesses* era o único iate que se encontrava tão longe do porto, mantendo a distância da realeza para preservar a privacidade dela.

Estendi a mão de modo que ela pudesse subir no barco a remo. Ela quase me puxou para dentro da água; tinha a força de uma tigresa; se naquele momento tivesse rugido, teria parecido normal para mim.

Perguntei se ela tinha certeza.

– Reme – ordenou.

Mas ela estava impaciente demais com o meu método, o cortar das águas quase silencioso, a técnica que eu tinha aperfeiçoado, e depois de ter lutado para se vestir com os jeans e o suéter que eu havia trazido, me empurrou com uma cotovelada.

Perguntei-lhe se havia alguma possibilidade de alguém tê-la visto se levantar (estava me referindo, é claro, ao seu acompanhante, embora tivéssemos conversado sobre o fato de como eles frequentemente teriam cabines adjacentes por causa da propensão dele de roncar). Ela disse que não havia nenhuma. Perguntei-lhe se havia alguma chance de um dos agentes da equipe de segurança da noite ter visto alguma coisa.

– Aquele pobre imbecil – disse ela. – Estava dormindo. Eu cheguei. – Mesmo à luz do luar, pude ver que ela estava com as faces muito coradas.

Ela abrira mão da segurança da família real havia muito tempo, temendo – na melhor das hipóteses – que os agentes fossem usados para espioná-la. A família de seu namorado tinha um esquema sofisticado de segurança, de custo altíssimo, alta tecnologia e irremediavelmente mal executado. Isto foi um bônus. As câmeras de segurança no *Ramesses* nunca eram ligadas, o namorado tinha dado ordens para isso, caso lhe desse na telha trancar a porta de, digamos, o salão de jantar e acariciar sua princesa (ou uma de suas predecessoras) na mesa ou no chão.

Ela se levantou subitamente e o barco balançou.

– Eu consegui – disse, em voz tão alta que eu automaticamente a mandei se calar. Ela riu. Devia fazer muitos anos desde que alguém que não o seu marido tinha lhe ordenado para se calar. – Você acredita? – perguntou ela. – Eu consegui. Eu realmente consegui.

30 de janeiro de 1998

Eu tinha voado para o Brasil algumas semanas antes para fazer o reconhecimento do terreno. A dificuldade era saber qual das praias de Pernambuco estaria mais próxima do *Ramesses*. Depois de alguns dias com amigos em Buenos Aires, eles tinham voado para Montevidéu para embarcar no iate e começar a velejada subindo a costa a partir do Uruguai. Os super-ricos não planejam suas férias como os mortais comuns, como uma página de um catálogo de viagem. Era impossível ter certeza das datas e do itinerário exato. De modo que fiz o reconhecimento de algumas das praias, aluguei barcos por um dia em três delas usando identidade falsa, nunca se pode ser cauteloso demais. Liguei para ela em seu telefone celular quando voltei para Washington e disse qual era meu local preferido, não a praia principal, com certeza. Eu disse a ela – ou tentei dizer, qual era o meu raciocínio, estratégico e tático, ao planejar uma retirada, primeiro do iate para um barco, depois do barco para a terra e do ponto de desembarque para o interior. Ela descartou tudo isso.

– E se ele me pedir em casamento? – perguntou ela. Eu disse que não sabia, mas que talvez tivesse que aceitar. – Ah, Senhor – disse ela. Eu disse que naturalmente ela deveria fazer o que seu coração mandasse, mas que se recusasse a proposta e assim diminuísse o tempo da viagem de iate, significaria o fim do plano. – Bem, não seria justo dar-lhe falsas esperanças. – Não parecia ocorrer-lhe que ela já estivesse fazendo isso.

– Não se preocupe – disse ela. – Eu me certificarei de que ele não peça. – Perguntei como ela pretendia conseguir atingir este objetivo. – Usando minha espertez e artifícios femininos, é claro. Você sabe, insinuações sobre a melhor maneira, o melhor lugar, para um pedido de casamento, mantê-lo fora de alcance por ora. – Todos aqueles romances baratos que ela tinha lido afinal tinham acabado por ser úteis.

Ela estava certa de que podia fazer com que o ancoradouro fosse no local exato que eu achasse melhor.

– Eu vou trabalhar nisso... qual é a palavra mesmo... subliminarmente. Não vou fazer disso uma questão importante. – Eu me arrisquei a dizer que um desejo dela era uma ordem para seu namorado, ou alguma coisa semelhante. Ela disse:

– Lawrence, você sabe qual é o meu problema com homens...

Ela desistiu de falar. É um tema grande demais.

~

Nós partimos não muito depois das três e ela calculou que, embora normalmente acordasse cedo, eles não pensariam em entrar em sua cabine antes de cerca das oito horas, imaginando que ela tivesse decidido por uma vez na vida dormir até um pouco mais tarde. Aquilo nos dava cinco horas e 300 quilômetros de distância. Depois disso, a busca seria concentrada na água, nas praias, nos recifes. No carro, ela pôs os pés para cima no porta-luvas, e inclinou o assento para trás. Eu pensei que fosse dormir, mas não dormiu. Ela falou. Eu mal entendi o que disse, e talvez ela também mal soubesse o que estava dizendo. Ela quase não parava para respirar. Eu na época estava mais em forma do que agora e a remada não tinha sido um grande esforço físico, facilmente exequível mesmo se ela não tivesse insistido em me tomar os remos. Mas dirigir foi um grande esforço, em estradas escuras e desconhecidas, apertando a direção com tanta força que me fazia doer as mãos. Depois de algumas horas, ela insistiu que nos revezássemos. Ela dirigiu e falou sobre pequenas notícias e fofocas, sobre os amigos que tinha visto em Buenos Aires, uma amiga que tinha terríveis náuseas de manhã, um filme a respeito do qual tinha lido. À primeira luz do amanhecer, quis parar e tomar café e até dar uma olhada em algumas barraquinhas à beira da estrada.

– O que você acha daquelas contas? – disse reduzindo a velocidade do carro. – Naquela barraquinha ali. São feitas de alguma espécie de semente?

Talvez a enormidade da situação fosse demais para ela compreender. É possível que aquela fosse a única maneira com que ela pudesse lidar com a situação. Eu não sei como explicar, aquela sua calma sobrenatural. Eu assumi o volante de novo para o percurso da pequena distância até o motel onde havia planejado fazer uma pausa para repouso. Era perfeito. O "motel" brasileiro é bastante diferente de seu xará americano. É mais parecido com o "hotel de amor" japonês. É um lugar onde você pode alugar um quarto por duas horas ou mais, e onde o segredo e a discrição são a regra absoluta. Neste estabelecimento, que eu havia visitado anteriormente, entra-se de carro até uma espécie de guarita, onde faz-se o check-in, por assim dizer. Naturalmente, tem-se que pagar em dinheiro, mas nenhuma identidade é pedida. Depois dirige-se de carro para dentro do motel, que fica em um complexo cercado por muros altos, e se procura pelo número de apartamento do lado de fora da fileira de garagens, cada uma coberta por uma grossa cortina opaca de vinil do teto ao chão.

Ela bateu palmas e deu vivas ao tomar conhecimento do esquema.

– Minha nossa! – exclamou. – Lawrence, é um verdadeiro hotel de encontros clandestinos!

Eu dirigi para nossa garagem, baixei o vidro da janela, estendi a mão e peguei a corda que acionava a roldana que fechava a cortina atrás do carro. Expliquei a ela que aquele tipo de motel pode ser encontrado em todo o Brasil, um país onde não é incomum que as pessoas morem na casa dos pais até se casarem, e em que ligações extraconjugais são frequentemente conduzidas em ambientes como aquele. Mais conversa fiada e pura tagarelice de minha parte, receio, naquela altura, uma tentativa de esconder meu visível constrangimento.

– Que fantástico – disse ela, enquanto eu localizava a porta no fundo da garagem que levava ao apartamento. – Eles realmente pensaram muito bem em todos os detalhes. Ninguém vê você saltar do carro, ninguém vê o carro, como é absolutamente bem bolado.

Antes que passássemos pela antecâmara e seguíssemos para o quarto, eu hesitei, porque queria explicar mais e me desculpar. As palavras, contudo, me faltaram e tudo que pude fazer foi seguir adiante.

A grande cama redonda era, naturalmente, a peça central do quarto. Junto à janela havia uma espreguiçadeira com estribos ajustáveis para os pés, como se preparada para um exame ginecológico. Duas telas de televisão exibiam canais "adultos", e eu corri para desligar imediatamente. Então me desculpei profusamente.

– Ora, Lawrence – disse ela examinando o perímetro –, eu nunca vi você tão ruborizado.

Ela examinou o frigobar, o dispensador de lenços de papel na parede, os sachês de lubrificante e fez uma expressão perplexa quando inspecionou o que parecia ser um trampolim, que estava posicionado de modo a se projetar sobre o pé da cama.

– Pelo menos isto eu compreendo – disse ela puxando o lençol para revelar a proteção plástica do colchão.

Eu disse que alugaria outro quarto para mim se ela preferisse e que eu havia hesitado sobre o que seria melhor para ela.

– É claro que não seria melhor! – exclamou ela. – Você não vai me deixar sozinha.

Minha mãe nunca superou o desapontamento com o fato de a elevação à condição de cavaleiro que me era devida nunca ter se materializado. Ela não conseguiu compreender que eu apenas estava no campo da realeza errado. Aquele dia, contudo, foi toda a recompensa de que eu precisava, eu dormi, ou tentei dormir, na espreguiçadeira e, a despeito dos aspectos farsescos do arranjo, senti-me seriamente honrado por ser eu a pessoa que estava lá.

CAPÍTULO OITO

No domingo de manhã, Lydia acordou com o aroma de café e o ruído de uma serra elétrica. Quando olhou para fora pela janela, viu Carson cortando o carvalho morto. Ele se afastou bem para trás e levantou a viseira. A árvore prendeu a respiração por um momento e então tombou em um desmaio lento sobre o gramado.

Lydia abriu a janela e enfiou a cabeça para fora.

– Você se esqueceu de dizer "madeira" – gritou.

– Eu acordei você? – perguntou Carson. – Ótimo. Está na hora do café.

Ele estava com a massa para as panquecas pronta e eles as comeram com mirtilos e melado no balcão da cozinha.

– Quem ensinou você a cozinhar? – perguntou Lydia.

– A televisão – respondeu Carson. – Que é? Estou falando sério. Quem ensinou a você? Sua mãe?

– Não, ela não era... Eu fiz um curso de culinária *cordon bleu* quando era garota, e depois nunca mais cozinhei durante anos e anos. Não sei. Acho que ensinei a mim mesma.

– OK, isto vai para o dossiê. Curso de culinária *cordon bleu*.

– Que dossiê?

– O dossiê que estou compilando. Você quase nunca me conta nada, então é um documento muito fininho.

– O que você quer saber?

Ele cruzou os braços.

– Que tal você começar pelo começo e não deixar nada de fora?

– Você ficaria entediado até a morte – disse Lydia. – Você vai cortar aquela árvore?

– Vou cortar e empilhar a lenha, e depois que secar você vai poder usar na lareira. Você usa a lareira no inverno, certo?

– Você é um bocado prestativo.

– Obrigado. Bela tentativa de técnica de distração para mudar de assunto, mas não funcionou.

Lydia começou a recolher os pratos. Ele pôs a mão em seu no braço. Ela disse:

– Acho que eu não consigo.

– Depois que você parar de guardar tudo para si, vai ficar mais fácil. Não vai ser tão mau, você vai ver. Eu sou um bom ouvinte.

– Não, eu estava me referindo a tudo isso. Nós.

– Ei – disse ele –, pare com isso.

– É verdade – disse Lydia surpresa com a rapidez com que as lágrimas tinham se formado. – Não posso.

Ele afastou a mão e ficou sentado ali com uma expressão atordoada.

– OK.

Lydia queria que ele discutisse com ela, mas ele não discutiu. Ela queria que ele lhe dissesse para parar de ser tão ridícula.

– Bem – disse ele finalmente. – Foi alguma coisa que eu fiz? Alguma coisa que eu disse?

– Não, não é você...

Ele riu.

– Não é você, sou eu. Será que não mereço algo melhor que isso? Acho que não.

Ela continuou a conter as lágrimas. Ele estava se levantando, e em mais alguns minutos teria ido embora e seria melhor que fosse assim. Não era justo com ele deixar que aquilo se arrastasse. E ela não iria entrar numa situação em que fosse ficar vulnerável. Ela gostava da sua vida da maneira como estava.

– Eu vou cortar a lenha – disse ele – e empilhá-la, e depois sairei de seu caminho.

– Você não precisa fazer isso.

Ele sacudiu a cabeça.

– Não gosto de deixar tarefas pela metade.

～

Ela podia vê-lo através da porta dos fundos, que estava aberta. Rufus corria em círculos ao redor de Madeleine, que tinha se posicionado perto do dono e estava ficando com sua pelagem vermelha comprida coberta de serragem. Iria dar um trabalhão escovar e limpar.

Carson parou com a serra por um momento e passou o antebraço na testa. Ela sentiu seu estômago se contrair de anseio. No mínimo, deveria ir lá fora e falar com ele, não permitir que ele fosse embora sem uma despedida direita.

Quando ele tinha aparecido no abrigo de cães pela primeira vez, usava aqueles mesmos jeans, botas e camisa xadrez. Ela presumira que ele trabalhasse em alguma atividade ao ar livre ou manual. Parecia um carpinteiro. Carson dissera que trabalhava como agente encarregado de fazer acordos na companhia de seguros na cidade.

– Então é a sua esposa que passeia com o cachorro? – perguntara, embora ele não usasse aliança de casamento. Ele respondera que não, que não tinha esposa.

– Se o senhor passa o dia inteiro no escritório – explicara ela –, não seria um bom candidato a ter um cachorro. Eles são animais sociais, ficam ansiosos se são deixados sozinhos por muito tempo.

Ele a surpreendeu novamente dizendo que trabalhava em casa.

– Este é o milagre do correio eletrônico – dissera ele. E quando ele saísse para investigar um pedido de indenização de seguro, acreditava que na maioria das vezes o cachorro poderia ir junto para dar um passeio.

Ela levou um copo d'água para ele.

– Você parecia estar com sede – disse, quando a serra estremeceu e parou.

– Você não está vindo aqui para me fazer aquele discurso tipo "nós ainda podemos ser amigos"?

– Não.

– Eu ia lhe dizer uma coisa – disse ele.

Ele bebeu a água e ela esperou que acabasse.

– Isto é permitido? – perguntou ele. – OK. Quando eu estava com vinte e dois anos e tinha acabado de sair da faculdade, fui fazer uma viagem pela Ásia. Conheci uma garota. – Ele desviou o olhar e ficou olhando para a distância ao lado, para a fileira de áceres no fundo do quintal. – Ela era australiana, viajando como mochileira pelo mundo inteiro.

– Você não precisa me contar – disse Lydia. – Seja o que for que aconteceu, foi há muito tempo.

– Nós nos apaixonamos – disse Carson. Ela sabia que iria sentir falta do som da voz dele, da maneira como parecia vir lá de dentro do peito e ressoar no dela. – Eu a levei para Oakland, minha cidade natal, e em menos de seis meses ela ficou grávida, então nos casamos. Larguei meu curso de graduação e arrumei um emprego. Tivemos uma filha linda, chamada Ava, e ela era simplesmente perfeita, da maneira como os bebês são.

— Aposto que sim — disse Lydia baixinho.

— Quando ela estava com alguns meses de idade, sua mãe e eu começamos a brigar. As coisas ficaram assim por dois anos. Não deveria ter sido nenhuma surpresa, mas um dia quando voltei do trabalho ela disse que estava indo embora e que iria levar Ava.

— "Não, você fica, eu vou embora" — propus.

— "Vou levar Ava para casa" — disse ela.

— "O que você quer dizer com sua casa?" — perguntei. Eu ainda não tinha compreendido. Os pais dela tinham mandado as passagens de avião. Elas iriam voltar para Sydney, estava resolvido, e assim foi feito.

— Carson — disse Lydia. Ele estava olhando para o copo vazio em sua mão.

— Eu me mantive em contato — disse ele. — Telefonei, mandei cartas, cartões e presentes. Sarah me enviou um par de fotografias de Ava, passou tinta na sua mãozinha, a pressionou contra uma folha de papel e a enviou para mim. Então, cerca de dezoito meses depois, quando eu finalmente tinha economizado o suficiente para comprar um bilhete de avião, Sarah ligou. Ela disse que tinha conhecido uma pessoa e que queria se casar. Nosso divórcio estava quase finalizado.

— "Parabéns" — eu disse a ela —, "talvez eu consiga chegar aí a tempo de assistir ao casamento."

Não me incomodei. Eu já deixara de ter aquele tipo de sentimento. Ela ficou em silêncio por muito tempo.

"Então ela tomou coragem e falou francamente. Achava que seria confuso para Ava ter dois pais. Queria que eu interrompesse todo tipo de contato. E Gary queria adotar Ava, ele realmente já a amava, a tratava como filha."

— Você desistiu dela — disse Lydia. Ela desistira de seus meninos. Se havia uma pessoa que fosse ser capaz de compreender... Nem mesmo Lawrence jamais tinha realmente compreendido.

— Eu pensei no assunto. Liguei para Sarah na semana seguinte. Eu disse:

— "Ponha Ava no telefone."

Conversamos por algum tempo, ela ainda não tinha quatro anos, tagarelava comigo de vez em quando e outras vezes estava conversando com sua boneca. Eu fiz barulhos engraçados para fazê-la rir. Então disse a ela que a amava e que fosse chamar sua mãe. Eu disse a Sarah que faria o que fosse melhor para Ava. Abriria mão de meus direitos legais como pai.

Lydia estendeu a mão, mas ele não pegou. Ele se inclinou para descansar o copo. Antes de se endireitar, descansou por um momento com as mãos nos joelhos, como se estivesse muito cansado, sem fôlego.

– Hoje é o dia do aniversário de Ava – disse ele. – Ela faz vinte e cinco anos.

Lydia queria dizer que sabia pelo que estava passando. Tudo que pôde oferecer foram palavras vazias.

– Eu sinto muito. Realmente sinto muito.

– Está tudo bem – disse Carson. – Eu só queria contar a você, só isso. Agora vou acabar o trabalho. – Ele ligou a serra, baixou a viseira e não houve nada que ela pudesse dizer com todo aquele barulho.

~

Lydia fez uma salada de batata e levou para a casa de Suzie. A cozinha tinha o ar de uma venda de quintal em preparação, os brinquedos das crianças, livros, roupas, tudo empilhado por toda parte. Tevis já tinha chegado e estava mostrando as marcas que tinha espalhadas nas costas.

– Isto se chama aplicação de ventosas – disse ela –, é uma técnica de tratamento realmente antiquíssima.

– Do mesmo modo que é usar sanguessugas para fazer sangria – disse Suzie. – E provavelmente faz o mesmo bem.

– Suzie, você é a pessoa de mente mais fechada que eu já conheci – disse Tevis.

– Eu tenho uma mente superaberta – disse Suzie –, apenas não a encho de lixo.

– Não – retrucou Tevis –, lixo é com que você enche o seu estômago.

– Aaaah – disse Suzie –, você hoje está com a cachorra. Aquelas ventosas não deveriam sugar toda a sua energia negativa?

– O que eu perdi? – perguntou Amber, entrando pela porta dos fundos. – Eu trouxe uma torta de maçã. As crianças estão no quintal, junto com os seus filhos. Trouxeram um sapo.

Suzie deu um abraço em Amber.

– Estávamos discutindo ventosas, as tais *"cuppings"*.

– Ah, como na degustação de cafés?

– Não, como em rituais de vodu. Tevis, mostre suas costas a ela.

Tevis levantou a camiseta.

– Ai meu Deus! – gritou Amber. – O que aconteceu com você?

Tevis explicou tudo de novo, como o ar nas ventosas de vidro era aquecido com uma chama de modo a criar sucção contra a pele quando ela fosse posicionada firmemente contra a carne. As marcas desapareceriam em alguns dias e os benefícios em termos de relaxamento e revigoração durariam semanas.

– Bem, você parece relaxada – disse Amber. Era verdade. Tevis estava sentada no velho sofá maltrapilho da cozinha com os pés para cima, com calças jeans cortadas nos joelhos e uma camiseta, seu cabelo ruivo caía sobre seus ombros.

– É porque ela não está fazendo nada do trabalho por aqui – disse Suzie. Lydia e eu estamos trabalhando como escravas.

– Deixe-me ajudar – disse Amber. – O que posso fazer?

– Você pode nos preparar um drinque para começar, e então pode nos contar tudo sobre o seu encontro.

– Eu não sei se foi um encontro – disse Amber. – Foi um almoço.

– Um almoço pode ser um encontro – disse Suzie.

– É claro que pode – concordou Tevis.

Suzie disse:

– Ei, alguém abra uma champagne. Eu e Tevis acabamos de concordar em alguma coisa.

– Estou vendo um Pinot Grigio – disse Amber. – Não vejo champagne. – Ela tirou uma garrafa da geladeira.

– Vamos nos sentar e nos concentrar – disse Suzie, abandonando a faca. – Lydia, você pode deixar isso cozinhar em fogo baixo, vamos, venha se sentar.

Todas se sentaram ao redor da mesa.

– Agora desembuche – disse Suzie.

– Nós fomos ao Tiggi's – disse Amber. Ela colocou o cabelo atrás das orelhas, embora já estivesse enfiado. – Eu tomei a sopa de ervilhas como entrada e ele comeu uma salada de tomate com mozarela.

– Não nos dê o cardápio, Amber – disse Suzie. – Nós queremos os detalhes. Como ele é?

– Ele é bem legal – disse Amber.

– Então vocês fizeram sexo? – Você podia sempre contar com Suzie para ir direto ao ponto.

E com Amber para ficar toda encabulada.

– Não! Suzie, por favor!

– Vocês se beijaram? – perguntou Tevis.

– Não, eu contei a vocês, não sei nem se era um encontro. Ele é meu vizinho, talvez estivesse apenas sendo um vizinho simpático.

– Nós nos sentamos para isso? – perguntou Suzie. – Você não vai contar nada mais interessante?

Tevis disse:

– Vocês sabem o que eu li outro dia? Se o dedo anular de um homem for mais longo que o indicador, significa que sua testosterona é alta. É um fato cientificamente provado.

– É mesmo? Um dedo anular longo significa que ele tem alto impulso e desempenho sexual? Amber, o sei lá como é o nome tem um dedo anular pequenininho ou ele é bem-dotado?

– Suzie, você é tão depravada – disse Amber. Ela estava com seu sorriso que mostrava ligeiramente as gengivas e era um pouco bobinho. – E o nome dele é Phil, por falar nisso.

– Estou casada há quinze anos – disse Suzie – com o homem que namorava no colegial. Tenho que sentir minhas emoções ouvindo as dos outros.

– Bem, vou levar a minha régua e medir todos os membros e dedos dele da próxima vez – disse Amber.

– Ah, quer dizer que vai haver uma próxima vez?

Amber suspirou. Ela usava um vestido envelope azul de algodão estampado com ramos de flores brancas. Suzie vestia calças cáqui, Tevis estava com os jeans cortados nos joelhos e Lydia vestia jeans, como de hábito. Mas Amber sempre dizia que ela tinha que dar o melhor de si para fazer publicidade da Closet fazendo um esforço ao aprimorar seu guarda-roupa.

– Sim. Acho que sim. Pelo menos ele disse que deveríamos fazer aquilo de novo.

– Você não parece muito animada.

– Eu iria com certeza – disse Amber. – Mas você sabe, já faz tanto tempo desde que eu fiz – ela baixou a voz – *sexo*. Tudo aqui por baixo provavelmente secou e murchou.

– Escute – disse Suzie. – Você é uma mulher muito atraente. Ele seria um homem de muita sorte por ter você, como é mesmo o nome dele?

— Eu saí para correr no outro dia – disse Amber. – Vocês sabem, eu vou depois que deixo as crianças na escola e antes de abrir a loja. Estou correndo como sempre faço e passo por uma mulher correndo na direção oposta, então uma outra, e nós meio que quase dizemos alô, do jeito que você faz quando alguém está fazendo a mesma coisa que você. Eu estou pensando em alguma coisa lá no fundo de minha mente, algum pensamento está se formando, mas não sei qual é. E então passo por uma terceira mulher e *Bam!*. A coisa me vem. Os peitos daquelas mulheres não se movem. Estou falando de mulheres com peitos de tamanho razoável e eles simplesmente não se movem, e eu estou usando duas drogas de sutiãs e estou tipo, sobe, quica, desce e quica.

— Elas puseram silicone – disse Tevis.

— Aqui em Kensington – disse Amber –, as mulheres estão fazendo plástica nos seios. O que Phil vai pensar, se, quero dizer, ele vir os meus? Eles não apontam para o teto. Eles balançam e rolam para debaixo de meus braços!

~

Elas recomeçaram a cozinhar. Havia dez pessoas à mesa, incluindo as crianças, para almoçar, Mike estava fora em patrulha e telefonara para avisar que estaria em casa por volta das quatro e que era para guardar um pouco dos bolinhos de galinha frita. Lydia tinha cortado alface, pepino e tomates, Amber descascou as ervilhas e Suzie misturou os ovos e o queijo para a quiche. Tevis sentou na posição de lótus no sofá.

— Eu estava no banho outro dia – disse Suzie – quando Oscar entrou. – Oscar era o filho de cinco anos de Suzie. – Ele fez pipi, e ficou tagarelando sem parar.

— Mamãe, você conhece Deus? – perguntou.

— Claro, querido, conheço.

— Qual é o tamanho dele? Ele é tipo realmente, realmente enorme?

Começo a lhe dar uma resposta longa, mas ele não está nem ouvindo, está olhando para os meus peitos.

— Mamãe, você sabe os seus peitinhos?

— É claro que eu conheço estes peitos.

— Bem, por que eles estão pendurados até a sua barriga?

— Você disse a ele que é assim que é uma mãe de verdade? – perguntou Amber.

— O que eu não disse – respondeu Suzie –, o que eu quis dizer, mas não disse, foi que é porque eu o amamentei, o irmão e as irmãs, e isto foi o que eles acabaram fazendo com meus peitos.

— Rá! Mas você se conteve.

Lydia pensou em Carson serrando a madeira, na flexão dos músculos onde a camisa estava aberta e seu braço se movendo para a frente e para trás. Lawrence gostaria dele. Dentre todos os homens que ela já tinha namorado, definitivamente gostaria de Carson.

— Mas, madame – diria ele –, como sempre, eu aconselharia que é preferível, em uma situação assim, errar para o lado da cautela. – Ela nunca lhe dera ouvidos. Ou ouvia e então seguia adiante como se não tivesse ouvido.

— Amamentar não deixa os seios flácidos – disse Tevis. – Não existem provas disso.

— Eu não sei o que faz de você uma especialista – retrucou Suzie. – Tenho todas as provas de que preciso. Vou comer um cookie. Mais alguém quer um?

Todas sacudiram a cabeça.

— Cara, vocês são controladas – disse Suzie. – Vou começar uma dieta amanhã. Nova semana, nova folha e eu uma nova pessoa.

Ela sempre estava começando dietas, sempre queria perder alguns quilos, apenas alguns. Lydia levantou o olhar de sua tábua de cortar e examinou a amiga. Ela estava cheinha, um tanto roliça na cintura e no abdômen, mas ficava bem e natural assim. Em suas calças cáqui e camisa branca, com o cabelo preto cortado curto, parecia atraente, cheia de travessura e de energia.

— O que vai ser desta vez – perguntou Tevis –, sopa de repolho?

— Você está tão presa aos anos 1990 – disse Suzie. – Eu sei que parece que estou numa dieta diferente a cada semana, mas a gente tem que experimentar coisas novas. E você, Lydia? Aposto que nunca fez uma dieta na vida. Você tem tanta sorte com o tipo de corpo que tem.

O tipo de corpo não entrava nem um pouco na questão, como Lydia sabia. Ela pensou nas tigelas de manjar que o chef, seguindo suas instruções, deixava na geladeira antes de ir para casa à noite.

— Eu não faço mais dieta, Suzie, e você me parece perfeita exatamente como está. – Ela passava cerca de uma hora se empanturrando. Comer o manjar tornava mais fácil botar tudo para fora. Sorvete, também, era bom para isso. Era muito mais fácil purgar o estômago do que purgar sua vida inteira.

— Você está bem? – perguntou Suzie. – Está muito calada hoje.

– Estou ótima, realmente estou.

Suzie olhou para ela com ceticismo.

– Tudo bem com o Carson?

– Tudo – respondeu. – Ele passou a noite lá em casa ontem, derrubou uma árvore morta e cortou lenha para mim esta manhã. – Ela não queria falar sobre o assunto ainda, não queria estar com os olhos vermelhos quando as crianças entrassem do quintal.

– Ei – disse Suzie –, o dedo anular dele deve ser comprido. E o do Steve? – perguntou para Tevis. – Como são as medidas dele?

– Ele é perfeitamente equilibrado – respondeu Tevis. – E tem um lado feminino. Pessoalmente, eu não tenho vontade nenhuma de ter um homem das cavernas.

Amber começou a pôr a mesa.

– Você quer jogo americano, Suzie? Tevis, quando você e Steve vão dar o próximo passo? Há quanto tempo já estão juntos, quatro anos?

Tevis desdobrou as pernas da posição de lótus e girou os pés em círculos para alongar os tornozelos.

– Estamos namorando há quatro anos e eu gosto de sair com ele. Não vou morar com ele e ele não virá morar comigo. Eu não preciso de um homem no centro de minha vida para me tornar inteira.

– Eu preciso – disse Amber impulsivamente. Ela deu uma risadinha. – Não. Eu não preciso. Bem, talvez. Seria bom.

Quatro anos de namoro, pensou Lydia. Nenhuma necessidade de mudar. Parecia perfeito. Se ao menos Carson estivesse por perto para ouvir aquilo.

– Pois eu tenho notícias – disse Tevis. – Ela enfiou a mão na bolsa e puxou uma brochura impressa. – Tenho procurado um cantinho para me servir de refúgio há séculos, e encontrei um lugar na beira do lago.

– Ah, que delícia! – exclamou Amber. – Você comprou? É seu? Um chalé de toras de madeira, que romântico, e olhe como a natureza é intocada por lá, há veados, eu acho.

– Cuidado para os ursos não apanharem você – disse Suzie, dando uma olhada. – Uau, é realmente lindo! Quando todas nós iremos lá?

– Pensei que poderíamos ir para o aniversário de Lydia, no fim de semana logo depois. Amber, você acha que conseguiria uma babá para ficar com as crianças?

Amber achava que sim. Esse vai ser o fim de semana do balé, pensou Lydia. Talvez ela devesse reembolsar Carson pelas entradas. Ou talvez eles pudessem ir como amigos. Não, ele não iria querer.

Rufus correu para dentro saindo do deque e fez festinha até que ela o pegasse no colo. Ela o mimava como se fosse um bebê. Alisou suas orelhas sedosas. Ele espirrou bem no rosto dela, e então olhou como quem diz "eu não sou adorável?". Ela começara a deixá-lo dormir na cama. Todos os livros dizem que não se deve deixar, e ele costumava dormir em sua caminha na cozinha, mas de alguma maneira tinha se esgueirado para o segundo andar. Quando começara a fazer isso, ela se mostrara severa e ralhara com ele, mas então ele ia se deitar tão no cantinho da cama que quase caía, como se ela estivesse sendo completamente irracional já que havia tanto espaço na cama que um cachorrinho não iria incomodar ninguém.

Um cachorro não pedia muito. Eles eram tão mais simples que as pessoas. Quando contara a Lydia como havia criado o abrigo, Esther tinha dito:

– Não é tão altruísta como parece. Por vezes, eu não sei quando estou acolhendo os cachorros e quando eles estão me acolhendo. Você vê essas celebridades que de repente não aguentam mais a vida que levam, o que elas fazem? Elas saem e vão trabalhar com animais. É melhor que terapia. Acho que é isto o que estou fazendo. Eu e a Brigitte Bardot.

Lydia compreendia o que ela estava dizendo e adorava seu trabalho no Canino de Kensington, mas Esther precisava de sua solidão e a preservava, e Lydia ainda queria ter pessoas ao seu redor. Ela gostava do carinho e do movimento da casa de Suzie, e sentia-se grata àquelas mulheres, pelas boas gargalhadas que davam juntas e por nunca fazerem com que se sentisse a intrusa que era.

～

Suzie gritou para as crianças que o almoço estava pronto. Elas estavam fazendo uma barulheira no segundo andar, portanto deviam ter dado a volta no pátio mais cedo e entrado pela porta da frente. Oscar se sentou no colo de Lydia e falou com a boca cheia. O filho de Amber, Tyler, estava sentado em frente, mexendo disfarçadamente no telefone celular em seu colo. Maya, a mais velha de Suzie, disse que não estava com fome e Serena (a caçula de Amber e um ano abaixo de Maya na escola) disse que também não, embora tivesse enchido o prato com um pouco de tudo.

– Meninas, vocês têm que comer – disse Suzie. – Senão vão ficar doentes.

– Serena ganhou o papel principal na peça da escola – disse Amber. – Vocês estão olhando para Dorothy!

– Fantástico! – disse Lydia. – Reserve um assento na primeira fila para mim.

– Minha bunda está ficando grande – disse Maya. – Vou comer uma salada.
– Grande uma ova! – retrucou Suzie. – Trate de comer. Você também, Serena. E parabéns, querida, eu também estarei na primeira fila.
– Será que faria mal abrirmos mais uma garrafa? – perguntou Tevis.
– Esta salada de batatas está deliciosa – disse Amber. – Você usou alho bravo em vez de cebolinha?
– Você sabe que jogo fora metade de minha lancheira todos os dias? – perguntou Maya. – Você põe muitos alimentos gordurosos nela.
– Eu não vou entrar nesta discussão, Maya – disse Suzie. – Todo mundo lavou as mãos?
As crianças resmungaram de modo pouco convincente.
– Você sente falta de Miami? – perguntou Tevis a Suzie.
Lydia tinha ouvido a história de por que Suzie e Mike tiveram que partir. Eles moraram lá por dez anos.
– Metade do Departamento de Polícia de Miami é corrupto – dissera Suzie –, e foi Mike o policial investigado. – Mike era um homem honesto, um homem bom. Ele violava as regras de vez em quando, mas apenas nos interesses da justiça, de modo que algum bandido não escapasse impune com base em um detalhe técnico. Ela sentia que eles tinham sido postos para fora da cidade. – Nós gostamos daqui, mas Mike fica um pouco entediado. Aqui só tem multas por estacionamento proibido e por jogar lixo na rua.
"Na verdade, não sinto a menor falta", disse, agora respondendo a pergunta de Tevis. "Kensington me parece meu lar. Eu sinto falta de San Francisco de vez em quando, aquela neblina não se vê em lugar nenhum. Vou voltar para uma reunião de ex-alunos do colegial em setembro. Vinte e cinco anos desde a formatura. Estou louca para ir."
– Você se mantém em contato com alguém? – perguntou Tevis.
– É claro. Somos um bando de amigos. Telefonamos, trocamos e-mails, vamos a casamentos, a *bar mitzvahs* e aos divórcios. Sempre nos reunimos nessas situações.
– Que ótimo! – disse Tevis. – Eu bem que gostaria de fazer uma viagem para San Francisco. Há algumas lojas de artigos naturais que eu adoro por lá.
– Venha comigo – disse Suzie. – Iremos a todas as suas lojas de malucos. Eu adoraria se você viesse.
– Em setembro, meu irmão e a família vêm me fazer uma visita – disse Tevis.
– Se as datas não coincidirem...

Lydia tinha levado algum tempo para se dar conta, mas ela estivera errada com relação àquele país. As pessoas se mudavam muito, moravam longe de suas famílias, inventavam novas vidas, mas não se esqueciam de seu passado. Era uma sociedade transitória. Mas havia uma cola invisível que a mantinha unida, de forma que inicialmente não tinha visto quando ela própria estivera vagando de cidade em cidade. Suzie tinha as reuniões de colegas de colégio e Lydia sabia que ela moveria montanhas para estar lá. Aquilo lhe provocou um sentimento ao mesmo tempo caloroso e triste no peito. Ela lançou um olhar para Oscar, ainda sentado em seu colo, e ele botou a língua para fora, cheia de quiche.

– Ah, escutem – disse Amber. – O que aconteceu com o sapo com que vocês estavam brincando?

– Ooops – disse Oscar.

As outras crianças respiraram fundo e se entreolharam.

– Maya? – perguntou Suzie.

– Serena? – perguntou Amber.

Oscar desceu do colo de Lydia e correu para a escada.

– Nenhum de vocês se lembra? – gritou ele. – Nós o deixamos no quarto da mamãe.

De volta em casa, Lydia se olhou no espelho do quarto. Inclinou a cabeça para examinar a raiz dos cabelos. Eram castanhas, mas não tão escuras quanto o resto. Se deixasse crescer, acabaria acinzentado, não louro. Antes, ela sempre pintava e fazia luzes. Examinou o nariz. Será que as narinas estavam desiguais? Amber disse que era um "sinal revelador" de cirurgia plástica. Com certeza a natureza por vezes era assimétrica. Havia rugas ao redor de seus olhos, não pés de galinha, mais como pés de andorinha, ou pintinhos. As pálpebras superiores, geralmente inchadas pela manhã, ficavam ótimas à tarde. Era maravilhoso ter seus olhos de antigamente de volta. Quando se mudara para Kensington, tinha decidido não usar mais as lentes castanhas. Era ridículo o tempo que tinha insistido em usar aquilo. Talvez estivesse na hora de voltar a ser loura.

Mas ela não deveria ser descuidada demais. O aniversário de dez anos estava se aproximando. Ela ainda não tinha visto nada nas revistas, mas também mal tinha olhado. Apenas aquela única vez na loja de Amber. Haveria algum tipo de comemoração, com certeza, e envolveria os meninos. Dera o melhor de si para tentar fazer o que Lawrence recomendara e não segui-los obsessivamente. (Querido e doce Lawrence, seu conselho continua vivo, durante toda esta longa década!) Ela havia checado os progressos deles, sabia de todas as ocasiões importantes, conhecia as fotos dos campos de esportes, as do último dia de aula na escola, do primeiro dia na universidade, formatura, como tinham ficado bonitos em seus uniformes militares. Ano após ano, tinha visto como eles prosperavam, aqueles meninos sem mãe.

Lydia tinha uma fantasia. E a revivia incontáveis vezes. Eles estariam ali, naquela casa, e ela recolheria suas roupas espalhadas pelo chão, interviria nas briguinhas, ralharia com eles por beberem leite direto da embalagem. Não haveria mordomo. Nem criada. Não haveria colégio interno. Nada de Balmoral para mantê-los longe dela nas festas e férias. Eles chegariam tarde e atacariam a geladeira e a abraçariam e a levantariam do chão. Ela reviraria os olhos e diria "agora será que um de vocês pode ligar a máquina de lavar louça depois que acabarem de comer? Eu vou para a cama". Era apenas uma fantasia. Quando partira, e nos primeiros tempos, ela acreditara que um dia poderia fazer com que se tornasse realidade. Agora sabia que não podia, embora de vez em quando fingisse não saber disso. Era mais fácil de suportar assim.

Lydia saiu do quarto, desceu até a cozinha e olhou fixamente para o computador que não estava ligado. Ela encontraria o que queria lá. Ela nunca pararia. O acordo que havia feito consigo mesma era que receberia os boletins quando eles aparecessem em seu caminho, como uma tia distante recebendo uma carta assinada por várias pessoas duas vezes por ano. Persegui-los pela internet não seria saudável e não lhes traria nenhum benefício. Talvez fosse uma regra estúpida estar acompanhando, tão inútil quanto as lentes castanhas que usara durante muito mais anos do que precisava.

Quando estava se sentindo daquele jeito, sabia que o que tinha que fazer era ir nadar. Ela verificou a hora. Cinco horas. Meia hora até que a farmácia fechasse. Ela poderia chegar lá a tempo e comprar uma braçada de revistas. Fatalmente haveria uma ou duas fotografias.

Lydia pegou as chaves do carro, e Rufus, ao ouvir o som delas, correu para a porta da frente.

– Garoto esperto – disse.

Um sentimento de horror a dominou, como uma mão úmida pressionada sobre seu nariz e boca. Ela teve que se sentar em um banco. Como pôde deixá-los? Ela era desumana, desprezível.

O Dia do Julgamento final. De novo.

Rufus correu de volta e lançou-lhe um olhar, como quem diz "isso não tem graça".

Mães não abandonam seus filhos. Aquilo era uma espécie de deformidade que ela tinha. Uma anormalidade da alma. Talvez apenas estivesse no sangue da família. Sua própria mãe não tinha partido? Ela não pudera levar seus filhos, o que não fora sua culpa. Mas de qualquer maneira, mamãe era uma fujona.

"Pare", ela disse para si mesma, "pare com isso agora."

– Rufus – disse –, nós vamos sair agora.

∼

Por que ela tinha comprado aquele carro? Era grande demais. Lydia achara que seria útil para transportar suprimentos para o abrigo, mas a maioria das coisas era entregue lá e tinha sido apenas mais uma má escolha que fizera. Se não conseguia acertar nem nas coisas pequenas, como poderia julgar as grandes coisas da vida?

Rufus se enroscou sobre o freio de mão e apoiou a cabeça no joelho dela.

∼

Lydia andou até a Albert Street em direção à farmácia, contando suas bênçãos, embora soubesse que aquilo nunca funcionava. Nunca tinha funcionado nos velhos tempos tampouco, quando tinha tudo, o mundo aos seus pés, supostamente. Ela folheou os livros acima das prateleiras de revistas para ver se havia alguma coisa nova. A maioria era de porcarias, suspense, horror, crimes verdadeiros, e montanhas de romances baratos. Ela iria comprar um de qualquer maneira e escolheu um livro de capa mole com a ilustração de uma moça com uma flor atrás da orelha. Tinha relevo em dourado na capa, algo que, havia descoberto, era sempre um péssimo sinal. Mas era como gostar de balas. Tudo bem ceder à vontade de vez em quando. O livro a ajudaria a passar aquela noite, não seria pior que sentar com uma grande barra de chocolate.

Havia doze revistas que ela queria comprar e as empilhou umas sobre as outras. A mulher do caixa disse:

– Dando-se um presentinho hoje?

– Acho que sim, sra. Deaver – respondeu Lydia.

A sra. Deaver usava óculos de armação de osso e saia e blusa de tricô. Ela parecia mais uma professora aposentada do que uma caixa de loja.

— É aquela época do mês? Muitas garotas entram aqui e compram pilhas de revista junto com uma caixa de Tampax.

— Apenas vou me deitar com isso para uma noite sossegada — disse Lydia.

— Faça isso, querida. São setenta dólares e vinte e cinco centavos. Tem certeza de que vai querer levar tudo? Vai descobrir que são as mesmas histórias repetidas.

Lydia pagou e saiu. Carson estava andando pelo outro lado da rua. Se ele a visse, será que pararia? Será que a veria? Seu coração estava disparado. Que patético. Ela iria andar direto para o carro e para casa.

Rufus correu para o outro lado da rua antes que ela pudesse detê-lo.

Carson o pegou no colo e levou uma grande lambida no nariz.

— Estou com uma coisa que é sua — disse ele, quando veio para o lado dela da rua.

— Obrigada — disse Lydia. — Ele gosta muito de você.

— Eu sei. Pensei que você também gostasse.

— Talvez eu goste — respondeu ela.

— Alguma vez já lhe disseram como seus olhos são espantosamente bonitos? — Ele pôs Rufus no chão. — Esta é uma pergunta para a qual já conheço a resposta. — Ele esfregou a nuca, Lydia queria que ele esfregasse a dela também. Ele disse:

— Acho que exagerei na reação de manhã, perdoe-me.

Ela tinha sido terrível com ele naquela manhã, e agora ele estava pedindo desculpas.

— Foi minha culpa — disse ela. — No momento em que eu disse, quis retirar as palavras.

— Nós poderíamos ter conversado sobre o assunto, se eu não tivesse ido embora fazendo papel de João de Ferro... Você comprou uma porção de revistas. Pensei que não gostasse dessas coisas.

Lydia baixou o olhar para a pilha debaixo de seu braço.

— Eu estava pensando em mudar o estilo de meu cabelo. Achei que poderia encontrar algumas ideias.

Carson estendeu a mão e acariciou o cabelo dela.

— É mesmo? Eu acho que assim fica tão bem em você. — Ele a puxou delicadamente para si e ela apoiou a cabeça no ombro dele. Não era um problema o fato de que ele lhe fizesse perguntas. O problema era que ela queria responder.

CAPÍTULO NOVE

31 de janeiro de 1998
Eis aqui um enigma. Meus dias estão contados. Eu finjo que os ignoro, que isso não importa e que tudo ficará bem. Eles se arrastam. Eu sei disso porque eu estou esperando para vê-la de novo. Eu pensei muitas vezes em adiantar a viagem, mas creio que não seria correto, que seria ditado por minhas necessidades e desejos e não os dela.

O que eu devo fazer é trabalhar. Mas quase não tenho apetite para isso e o que o mundo estará perdendo sem os meus escritos pontificados sobre as manobras e contramanobras da diplomacia do outro lado do Atlântico? Recordo-me de quando comecei a proferir palestras, de um aluno ainda não graduado ter levantado a mão ao final de um seminário.

– Em sua opinião, qual é a importância da história? Quero dizer, qual é a sua visão pessoal com relação ao tema? Será que nós, sabe como é, aprendemos com ela de modo que os mesmos erros não sejam de novo cometidos? – Eu sorri. Sem dúvida, dei alguma resposta fátua sobre dizer a verdade e o papel do historiador como um mero observador imparcial. A pergunta ingênua é com frequência a mais reveladora, que é o motivo pelo qual a descartamos. O ponto central de meu livro? Ninguém, graças aos céus, me fará esta pergunta.

Eu havia pensado, quando comecei, que este diário me permitiria clarear a cabeça, de modo que eu pudesse voltar a trabalhar na *magnum opus*. Eu escrevo estas páginas e então reflito, e reflito de novo. Março parece estar muitíssimo distante. Mas só para mim. Eu preciso me lembrar de que ela não está sentada lá na Carolina do Norte esperando ansiosamente que eu chegue.

1º de fevereiro de 1998
Nós passamos mais ou menos dez horas no motel. O lugar inteiro era projetado de modo que os clientes e o pessoal de serviço nunca pusessem os olhos uns nos

outros. Nós pedimos uma refeição, frango e salada, que foi deixada atrás de uma portinhola de serviço na antessala. Depois disso, dirigimos de novo na escuridão. Eu esperava bloqueios nas estradas e ver cartazes onde se lia *Princesa de Gales Sequestrada*. É claro que não houve nada disso. Sintonizei o rádio, meu português é passável e a matéria era a manchete das notícias.

– Eles estão falando de mim – perguntou ela –, não estão? – Eu disse que desligaria assim que tomasse conhecimento da situação. Ela virou a cabeça para a janela.

Eu tinha visto a sua expressão, contudo, e não havia lágrimas em seus olhos, havia desafio.

O julgamento mais difícil de minha vida foi decidir se o nosso "pequeno plano" deveria ser implementado. Seria a mais extrema manifestação de irresponsabilidade, uma manifestação da qual não haveria recuperação possível? Em que ponto exato a linha seria cruzada? Mesmo enquanto seguíamos no carro, ocorreu-me que poderíamos fazer meia-volta e retornar. Dizer que ela tinha marcado um encontro comigo, querendo explorar um pouco o país longe dos holofotes da imprensa. Haveria uma enorme grita, é claro, mais perguntas sobre a sua saúde mental, uma tempestade de comentários e fúria sobre a conduta da mãe do futuro monarca e aqueles a quem ela escolhia como companheiros. Mas não era tarde demais. Eu disse isso a ela.

Ela sacudiu a cabeça.

– Isto não foi de brincadeira.

Ela é simplesmente a mais extraordinária das mulheres. Os rigores da realeza, da maternidade, da prepotência da fama – todas essas coisas que deveriam ter mantido em cheque seu comportamento – tornaram-na cada vez mais ousada e irresponsável. Lembro-me de alguns anos atrás, quando ela estava numa viagem para esquiar na Áustria (em Lech, creio), receber um telefonema de seu guarda-costas. Ele me implorou para tentar convencê-la a ser razoável. Como ele podia fazer seu trabalho? A princesa tinha desaparecido do hotel pulando de uma varanda de primeiro andar para a neve, uma queda de pelo menos seis metros. Ela tinha ficado fora a noite inteira, presume-se que com seu namorado. Creio que ela própria temeu até onde iria, em que medida se tornaria dada a extremos se não conseguisse se desvencilhar daquela vida.

2 de fevereiro de 1998
Fui forçado a deixá-la em Belo Horizonte depois de dois dias – apesar do fato de que ela tivesse começado a se descontrolar um pouco. Eu tinha que viajar de volta para Pernambuco e devolver o barco que havia alugado, exatamente como qualquer outro turista, por uma semana. Não é bom deixar pontas soltas. De lá, voltei para Washington, onde deveria estar enfurnado na Biblioteca do Congresso, trabalhando duro. Eu recebi, como sabia que receberia, uma dúzia ou mais de mensagens.

Minha dor de cabeça era intensa. Passei o dia deitado no escuro. A mudança de pressão do ar durante o voo foi apenas parcialmente responsável. Da primeira vez que voei depois do diagnóstico – tinha sido uma rápida viagem a Roma – pensei que talvez fosse morrer no avião. Afinal, minha médica dissera que não me aconselharia a fazê-lo. Embora também não tivesse me aconselhado a não fazê-lo.

– Vai fazer com que o tumor fique pior? – perguntei.

– Não existe nenhuma indicação de que viagens aéreas predisponham tumores a crescer ou a sangrar. O risco é de isolamento médico. Eu ficaria inclinada a permanecer em terra. – Sempre apostando no seguro. Ela possui um conhecimento enciclopédico do cérebro e de seus tumores malignos, a dra. Patel. Quando pode falar em termos abstratos, como por vezes a encorajo a fazer, ela pode se tornar bastante animada, o prazer de falar para um companheiro possuidor de Ph.D, embora nossos campos estejam a mundos de distância. Mas pergunte-lhe qualquer coisa prática que se relacione com meu estado de saúde e ela se torna bastante rabugenta e taciturna, como se eu estivesse tentando pressioná-la.

Eu pensei que seria uma boa política não mencionar meu oligodendroglioma anaplástico (que encantos anagramáticos!) às companhias aéreas quando reservei os voos. Naturalmente, ficaria mortificado se causasse qualquer inconveniência ao cair duro e morto em pleno voo, mas a necessidade obriga, como diz o ditado. Eu tinha lido sobre ações civis a respeito de passageiros que fizeram revelações semelhantes e subsequentemente tiveram negado o direito de embarcar.

De modo que me deitei num quarto escuro em Washington, depois de feita a façanha, me perguntando se minha cabeça iria explodir. Não explodiu. Eu não retornei as chamadas recebidas por mais um dia, e àquela altura todo mundo parecia ter-se esquecido de que tinha me telefonado, para começar. Exceto pela querida Patricia, que presumiu que eu estivesse abalado demais para falar. Não houvera nenhuma declaração oficial até o momento.

— Mas eles não estão falando mais sobre operações de busca e resgate, estão falando sobre a recuperação do corpo, se possível. — Havia aquele indício de excitação na voz dela que anda lado a lado com o relato de calamidades apenas muito distantemente conectadas.

Eu disse que embarcaria no próximo voo disponível.

Ela respirou fundo, minha irmã caçula.

— Você acha recomendável? — perguntou. Embora Patricia seja admiravelmente contida em guardar para si mesma suas opiniões, eu sei que ela teme que eu esteja encurtando minha vida a cada vez que embarco em um avião. Talvez tenha razão. Quem sabe? Com certeza não a dra. Patel.

— Todo mundo está tão... atordoado — disse ela. — Eu fico pensando naquela vez em que você a trouxe aqui para tomar chá, que pessoa adorável ela era, como era natural. Perguntando sobre as crianças, admirando o jardim. E depois lavou a louça! Eu contei isso a todo mundo. E pensar que ela... Você acha... você acha realmente que foi...?

Ela foi dominada pela emoção ou pela delicadeza da situação. Embora a especulação infindável da mídia fosse quanto a tubarões, Patricia achou a palavra impronunciável.

3 de fevereiro de 1998

Tudo correu como eu havia planejado. Se tivesse escolhido a praia principal da Boa Viagem, onde há cartazes advertindo "banhistas nesta área correm grande risco de ataques de tubarões", teria criado uma tempestade na mídia quando ela insistisse em dar sua nadada diária. Surfistas são comidos por tubarões com alguma regularidade, mas uma princesa é uma questão inteiramente diferente. A praia que eu havia escolhido ficava bastante distante da área de Recife/Boa Viagem e era de maneira geral considerada segura e de águas calmas. O que eu havia incluído em meus cálculos, contudo, era que cerca de cinco ou seis anos antes, ataques de tubarões em Boa Viagem eram mais ou menos desconhecidos. Fácil para a imprensa, portanto, especular que alguma nova mudança no ecossistema submarino tivesse levado os tubarões-de-cabeça-chata a nadarem novamente para mais adiante na costa.

Eu tinha feito minha pesquisa tão meticulosamente que em uma de nossas sessões de planejamento me mostrei talvez um pouco ávido demais ao oferecer as informações.

– Ah, por favor, quer parar? – disse ela. – Eu não preciso ouvir todos os detalhes sangrentos. Eu vou ter que entrar na água, sabe.

A ideia básica tinha sido dela. Ela tinha falado daquilo por mais ou menos um ano.

– Não existe alguma maneira, Lawrence, de me fazer desaparecer? Tem muita gente que encena sua própria morte, não tem, pessoas que entram no mar e desapareçem? Faça com que eu desapareça. Faça com que eu suma em meio a uma nuvem de fumaça. Aposto que você fez isso no Ministério das Relações Exteriores, não fez? Com espiões e tudo o mais. Você sabe como fazer. Você poderia fazer. Você é a pessoa mais esperta que eu conheço. Você é a única pessoa em quem confio.

Houve variações deste tema – algumas brincalhonas, algumas semicasuais, e algumas feitas com uma honestidade de partir o coração. Tenho que admitir que me senti mais lisonjeado que alarmado. Pelo menos no princípio. Ela se tornou cada vez mais desesperada.

Quando finalmente comecei a me dar conta de como ela estava falando sério, eu disse que podia – com algum risco – ser feito. Ela ficou sentada em silêncio. Estávamos em sua sala de visitas privada. Um grande vaso de suas rosas brancas favoritas estava sobre a mesa ao meu lado, mas ou elas não tinham perfume ou todos os meus sentidos estavam sintonizados apenas nela. Lembro-me do aroma de seu perfume, 24 Faubourg, creio.

– Sim – disse ela –, por favor, me ajude. – E, com estas palavras extremamente simples, eu fiquei inteiramente ao seu dispor.

4 de fevereiro de 1998
Espiões e tudo o mais. Era o que ela dissera com sua mistura especial de coquetismo experiente e ingenuidade desarmante. Havia um grão de verdade nisso. Eu sei como fazer as coisas bem feitas. O que tive que pesquisar desde o início foi a locação e a credibilidade de não haver um corpo (ou partes de corpo) a ser encontrado. Em termos de números absolutos, a Flórida e a Austrália têm mais ataques de tubarões, mas os registrados em Pernambuco têm um índice muito mais alto de fatalidades. Eu também preferia o Brasil por ser uma nação não anglófona, tornando mais fácil para ela desaparecer naquelas primeiras semanas críticas. Assim, resolvi a questão da locação. Então pesquisei casos em que pessoas desapareceram no mar.

Não deu outra, a mídia contribuiu prestativamente com uma regurgitação exatamente daquelas histórias que eu acreditava constituírem um precedente дляte o suficiente. Em 17 de dezembro de 1967, o Primeiro-Ministro da Austrália, Harold Holt, foi nadar na Praia de Cheviot, perto de Melbourne, e desapareceu. Depois de uma operação maciça de busca e resgate, que não conseguiu recuperar o corpo, presumiu-se que ele tivesse sido comido por tubarões, e um funeral foi realizado. Os jornais também se detinham em tentativas de fuga de Alcatraz, tais como as de Frank Morris e de Clarence e John Anglin. Davam-lhes uma narrativa consistente e uma oportunidade para especulação macabra. Todos aqueles que tinham saído nadando do rochedo ao longo dos anos foram oficialmente declarados mortos por afogamento, embora nenhum corpo jamais tenha sido encontrado, a maioria muito provavelmente acabando como refeição para os carniceiros tubarões-leopardos. Também havia uma multidão de outras histórias, famosas ou fabulosas, e os relatos comparados de desaparecimentos rotineiros na Flórida, no Havaí, na Austrália, no Brasil e assim por diante. A lista era longa. Acrescentava muito lastro à história do modo como eu desejava que fosse contada.

5 de fevereiro de 1998
Os teoristas de conspiração estão em campo com a bola, exatamente como seria de se esperar. Harold Holt foi considerado pelos fantasistas como tendo sido sequestrado por um submarino russo (ou por vezes chinês). Morris e os Anglins foram "vistos" por cidadãos de olhos aguçados depois de terem se afogado. Provavelmente os mesmo indivíduos apaixonados que começaram a ver Elvis depois de sua morte. Eu mantenho um olho atento nas teorias de conspiração correntes. Ela foi executada – encabeça a lista. Vários ângulos são considerados, inclusive os mais absurdos, de que o assassinato foi ordenado por seu sogro, o Duque de Edinburgo, e executado pelos serviços de segurança. Está crescendo a pressão para que seja realizado um inquérito público, mas até o momento não se concretizou. A hipótese de suicídio foi postulada, com um detalhe simpático de que ela estaria grávida e não queria dar à luz uma criança mestiça. Há algumas teorias também de que ela teria fugido, e de que teria sido "vista" em Genebra, e vestindo uma burca numa variedade de terras muçulmanas. Graças a Deus, elas ficam restritas às margens dos lunáticos da internet.

CAPÍTULO DEZ

Na noite passada ele de fato fez as orações na cama enquanto girava as contas do rosário entre os dedos. Geralmente apenas as contava ou batia umas nas outras porque achava o ruído calmante. Parecia que estava recebendo sua recompensa – Lydia estava bem ali, na sua frente, descendo pela Albert Street, com o spaniel correndo tão perto que parecia que estava colado no tornozelo dela. Ele precisou de um momento para se compor, pensar em uma frase para começar a conversa. Ele saiu da rua ao lado da cafeteria, onde poderia fazer alguns ajustes em suas roupas sem ser visto. Rapidamente enfiou a camisa para dentro da calça. Passou a mão alisando os cabelos. Talvez devesse usar sua câmera. Dizer: "Escute, será que a senhora se importaria que eu tirasse algumas fotos suas? A senhora é muito bonita." Garotas gostavam disso. Não, só garotas mais jovens gostavam disso. Uma mulher da idade dela acharia estranho.

Ela passaria por ali dentro de alguns minutos. Ele não conseguia se decidir.

Agora ela estava andando diante dele e, se virasse a cabeça, ele pareceria um daqueles pervertidos, de tocaia se escondendo na sombra.

"Grabowski", disse a si mesmo, "você é um idiota". Automaticamente, levantou a Canon e enquadrou uma foto. Mas não a tirou. Por que ele tiraria uma fotografia das costas da cabeça dela?

Ele a seguiu mantendo alguma distância descendo a rua. Ainda não tinha um plano.

Ela era dona de um belo traseiro. Parecia muito atraente naqueles jeans de cintura baixa.

Quando ela entrou na farmácia, ele hesitou, se perguntando se deveria segui-la. "O que você vai fazer, Grabowski? Pedir conselhos a ela sobre que marca de pasta de dentes comprar?"

Ele olhou ao redor e então atravessou a rua. Havia um grande caminhão estacionado a pouca distância para a esquerda. Se ficasse atrás do caminhão, poderia ficar de olho na loja e enquanto isso decidir qual seria sua abordagem.

A sra. Jackson tinha dito a ele que Lydia era inglesa e que morava em Kensington há três anos.

– Ela trabalha com os cachorros, sabe, naquele lugar a oeste, perto da floresta.

– Eu sou de fora da cidade, sra. Jackson – retrucou Grabowski, embora já soubesse que ela nem perceberia o sarcasmo daquela resposta.

A proprietária assoou o nariz em um lenço de papel.

– Alergia – explicou. – Sou uma mártir por causa daquele cachorro. Eu o peguei no abrigo, aquele lugar de que estava lhe falando. O senhor está aqui a negócios? É com relação à funerária? O sr. Dryden nunca venderá. Já tivemos algumas pessoas tentando persuadi-lo no correr dos anos, gente vinda da cidade grande. Mas, é claro, por causa de seu sotaque sei que vem do exterior. Não que isto signifique alguma coisa. Nós por aqui somos muito cosmopolitas.

Grabber examinou as contas, o cinto e os sapatos de verniz da sra. Jackson, o otimismo determinado de suas mãos impecavelmente bem tratadas, mas cobertas de veias.

– Tenho certeza de que são – respondeu. – Lá está Lydia, ela é estrangeira, não é?

– Ah, Lydia – disse a sra. Jackson. – Para nós, ela não é estrangeira. Ela é uma das garotas. Comprou aquela casa dos Merrywicks quando eles se mudaram para a Flórida, uma casinha adorável, linda, fica na Rua Cedar. Ela já me convidou, bem, melhor dizendo, eu apareço para uma visitinha quando passo por lá. Ela nunca está ocupada demais para uma amiga, e por aqui todo mundo é assim. Em que ramo de negócios o senhor disse que trabalhava?

– Eu sou... escritor – disse Grabowski. – Estou escrevendo um livro. Achei que aqui seria um lugar simpático para me isolar por alguns dias e trabalhar.

Ele não pretendia contar a ela seu *curriculum vitae*. As pessoas podiam agir de maneira inesperada com relação àquilo, especialmente com a aproximação do décimo aniversário, agora que todo o debate estava vindo à tona de novo, sobre perseguição, assédio e intrusão e irresponsabilidade da imprensa. A hipocrisia o deixava nauseado. Estas mesmas pessoas compravam os jornais e revistas que compravam as fotografias. Se não existe demanda, não há dinheiro e não há fotografias. Tão simples como isso.

– Aaah – disse a sra. Jackson. – Um escritor. A respeito de que está escrevendo, ou será que não devo perguntar? Escritores não gostam de perguntas, não é? Bem, o senhor é bem-vindo e pode ficar o tempo que quiser. Gostaria que lhe trouxesse uma refeição para o quarto? Eu não sirvo refeições, só o café da manhã, mas poderia fazer uma exceção. Li a respeito de um retiro para escritores certa ocasião, eles tinham todas as refeições servidas em seus quartos de modo que não tivessem que fazer nada exceto seu trabalho.

Grabowski disse que era muito gentil, mas que ele gostava de sair de vez em quando para se exercitar, falando em termos criativos. Estava pensando em sair para comer um sanduíche.

A sra. Jackson agitou as mãos e lhe deu instruções sobre como chegar à padaria. Ele teria jurado que ela bateu as pestanas para ele. A história de ser escritor tinha caído bem como uma luva. Não demoraria muito e ela estaria dizendo "espero que o senhor me inclua no seu próximo livro".

Quando ele desceu, ela estava sentada atrás do balcão da recepção no hall de entrada (ao qual ela se referia como "o vestíbulo") e tinha acrescentado um borrão de batom à boca.

— Sr. Grabowski — disse ela —, esta pode ser apenas uma cidade pequena, mas não somos desprovidos de cultura. No ano passado, o sr. Deaver realizou uma exposição de arte no salão da escola. Meu marido estava indisposto na noite do vernissage, mas eu, é claro, estava lá. As aquarelas do sr. Deaver são muito aclamadas. Sim, o senhor verá que por aqui temos muito apreço por artistas em geral. E se houver alguma coisa que eu possa fazer pelo senhor, para ajudar a fazer fluir a inspiração, por favor sinta-se à vontade para pedir. Está vendo esta pequena campainha aqui sobre o balcão? — Ela pegou a campainha e a sacudiu. — Tlin, tlin, tlin e *voilà*, estarei à sua disposição imediatamente.

～

"Havia uma coisa que a sra. Jackson podia fazer por ele", pensou Grabowski, enquanto espiava através das janelas da caminhonete para o outro lado da rua. "Ela podia apresentá-lo a Lydia."

Tlin, tlin, tlin, Lydia servida de bandeja.

Ele duvidava disso. Não adiantaria pedir, a menos que parecesse ser ideia dela. A sra. Jackson não gostaria nada de ser relegada a segundo violino em sua própria orquestra.

Quando Lydia saísse, ele atravessaria a rua em direção a ela e... diria... "Oi, você é realmente linda, e já faz um tempão que não dou uma trepada, então o que acha da ideia, querida? Na sua casa ou na minha?"

Que fosse tudo à merda, ele iria para Los Angeles. Partiria na manhã seguinte. Mas nunca conseguiria dar uma trepada em Los Angeles. Era um pesadelo. O pior lugar da Terra. Ele tinha saído para um encontro lá uma vez. Não tinha sido como um encontro, tinha sido como uma entrevista de emprego. E ele não foi contratado.

Ela estava demorando um bocado naquela loja. O que estaria fazendo lá?

Grabowski ajustou a tira de sua câmera. Levantou-a e bateu algumas fotos da rua. Era uma rua bem bonitinha, tinha personalidade, lojas direitas, não aqueles shopping centers que ele via em quase todos os outros lugares. Um garoto passou montado numa bicicleta e Grabber tirou algumas fotos. Ficariam boas, tipo artísticas, os raios das rodas ficariam borrados e a luz estava boa com o sol baixo acima da prefeitura. Mas arte não era o que vendia, não importava o que a sra. Jackson dissesse.

Era óbvio o que ele deveria fazer. Ele deveria se aproximar e fazer um carinho no cachorro.

Ela agora estava saindo da loja. Grabowski encolheu a barriga. Deu um passo adiante. Havia um homem descendo pela rua em sua direção e quando viu, no instante seguinte, o spaniel tinha atravessado a rua e estava latindo e saltando aos pés do outro sujeito.

O homem se abaixou e pegou o cachorro no colo. "Esse era o meu papel, seu canalha", pensou Grabowski. "Largue o cachorro no chão imediatamente."

Mas ele não largou. Ele seguiu para junto de Lydia.

Eles se conheciam, era evidente. Talvez até trocassem algumas palavras e depois seguissem em direções opostas.

Ou talvez tivessem combinado de se encontrar.

Àquela distância, era difícil ver a expressão no rosto dela. Grabowski tirou as lentes de distância focal mais longa da bolsa. Nunca saía de casa sem a bolsa de acessórios de sua câmera. Mesmo se você achar que só vai tirar algumas fotos da vida cotidiana de uma cidadezinha, porque a câmera é a única maneira de você ver o que está na sua frente, e você nunca sabe do que vai precisar.

Ele usou o zoom nela. Tinha uma visão clara logo ao lado do ombro do ladrão de cachorro. Foi puro reflexo que ele tirasse as fotografias. Via perfeitamente a maneira como ela estava olhando para aquele sujeito.

"Obrigado, sra. Jackson", pensou Grabowski. "A senhora se esqueceu de me dizer uma coisa a respeito de Lydia, um detalhe que teria sido útil."

Grabber voltou para a pousada. Pendurou a câmera e a bolsa na cama. Então se atirou nela.

Ele pensou em descer até o "vestíbulo" e tocar a porcaria da campainha de latão. Quando a sra. Jackson viesse correndo, perguntando o que poderia fazer por ele, diria "uma garrafa de Jack Daniels, um grama de cocaína e um par de prostitutas adolescentes. Para me ajudar a estimular minha inspiração de escritor, se a senhora for realmente uma amiga da arte".

Ele pegou a câmera e examinou as fotos que tinha tirado, ainda deitado de costas. Eram médias. Nada das qualidades de pintura que estivera esperando captar. Ele chegou às fotos de Lydia. A primeira estava fora de foco, na segunda, o enquadramento estava ruim, na terceira, ela estava piscando e a quarta estava belíssima.

Ele voltou e apagou as três primeiras. Com um suspiro Grabowski estava a ponto de apagar a quarta. Então olhou mais uma vez para a foto. Aumentou o zoom trazendo-a ainda mais perto. Seus lábios estavam entreabertos, ela estava a ponto de falar ou rir. Aqueles olhos eram espantosos – ultramarinos. Não se podia culpar um homem por fazer uma tentativa.

Era exatamente o que ele não tinha feito. Tinha ficado escondido, espiando.

Grabowski fez o zoom aproximar ainda mais os olhos. Olhou fixamente para eles. Então se sentou na cama.

Ele se levantou e encontrou o cabo que conectava a câmera ao laptop e mandou a foto para o disco rígido. Então a abriu na tela.

Era assombroso. Ele poderia ter jurado. Aquilo até o assustou um pouco.

Ele puxou a foto que estivera planejando usar na capa do livro. Posicionou as duas fotos lado a lado. Não era ela, mas os olhos eram exatamente os mesmos. Exatamente.

Ele precisava de um drinque.

E se fosse ela? E se ele tivesse uma história bem ali? A maior história de sua vida.

Ela não tinha sido avistada em Abu Dhabi e na Suíça? E se todos os malucos que diziam que ela havia encenado sua morte afinal não fossem malucos? Era possível. O corpo não fora encontrado. Havia casos conhecidos de pessoas que tinham forjado a própria morte. E aquelas eram apenas as que foram apanhadas. E o que dizer de Lorde Lucan? O que acontecera com ele? Finalmente acabara por ser declarado morto, mas ele só tinha desaparecido logo depois que alguém, provavelmente o próprio alegre lorde, assassinara a babá das crianças. Talvez ainda estivesse vivendo no Rio ou para onde quer que tivesse fugido. Ele agora estaria velho, mas ainda era o sortudo Lucky Lucan, como seu apelido.

O telefone celular tocou e ele pulou de susto como se alguém tivesse acabado de lhe dar um tiro.

– Tinny – disse –, posso ligar de volta para você? Estou no meio de um trabalho aqui.

– Grabber, eu tenho uma quente a caminho, tipo grande repercussão, grana alta. Não vou falar do assunto no telefone.

– Bom, ótimo. Não me conte. Eu estarei com você assim que puder.

– Não vou contar por telefone, Grabber. Você não vai arrancar nada de mim.

– Conte comigo, conte comigo – disse Grabowski. – Estou nessa. Estou a caminho daí.

Ele desligou e olhou fixamente para as fotografias em sua tela.

～

Era muito possível que ele estivesse enlouquecendo. O que estivera fazendo durante as últimas semanas além de dirigir por cidadezinhas de merda e olhar fixo para tetos de estalagens e pensões? Trabalhando. Era uma piada. Ele não tinha se detido e se dedicado a nada. Tinha pensado e se inquietado. Tinha se angustiado. Tinha se acalmado com drinques demais. Mal tinha falado com outras pessoas.

Obviamente não era ela. Ela estava morta. Ela não tinha encenado sua morte. Não tinha sido assassinada pelo serviço secreto. Não tinha sido sequestrada por alienígenas.

Muita coisa podia ser alterada com cirurgia plástica. Criminosos foragidos faziam isso.

Ela não era uma criminosa.

Afogada, comida por tubarões, tanto fazia. Todos os verdadeiros ícones morrem jovens. James Dean, Marilyn Monroe, Grace Kelly, quem quer que fosse. Era assim que acontecia.

Ele olhou de novo para a tela. Era bizarro. Os olhos, exceto por uma ligeira aglomeração de rugas superficiais ao redor deles, eram idênticos, até ao minúsculo, quase invisível anel de inserção verde ao redor da pupila direita. Ele checou o olho esquerdo – puro azul luminoso. E o direito de novo. Você tinha que olhar muito atentamente para ver. Grabowski viu claramente, como tinha visto mil vezes antes.

CAPÍTULO ONZE

6 de fevereiro de 1998
Saí para uma longa caminhada ontem à beira-mar. Minha perna esquerda se comportou mais ou menos, não tão trêmula quanto na semana passada. Fiz uso de um banco de vez em quando. Alan veio para o almoço, que foi bom para ele, torta e purê no The Crown and Anchor. Realmente tive que me obrigar a comer, é interessante como a comida perde o apelo quando não se pode mais sentir o cheiro de nada.

Ele me relatou todas as fofocas do departamento, embora eu não conheça mais todos os integrantes nos dias de hoje, a rotatividade tem sido alta nos últimos dois anos. Brigas sobre espaço de escritório, boatos sobre casos amorosos, pequenos escândalos envolvendo o gasto de fundos discricionários. Inevitáveis perguntas sobre o livro, inevitáveis perguntas nervosas sobre meu estado de saúde, inevitáveis e desconfortáveis mexidas e remexidas em seu assento. Subitamente fui dominado pela tentação de dizer que a dra. Patel havia revisto sua opinião e decidido operar, e que eu tive uma recuperação total miraculosa. A vontade de fazer isso foi muito forte. Será que é um sinal da "mudança de personalidade" sobre a qual fui avisado? Ou o fato de eu ter resistido é um sinal de que não mudei nada?

Inútil ponderar sobre os imponderáveis, embora geralmente eu não o faça.

Foi bom ver Alan. Fico a me perguntar se ele poderia ser convencido a fazer o elogio fúnebre. Qual é a regra na situação? Será que nós mesmos devemos organizar essas coisas? Uma palavra com Patricia poderia bastar, embora ela refugue bastante quando eu tento um tipo de planejamento antecipado assim.

7 de fevereiro de 1998
Quantas vezes eu repassei nosso "pequeno plano", enquanto bebericava Earl Gray, Darjeeling ou Lapsang Souchong? Eu queria que cada detalhe estivesse claro, cada

obstáculo definido, cada tática para superá-los compreendida. Eu me repeti *ad nauseam,* embora no fim, soubesse que tinha ultrapassado o ponto de poder dar qualquer instrução útil e estava meramente me tornando um chato.

– Vamos repassar cada passo – disse. – A senhora estabelece um padrão logo no início das férias de sair para nadar todas as manhãs. De início, será fotografada ao fazê-lo. A senhora comentará reservadamente que acha isso um aborrecimento e que pretende derrotar os paparazzi ao sair para nadar mais cedo. A senhora apresenta seus planos de horários e alerta a tripulação para ficar de vigia nesses horários. A senhora nada cada vez para mais longe do iate, a tal ponto que eles começam a ficar preocupados. O que fará se eles tentarem impedi-la?

Ela revirou os olhos.

– Eu os *seduzirei.*

Eu sempre gosto de imaginar que, quando ela implica comigo desta maneira, eu me mantenho imperturbável, levo na brincadeira.

Ela deu uma risada.

– Você realmente acha que eu faria? Que triste opinião deve ter de mim.

Tudo já tinha sido previsto e resolvido, em todo caso. O plano era que ela continuaria com suas nadadas de manhã bem cedo e, nos dias finais, iria nadar antes que qualquer outra pessoa estivesse acordada, mas se certificaria de contar a eles, tão logo se levantassem, que já tinha estado no mar. Seu namorado a censuraria, mas ela sabia onde estava o poder naquele relacionamento. Ele não ousaria se arriscar a contrariá-la. Como medida de segurança extra, no penúltimo dia ela entraria na lancha com um guarda-costas e seguiria para o barco a motor levando os repórteres do *Mirror,* do *Sun,* e do *Daily Mail.* Por dez minutos mais ou menos, ela conversaria sobre a vida a bordo do *Ramesses* e então mencionaria na conversa que pretendia andar um pouco de jet-ski antes do almoço no dia seguinte. Com esta promessa de uma oportunidade de fotografia ideal (a história se espalharia entre os outros barcos da imprensa), nós poderíamos ter certeza de que os repórteres e fotógrafos não se dariam ao trabalho de sair de seus hotéis ao raiar do dia e circular ao redor do *Ramesses,* apenas para conseguir fotografias tediosas em sua prática diária de nado de peito.

Como pretendíamos, tudo apareceu na mídia. De início, o namorado tinha se esforçado para suprimir a informação a respeito de ela sair para nadar muito cedo sem ser supervisionada. A tripulação e os guarda-costas foram instruídos a não falar, mas tudo isso veio abaixo assim que a Scotland Yard chegou à cena.

Mesmo antes disso, alguém tinha vazado a informação para a imprensa. Tudo contribuiu positivamente. Forneceu uma fluidez à narrativa.

8 de fevereiro de 1998
O contexto, em termos do comportamento dela, foi muito mais amplo, e retrocedeu numa extensão considerável em sua história. Mas no último verão de fato pareceu que ela realmente tinha perdido o controle.

– Lawrence – dissera ela para mim (nós estávamos no PK, imediatamente depois de ela ter mandado dar uma varredura no palácio em busca de grampos pela segunda vez) –, eu sei que tenho que me comportar nestes últimos meses. Tenho que estar muito calma e controlada. Nada de atuações, nada de rompantes. Nada que possa levar as pessoas a suspeitarem que sofri um colapso nervoso e fugi.

Eu disse que achava que aquela era uma avaliação razoável da situação e prossegui, passando a rever mais uma vez a mecânica das finanças. Era um tema que a entediava apesar de ser vital para toda a empreitada. A quantia total era tudo que a interessava e, embora eu tentasse explicar por que pouco menos que um milhão era o máximo que eu poderia fazer desaparecer sem deixar vestígios, ela apenas suspirou e disse:

– Tente mais uma vez, se conseguir suportar. Eu não terei um tostão furado em meu nome. Nem sequer terei um nome?

Eu a tranquilizei mais uma vez com relação à construção de uma identidade; o passaporte e a documentação seriam legítimos. Essas coisas podem ser feitas com um pouco de informação sigilosa. Passaportes falsos podem, é claro, ser comprados (e são, pelas almas desafortunadas que estão desesperadas para entrar em nosso país), mas eu não tinha nenhuma intenção de seguir aquele caminho.

O entendimento dela, em todo caso, foi de que deveria apresentar seu melhor comportamento durante o período anterior ao seu desaparecimento. Não posso dizer que ela tenha conseguido isso.

As pressões sob as quais ela estava operando eram quase indescritíveis. Um confidente de sua inteira confiança (um falso terapeuta com pretensões a místico; como ela caía nessas coisas?) se revelou estar sendo pago pelos tabloides. Sua própria mãe tinha dado uma entrevista paga para uma revista de fofocas. Podia-se culpar a bebida, que tinha levado a melhor sobre a mãezinha querida, mas se sua filha é uma princesa, nenhuma desculpa é boa o suficiente. As comunicações foram cortadas. O "amor da vida dela" (houve alguns) tinha deixado claro mais cedo naquele ano que não se casaria com ela, e destruiu todas as suas esperanças mais uma vez. Seu ex-marido começou, na opinião dela, a "ostentar" sua amante de longa data em público, e não havia dúvida de que a máquina de RP do palácio tinha começado a vender a imagem dela no mercado, com flagrante malícia como "a mulher que havia esperado". Que desplante!

Como se não bastasse, para completar havia seu trabalho filantrópico de campanha contra minas terrestres. Sem dúvida, aquilo a estimulava (ela sentia seu poder nessas ocasiões, e se sentia como uma força para o bem), mas a dissonância cognitiva de passar um dia falando com amputados em Sarajevo e o seguinte sendo perseguida por paparazzi enquanto usava um maiô com estampa de tigre não é bem a receita para a estabilidade emocional.

9 de fevereiro de 1998
Ela me ligou quando esteve fora durante aqueles meses de verão, mas não mais do que de hábito. Eu havia insistido com ela que depois de sua "morte", os registros de seus telefones seriam checados e qualquer padrão estranho, investigado. Por ter passado pelo escândalo da "peste telefônica" pouco tempo antes, foi uma lição que ela levou muito a sério com facilidade. Aquela história de primeira página em particular a tinha angustiado profundamente. Era verdade que ela ligava para a casa de seu amante tarde da noite de cabines de telefone públicas, desligando quando a esposa dele atendia. Mas tinha sido solidão e não maldade o que a levara a fazer isso. E o fato de que ele não fizera nada para defendê-la a tinha ferido profundamente.

Mesmo sem as chamadas telefônicas para mim, graças ao dilúvio diário de fotografias e reportagens na mídia e na internet, eu conseguia seguir cada um de seus movimentos, o que foi útil para a missão em Pernambuco. Eu não tinha como saber com antecedência da data exata de sua chegada, mas podia acompanhar seu progresso via mídia.

Em julho, ela se dividiu entre o Mediterrâneo e Londres e vários compromissos com obras de caridade. Pelo menos, teve a companhia de seus meninos na maior parte desse período. Eles foram apresentados à família do seu namorado e a reação da imprensa foi escorchante – deveria o herdeiro ao trono conviver com aquela gente? (Fascinante como os *nouveau riches* são menosprezados não apenas pelo *Establishment*, mas também pelos leitores dos tabloides.) O comportamento dela poderia ser mais bem descrito como volúvel. Num minuto, estaria posando para os fotógrafos; no seguinte, estaria tentando se esconder. Ela iniciava conferências de imprensa improvisadas e depois negava que tivessem acontecido. Ela dava dicas para fotógrafos e aparentemente ficava furiosa quando eles apareciam. Eu li cada detalhe de cobertura que pude encontrar. Um fotojornalista que a havia coberto durante dezessete anos escreveu que "nunca a tinha visto agir de maneira tão estranha". Aparentemente, ela tinha se arrastado ao longo da varanda da casa, com uma toalha enrolada na cabeça, e depois fora adiante posando na escada da frente.

Eu temi por sua sanidade, também podia ver por que um remédio desesperado talvez fosse necessário.

10 de fevereiro de 1998
No princípio de agosto, as cenas que ela tinha dito que evitaria se intensificaram. Com os meninos em Balmoral (sempre uma ocasião de tristeza para ela), ela não conseguia parar quieta – exceto nos braços de seu amante com câmeras de lentes focalizadas neles. Então houve o fiasco de Paris. Boatos de um noivado, incessantes idas e vindas no espaço da viagem de dois dias, um jantar abortado no Ritz, uma quase insurreição de paparazzi a cada vez que eles se mexiam. E eles se mexeram. Parecia que mal tinham chegado a um casulo de privacidade luxuosa, já estavam dentro do carro de novo. Por que ela fez aquilo? Não conversamos a respeito disso. Teria falado com ela sobre aquilo na medida em que dissesse respeito à futura estratégia, mas durante nossas breves e infrequentes conversas telefônicas, eu sempre sentia que havia outra pessoa no quarto com ela. Depois, a análise não teria relevância e teria sido uma impertinência de minha parte. Um cortesão até o fim.

Eu realmente dediquei, entretanto, muita reflexão privada à questão. Uma vez que estava relacionada ao nosso projeto, cheguei à conclusão de que, ao contrário de nossa suposição anterior, não causou prejuízo. Depois de ela ter se comportado de uma maneira um tanto extrema e imprevisível, o capítulo final de sua vida, embora chocante, teria um ar de inevitabilidade.

O apogeu veio com o "Acidente de Carro Quase Fatal", como foi histericamente alardeado. O fato de que o motorista, que não usava cinto de segurança, foi o único ferido e mesmo assim não gravemente, não fez nada para desencorajar os redatores de manchetes. O ângulo da "quase fatalidade" foi criado por afirmações de que o desvio brusco para evitar atingir o fotógrafo em sua motocicleta tivesse ocorrido antes, digamos no Túnel Alma quando o carro havia sido flagrado pelos pardais a uma velocidade de cerca de cento e quarenta quilômetros por hora e a morte teria sido instantânea. Havia, eu suponho, uma espécie de lógica cruel – se bem que equivocada – nas manchetes de jornal. O que a imprensa queria pôr em foco era que ela poderia ter morrido tentando escapar dos paparazzi (a perseguição tinha sido com certeza imprudente, para não dizer francamente insana), uma história que lhes tinha sido roubada, ainda que temporariamente. Ela foi noticiada como uma espécie de ensaio para o acontecimento policial – quando o consenso predominante foi de que ela morreu porque tinha tentado fugir da imprensa.

Eu não acredito, contudo, que ela tenha manipulado as circunstâncias. Certamente ela pode, embora me seja doloroso admitir, ser manipuladora. Eu creio que ela estava afundando. Sua necessidade maníaca de ser vista era uma forma de autoflagelação. Pior ainda, aquilo prejudicava seus filhos e ela sabia. Era o seu pior vício, um para o qual não existe tratamento reconhecido ou cura.

De Londres e depois de Washington, eu a observei muito atentamente, e quando afinal eles voaram para Montevidéu em meados de agosto, me senti imensamente aliviado por estarmos entrando na fase final.

CAPÍTULO DOZE

O primeiro emprego de Carson tinha sido de agente de seguros e ele o detestara. Quando Sarah o deixara e levara Ava consigo, tinha continuado com o trabalho porque queria economizar dinheiro suficiente para visitar a filha. Mas não ocorrera como havia previsto, de modo que tinha se demitido e ficado vagando sem rumo por algum tempo. Havia trabalhado em empregos sem futuro, servindo mesas, dando cartas em um cassino, servindo de manobrista de carros, qualquer coisa em que não precisasse pensar e que o mantivesse ocupado. Certa noite, ele saiu para tomar um drinque com seu antigo chefe, que começou a lhe dar uma dura.

– Você sabe qual é o seu problema?

O homem parecia uma planta doméstica murcha, sem nutrientes suficientes, mas Carson gostava dele. Ele tinha dobrado a sua carga de trabalho quando Sarah partiu e Carson vira isso como uma forma silenciosa de gentileza.

– Você sabe qual é o seu problema? Você é um esnobe.

Carson sabia que era tudo menos um esnobe. Ele estava lavando carros para ganhar a vida e se dava muito bem com seus colegas de trabalho. Àquela altura, já estava quase fluente em espanhol. Pouco lhe importava o fato de ter um diploma de faculdade.

Não – disse seu velho chefe. – Você é um esnobe. Você não foi para a universidade para agora largar tudo. Você acha que é humilhante começar de baixo no escritório e subir aos poucos na hierarquia, que é maçante demais. Você está enganado.

Carson voltou a trabalhar para a companhia de seguros, não porque pensasse que o velho estava com razão, mas porque não se importava mais com que tipo de trabalho fizesse, quanto fosse maçante. E não lhe agradava ser chamado de esnobe.

Ele fez o treinamento para se tornar agente de seguros encarregado de acordos e era o que ainda fazia, embora agora já estivesse na sua terceira empresa.

— Na semana passada, eu fui ver uma família cuja casa tinha se incendiado no meio da noite. — Lydia estava sentada na cadeira de balanço no deque e Carson deitado de lado, apenas a uma distância segura para ficar fora do alcance do pé dela, e dizia:

— Numa situação como aquela, chego lá na manhã imediatamente depois de eles terem perdido tudo, você tem que compreender como eles se sentem. Você tem que saber lidar direito com as pessoas. O mundo deles foi destruído e lá está você com uma pilha de formulários.

— O que aconteceu? — perguntou Lydia. — A casa queimou inteira?

— Foi um defeito na instalação elétrica. Pelo menos é o que parece. Você sempre tem que considerar a hipótese de incêndio criminoso, mas muita coisa pode ser percebida a partir da maneira como as pessoas agem. Você aprende a ler as pessoas, descobrir quem está fingindo, quem tem alguma coisa a esconder. A investigação tem que acontecer, mas eu geralmente sei se vão descobrir alguma coisa.

— Então ele estava certo, o seu antigo chefe. Não é um trabalho tedioso.

— Tem muita burocracia — disse Carson. — Mas tem bem mais que isso. No ano passado, tive um pedido de pagamento de seguro feito pela universidade. Eles tinham segurado uma exposição de obras de arte que estava viajando pelo país. Estava sendo exibida no campus por três meses — grandes esculturas feitas de restos de metal, placas de estrada, para-choques, dormentes de estrada de ferro. Havia vinte e três peças espalhadas pelos jardins e uma desapareceu. Fui de carro até a cidade e fui ao campus falar com a decana de artes. Eu a entrevistei e a seus colegas e vi que não estava chegando a lugar nenhum. A melhor teoria que tivemos é de que alguém veio com uma picape e roubou a tal escultura durante a noite.

— O que iriam fazer com ela? — perguntou Lydia. — Quem poria na entrada da casa se era roubada?

— Exato. Então pedi à decana para me mostrar onde a escultura estava, e andamos até o outro lado do campus. Não havia nada para ver, mas perguntei o que havia no prédio mais próximo e ela respondeu que era a oficina, onde os rapazes da manutenção se reúnem. Eu disse que gostaria de falar com eles. O chefe da oficina não sabe de nada, de modo que me despedi, entrei no carro e comecei a escrever meu relatório.

"Mas assim que liguei o motor, me ocorreu a ideia de que o sujeito da oficina estava escondendo alguma coisa. Enquanto estávamos conversando, ele nunca desviou o olhar, nem uma única vez. Pessoas que mentem exageram tentando compensar porque já ouviram dizer que mentirosos não conseguem olhar os outros nos olhos. Trata-se da opinião do povo em geral."

– O que você fez? – Lydia deslizou para fora da cadeira de balanço e se sentou de pernas cruzadas no deque. Uma lua tipo lampião de papel se insinuou no céu rosado e dourado.

Um papa-moscas tomou um banho no prato de água de Madeleine.

– Eu voltei para a oficina e disse: "Acho que há alguma coisa que vocês gostariam de me contar." Dessa vez, os sujeitos desviaram o olhar para os fundos do aposento. Havia uma longa bancada de trabalho que foi montada com três tipos de metais diferentes. Eu disse: "Onde está o resto da escultura?" Alessandro, um dos trabalhadores, levou as partes de alumínio para consertar seu trailer. Pablo achou que o dormente de estrada de ferro daria uma boa cornija para sua lareira. Nada tinha sido desperdiçado. No que lhes dizia respeito, eles estavam reciclando um monte de lixo que tinha sido jogado fora.

Lydia deu uma gargalhada.

– Que bom para eles. Espero que não tenham tido problemas.

– Nós demos um jeito – disse Carson. – Às vezes, você apanha um bandido de verdade nesse negócio. – Mas não foi o caso. Às vezes – ele rolou para as costas e descansou a cabeça nas mãos cruzadas –, o bandido é a companhia de seguros. Existem companhias que têm por meta não pagar nada, mesmo quando o pedido de indenização é justo.

– É terrível. Imagine se sua casa se incendiasse e você não pudesse receber o dinheiro do seguro.

– Pois é – disse Carson, olhando fixamente, para o céu, para as poucas estrelas tímidas acima. – Eu imagino. A imaginação faz parte do trabalho. Ser capaz de se colocar no lugar do outro. Agora estou imaginando que você deve estar ficando com fome e estou imaginando ir até o Dino's e comprar uma pizza para nós. O que você acha?

∽

Enquanto ele estava fora, Lydia examinou as revistas e encontrou o que estivera procurando em quatro delas. Seus filhos estavam organizando um concerto no

Hyde Park em setembro para comemorar o décimo aniversário de sua morte. Ela não sentiu a agitação que havia esperado. Ajoelhou-se com as revistas abertas no sofá diante de si, olhando para as fotografias.

– Obrigada – disse em voz alta. O concerto era uma ideia adorável, mas ela estava grata mais que tudo pela maneira como eles tinham seguido adiante com suas vidas.

Rufus subiu no seu joelho e ela pôs a mão no corpo dele e sentiu o subir e descer rápido das suas costelas. Ela o pegou no colo e enterrou o rosto no pelo dele.

Quando ouviu a porta, Lydia fechou as revistas e as jogou numa pilha. Seguiu Carson até a cozinha e o observou enquanto cortava a pizza em fatias e pegava os pratos.

– Eu sei o que você está pensando – disse ele.

– Então diga.

– Você está pensando em como tem sorte por ter um sujeito tão bonitão à sua inteira disposição. Estou certo?

– Era algo parecido com isso – respondeu Lydia. Ela estivera pensando que Lawrence não desaprovaria aquele relacionamento. Ela não o estava decepcionando. – Eu estava pensando em como estou me saindo bem. Em como eu seria capaz de fazer qualquer coisa para não balançar o barco. Eu gostaria que as coisas continuassem como estão.

Ele se virou para ela.

– Cansou de balançar o barco, né? Agora para você, só cadeira de balanço.

– Você não está mais a uma distância segura para não levar um chute, então, cuidado.

– Também não estou a uma distância segura para ganhar um beijo.

– A pizza vai ficar fria – disse Lydia.

– Eu esquento depois. No momento, tenho algo muito mais interessante em mente.

~

Mais tarde, eles assistiram à televisão a cabo, um filme sobre um assalto sofisticado que foi bem acompanhado por uma caixa de sorvete. Quando acabou, Carson foi até seu escritório e voltou com um envelope na mão.

— Tome – disse ele –, a última fotografia que recebi de Ava. A impressão da palma da mão também está aí dentro.

Lydia abriu o envelope.

— Ela tinha três anos? Quatro?

— Três anos e meio.

— Ela é linda. Olhe que gracinha os dentinhos.

Ele suspirou.

— Por muito tempo ficava tão transtornado sempre que pensava que a mãe dela não era capaz de me enviar uma carta com uma foto. Uma vez por ano teria bastado. Mas eu abri mão de meus direitos. E ela nunca respondeu a nada.

— Deve ser duro.

— Entretanto, talvez ela estivesse certa. Talvez tenha sido melhor assim. Um rompimento total. Poderia ter sido mais duro vê-la crescer de longe.

— Eu não sei – disse Lydia. – Sinceramente não sei o que é pior. Mas pelo menos você saberia que ela estava bem.

— Ela poderia me encontrar agora, se quisesse. A Ava, quero dizer. Ela está com vinte e cinco anos, é uma mulher adulta. Se quisesse, poderia me encontrar.

— Ah, Carson, ela pode nem saber que você existe. Ou pode pensar que você não iria querer. E seria tão difícil. Não seria fácil, a menos que você ainda estivesse em contato com a mãe dela.

Ele se sentou ao lado dela e pôs um braço ao redor de seus ombros. Ela deslizou alguns dedos entre os botões de sua camisa.

— Sarah se mudou – disse ele. – Minhas cartas foram devolvidas. O número de telefone que eu tinha não funcionava mais. Eu penso em procurar na internet, mas então também penso que deveria ser uma decisão de Ava, uma escolha dela.

— Aposto que ela cresceu bem e saudável.

Com os dedos da mão livre em concha, ele segurou o queixo dela e trouxe seu rosto para muito perto. Não falou nada. Então a soltou. Pegou a fotografia e a impressão da mão e as guardou de volta no envelope. Então disse:

— Você confiaria em mim se precisasse? Eu não vou perguntar mais nada a você.

Uma onda que começou dentro de seu peito se espalhou por todo o corpo. As pontas de seus dedos formigaram.

— Sim – disse ela finalmente. – Eu confiaria.

Na manhã seguinte, ela saiu pela porta da frente de Carson vestida com os jeans e a camiseta da véspera e fez uma pausa por um momento antes de descer. Rufus correu e subiu de volta os degraus para ver o que estava acontecendo. Ela respirou fundo o ar que era suave e com a fragrância de pinheiros. A maior parte do tempo não lhe ocorria apreciar as pequenas coisas. Como sair com as mesmas roupas do dia anterior. Ser livre para fazer isso.

Ela se perguntou se seria a mesma coisa se você tivesse estado na prisão. Anos depois talvez você estivesse pondo uma chaleira de água para ferver, ou comprando soda cáustica para desentupir o encanamento da pia e ficasse maravilhada com como podia fazer essas coisas sempre que quisesse.

— Que idiotice é essa? — disse em voz alta enquanto entrava no Sport Trac. Ela teve que ligar o motor três vezes antes que pegasse. Então esclareceu a questão para Rufus. — Me comparar a um ex-presidiário.

Rufus abanou e bateu o rabo no assento como se não pudesse estar mais de acordo. Então se deitou e começou sorrateiramente a roer a costura.

Não era uma prisão, mas sair tinha sido tão difícil quanto se fosse. Princesas sempre estavam trancadas em torres nos contos de fadas. Na realidade, não existia uma torre e não havia trancas. Você ficava plantada no alto de uma escadaria de cristal a um quilômetro de altura em seus sapatinhos de vidro, e não havia como descer sem quebrar o pescoço.

⁓

Lydia conversou com Hank e Julia, que eram os voluntários do dia no abrigo, e se certificou de que eles soubessem quais os cachorros que deveriam exercitar. Hank escreveu tudo com seu toco de lápis. Depois leu a lista em voz alta.

— Obrigado, Lydia — disse ele. — Você organizou tudo para nós.

Ele era um voluntário regular, um embalsamador aposentado que tinha trabalhado na J. C. Dryden and Sons por quase trinta anos. Uma proximidade tão prolongada com a morte o havia equipado com uma atitude de calma aceitação da vida. Era uma qualidade útil quando se trabalhava com os cachorros mais traiçoeiros. Por vezes, ele parecia se mover em câmera lenta, mas nunca se enervava e nunca criava confusão.

Lydia entrou no pátio e foi procurar Esther.

Esther estava agachada ao lado do canil na extremidade mais distante, o local onde eles punham os cães mais bravos para tentar mantê-los calmos. Ela parecia triste enquanto se levantava.

— Eles deveriam ser fuzilados — declarou.

— Bom-dia — disse Lydia. — Quem?

— Os malditos criadores que fazem isto com os cachorros. — Ela olhou para o jovem pit bull que estava fazendo pressão contra a grade, a saliva pingando de sua mandíbula. — Não poderemos abrigá-lo aqui. Não tem jeito. Estão cruzando estes cachorros para serem assassinos. Já vi filhotes atacarem uns aos outros com oito semanas de idade. Não é natural.

— O que você vai fazer com ele?

— Eu não sei — disse Esther. — Olhe só. — Ela chutou os restos de alguma coisa no chão. — Eu estava fazendo o teste da adotabilidade com ele. Tirei a comida dele, nenhum problema, ele passou com louvor. Então botei o gato no canil e ele atacou e abocanhou imediatamente, você pode ver o que ele fez com o gato. O impulso assassino está exacerbado.

— Não poderíamos nos arriscar a deixar isso acontecer com um de verdade — disse Lydia.

— Nem com uma criança — disse Esther. Ela juntou os restos do gato mecânico com a ponta da bota. — Eu não sei o que vamos fazer.

— Eu poderia trabalhar com ele — disse Lydia. — Mas mesmo assim...

— Eu não sei o que vamos fazer e ponto — disse Esther. — Brevemente estaremos sem dinheiro. O banco não está disposto a estender o prazo do empréstimo.

— Ah, compreendo. Deve haver alguma coisa que possamos fazer.

— Já fizemos vendas de bolos — disse Esther. Eu fiz três milhões de potes de geleia de mirtilo, ou pelo menos foi o que me pareceu, já passamos as latas de coleta pela cidade. Eu venderia meu corpo, mas duvido que consigamos alguém que queira, não acha?

— Eu vou pensar no assunto — disse Lydia — enquanto exercito Topper e Zeus.

∽

Na hora do almoço, Hank e Julia foram até a cafeteria e Lydia se sentou no banco ao ar livre com Esther.

— Salada de macarrão com frango — disse Esther, passando o tupperware. — Hoje resolvi ser aventureira. Na verdade, fiquei sem arroz em casa.

— Eu nunca fui uma amante de cachorros quando era mais jovem – disse Lydia.

— Um cachorro está feliz quando você está feliz – disse Esther. – Com o tempo você passa a apreciar isto.

— Quando eu era pequena, uma babá trouxe junto o seu cachorro consigo. Ela morava na casa. Quero dizer, a babá, e o cachorro também. Eu me lembro de ter sido medonha com aquele cachorro. Era um poodle, um poodle branco pequenino e nervoso. Uma vez eu o pendurei para fora da janela e ameacei atirá-lo. Ficava muito longe do chão.

— Era o cachorro que você odiava ou a babá?

— Eu não ia fazer aquilo – disse Lydia. – Eu nunca teria realmente feito aquilo. Mas é claro que me vi numa encrenca danada. Que era exatamente o que eu queria, em vez de papai apenas passar flanando pelo quarto das crianças com o olhar vago. Eu era horrível com todas as babás. Depois que mamãe nos deixou, eu achava que elas estavam tentando substituí-la, e não podia permitir que fizessem isso. Eu tinha seis anos quando ela nos deixou e foi viver com outro homem. Eu pensava que se eu realmente a amasse então eu teria a coragem de me comportar tão mal que ela seria obrigada a voltar. De modo que foi tudo minha culpa o fato de ela não ter voltado, porque fui covarde. Isto é lógica de criança de seis anos.

— Você ainda a via? Depois de ela ter partido?

Um dos cachorros começou a latir. Os outros logo o acompanharam, e Lydia esperou como se por um trem que passasse rápido e barulhento sem parar por uma estação, até poder falar de novo.

— Via, nos fins de semana. Era uma tristeza. Ela chorava quando nós chegávamos, meu irmão e eu, e ela chorava quando nós íamos embora, e eu me sentia culpada o tempo todo. Às vezes, eu desejava que ela tivesse morrido em vez de ter ido embora.

— E então você se sentia ainda mais culpada.

— E como – disse Lydia.

— Você vê – disse Esther, apontando para Rufus, que estava passeando nas vizinhanças, de rabo colado ao chão –, quando se trata de cachorros, só um de vocês algum dia vai se sentir culpado, e você sabe que será o seu amigo de quatro patas.

— Ei – chamou Lydia. – Rufus, o que você fez?

Ela só foi descobrir na hora de fazer o percurso de volta para casa que ele tinha roído a costura do estofamento no banco do passageiro. O estofamento saía pelo buraco.

– Cachorro feio – disse-lhe, mas, àquela altura, ele já estava se fazendo de inocente.

Depois de nadar seu percurso habitual na piscina, ela se pôs de molho no banho e tentou ler o livro que tinha comprado na farmácia. Antes de chegar ao fim do primeiro capítulo, desistiu. Então se secou e vestiu seu robe. Havia alguns livros na estante no quarto de dormir, nenhum dos quais quisesse ler de novo. Ela pensou nos livros que tinha lido sobre a arte islâmica na época em que namorava um marchand cuja especialidade era aquela área. Quando estava namorando um médico, lera livros sobre anatomia. Lawrence tinha lhe dado alguns romances da última vez em que o vira, livros grandes e gordos, a maioria deles escritos há muito tempo. Ele tinha tanta fé nela; tinha pensado que ela seria capaz de lê-los. Ela quisera provar que ele tinha razão, mas estivera nervosa com relação a recomeçar sua vida, e então tinha se mudado daquela primeira casa, na Carolina do Norte e uma das caixas fora perdida durante a mudança. De qualquer maneira, ler para dar prazer a uma outra pessoa agora não era mais parte de sua vida. Ela não estava planejando ir à biblioteca e retirar alguns volumes pesados sobre a indústria de seguros.

Lydia recortou as páginas que tinha encontrado nas revistas e as guardou na caixa que mantinha trancada no armário. Com todas as suas cartas, seus documentos, seus documentos alternativos e tudo o mais que precisava manter em segurança. Então mexeu aqui e ali na cozinha, ouvindo o rádio e pensando sobre sua conversa com Esther. Tinha que haver uma maneira de manter o Canino de Kensington aberto. Não havia outro estabelecimento de resgate e abrigo na área. Se fechasse as portas, o que aconteceria com os cachorros? O que aconteceria com eles sem Esther, e o que aconteceria com Esther sem eles?

～

Durante a noite, ela acordou e encontrou Rufus de pé tremendo junto ao seu travesseiro.

– O que foi? – perguntou. – O que aconteceu? Você ouviu alguma coisa? – Enquanto falava, ouviu o som de vidro quebrando no andar de baixo. Seu coração disparou e bateu tão forte que ela pôs a mão no peito como se para acalmá-lo. Ela olhou para a mesinha de cabeceira em busca do telefone celular e se lembrou que o tinha deixado no andar de baixo. Saiu silenciosamente da cama, tentando não fazer as tábuas do piso rangerem. Parada imóvel, ficou ouvindo de novo. Nada. Talvez ela devesse fazer barulho e tentar assustar quem quer que estivesse lá embaixo. Mas se tinham tido a ousadia de quebrar uma janela, com certeza não iriam se assustar assim facilmente.

Ela seguiu pé ante pé até o armário e o destrancou. Ele abriu com um rangido agonizante. Apalpando no fundo da caixa, encontrou a arma. Tinha comprado anos atrás quando achara que precisava de uma arma porque morava sozinha. Nunca a havia tirado da caixa antes, exceto quando fora ao campo de tiro para aprender como atirar. Verificou para se assegurar de que estava carregada, como se as balas pudessem misteriosamente ter fugido por conta própria.

Houve mais um barulho vindo do andar de baixo, muito abafado para distinguir o que era. Ela estava junto à porta do banheiro quando se lembrou de que estava nua, e teve que voltar sorrateiramente até o pé da cama para pegar o robe. Rufus tentou sair pela porta antes dela, mas ela o prendeu no quarto e foi até o alto da escada.

– Saia da minha casa! – gritou, e teve vontade de bater em si mesma por causa do tremor em sua voz. – Saia. Eu tenho uma arma. – Será que ela deveria ter dito aquilo? E se o ladrão também tivesse uma? – Não há nada de valor aqui – acrescentou, numa reflexão tardia.

Pelo que ela estava esperando? Será que deveria voltar para o quarto, se fechar lá dentro e fazer uma barricada na porta? Trancar-se no banheiro? Dar a ele tempo para ir embora? Parecia a melhor ideia. Era isso o que deveria ter feito imediatamente. Deixar que ele levasse a televisão e a torradeira. Elas podiam ser substituídas.

Voltou pé ante pé para o quarto, embora andar nas pontas dos pés agora fosse inútil, pegou Rufus no colo, foi para o banheiro e trancou a porta. Rufus lambeu sua mão com grande cuidado e atenção enquanto ela tentava escutar com cada fibra e músculo sons de passos no andar de baixo.

Depois que não podia suportar mais, quando a tensão da espera e do tentar ouvir pareceram que iam matá-la de qualquer maneira, destrancou a porta e desceu rapidamente a escada. Manteve a arma empunhada à sua frente, mas esperava a qualquer momento que o ataque viesse pelas costas.

Ela podia ver a ampla sala de visitas de plano aberto até a cozinha, e a luz do luar brilhava sobre o culpado, sentado no balcão, atrevido como ele só. Rufus correu à frente dela, latindo vigorosamente, e tentou pular e pegar o esquilo, que abanou a cauda com desdém e saiu correndo pela janela aberta. O copo que ele tinha derrubado do balcão estava caído em cacos prateados no chão.

Ai, meu Deus. Lydia ouviu a voz de Amber, o que ela diria quando lhe contasse a história toda.

∼

Ela fez um circuito geral na casa, checou que todas as janelas estivessem fechadas e depois voltou para a cama, embora agora estivesse totalmente desperta e passando em revista a situação. Se tivesse sido um intruso, será que ela teria atirado nele? Se não houvesse outro meio de se defender? De que adiantava ter uma arma se você não estava preparado para usá-la?

Não havia nada de valor na casa, apenas os aparelhos eletrônicos, nenhum deles de alto luxo. Mas um intruso não saberia disso. Ele poderia apenas continuar procurando e procurando, ficando cada vez mais furioso por não estar encontrando nada, exceto uma carteira com algumas notas de dólar e apenas um cartão de crédito.

Havia o bracelete. Ela tinha se esquecido. O que estivera usando quando mergulhara da popa do iate. Em sua antiga vida, não era um objeto de grande valor, era mais um adorno, comprado por capricho. Ela tinha se esquecido quanto pagara por ele, mas provavelmente valia mais que qualquer outra coisa que ela possuía, exceto a casa e o carro.

O bracelete. Era isso. Era o que ela podia fazer. Poderia ir à cidade, encontrar uma joalheria e vendê-lo. Lydia mal podia esperar para ver a cara de Esther quando voltasse trazendo o dinheiro.

CAPÍTULO TREZE

11 de fevereiro de 1998
Eu mantive uma esperança. Nunca admiti isso, nem para mim mesmo. Mas é verdade. Foi há muito tempo. Talvez o resíduo tenha permanecido por mais tempo do que desejo até mesmo agora.

Houve mulheres em minha vida de quem gostei profundamente. Talvez eu devesse ter me casado com Gail. Nós chegamos a falar sobre o assunto. Eu disse que queria.

– Não me faça favores – disse ela. – Nossa relação acabou por esmorecer e terminar, mas isto não significa que tivesse que ter sido assim. Eu poderia ter me esforçado mais um pouco.

Eu acalentei uma esperança. Que ridículo. O que seria possível que acontecesse? Uma fuga, talvez, da princesa com o funcionário do palácio?

Agora aqui estava o ponto crucial do problema. Deixando de lado quaisquer de minhas inadequações pessoais, um relacionamento com uma pessoa como eu não teria sido menos absurdo que quaisquer dos outros que ela manteve.

Um de seus guarda-costas, por exemplo. Ele era um sujeito bastante agradável. Casado, mas é difícil culpá-lo por não resistir aos seus encantos. Como teria se desenrolado se ele não tivesse sido rapidamente exonerado de seu posto? Era um oficial de cavalaria. Ele se encaixava no papel de figura de fogoso interesse amoroso, mas era impossível imaginar (embora ela sempre o fizesse) um futuro em que a vida deles pudesse se alinhar. As coisas não melhoraram depois que ela se divorciou. Quem poderia assumi-la? Não um médico humilde e decente, determinado a viver uma vida séria e sossegada. Havia alguma outra casa real na qual ela poderia ter encontrado um casamento? A resposta para esta pergunta é não. Ela estava farta da realeza. Um financista bilionário, seguir os passos de Jackie Onassis? Chegou a pensar nisso. É claro que ela era um troféu esplendoroso.

Mas também era uma carga pesada de problemas, e bilionários, ao que parece, se dividem em dois campos: os que gostam de enfeites caros e não desejam ter suas vidas excessivamente perturbadas por eles; e aqueles que preferem ter como parceiras mulheres que sejam pares intelectuais, e que também não desejam ter suas vidas excessivamente perturbadas. Encontrar um homem que merecesse sua afeição significava encontrar alguém que tivesse um propósito na vida; e qualquer um com um propósito na vida não estaria preparado para ser dominado – ou comido vivo – por sua fama que abarcava tudo.

Ela enchia o tempo com seu playboy com olhos de cervo. Mas queria alguma coisa real, verdadeira.

12 de fevereiro de 1998
Gloria esteve aqui de novo esta manhã. Depois que tomou minha pressão sanguínea, envolveu meu braço com os dedos carnudos de sua mão.

– Agora – disse ela –, você parece que anda precisado de um pouco mais de alimentação.

Eu gosto muito de sua brutalidade alegre. Eu disse que apenas estava magro como ditava a moda. (Na verdade, sei que estou em pleno declínio.)

– Vou lhe dizer o que vou fazer para você – disse ela. Mas não disse. Vestiu o casaco e saiu. Eu pensei que talvez tivesse ido comprar os ingredientes e que fosse passar uma hora ou coisa assim na cozinha preparando sopas suculentas e ricas em nutrientes. Ela voltou com uma sacola plástica cheia de *shakes* em lata, do tipo que halterofilistas bebem.

– Tome dois por dia – disse ela –, além de suas refeições normais. NÃO me decepcione.

O engraçado é que eu não quero decepcioná-la. A última coisa que quero ver em seus olhos é desapontamento.

Enquanto ela estava separando os remédios e fazendo suas anotações, fiquei sentado ao lado da janela observando um cachorro correr atrás das ondas.

– Um tostão por seus pensamentos – disse Gloria. Eu respondi que não estava pensando em nada.

– Não vou meter o nariz onde não sou chamada – disse ela.

Eu lhe disse que iria lhe contar um segredo. Quando uma mulher pergunta a um homem em que ele está pensando e ele diz "nada", a mulher fica frustrada, e o homem fica bastante satisfeito por ela pensar que ele é uma pessoa muito profunda. A verdade é que ele provavelmente estava com uma lacuna em branco na cabeça, um estado completamente desconhecido por mulheres, a menos que estejam nos abismos do desespero.

No que eu estava pensando era uma noite há cerca de dez anos, na Royal Opera House em Covent Garden. Era uma noite de estreia VIP, com celebridades como convidados, cantores e dançarinos. Iria haver uma apresentação surpresa especial ultrassecreta. Eu sabia que ela vinha ensaiando a dança – um balé, mas ao som e ritmo de uma música pop – há semanas. Quando se retirou discretamente do camarote real para ir trocar de roupa, não consegui mais olhar para o palco. Fiquei observando o príncipe, e enquanto ela era aplaudida de pé e a cortina fechava e abria várias vezes para mais aplausos, o rosto dele ficou duro como pedra. Ela tinha 28 anos e ainda estava muito apaixonada pelo marido, e quanto mais a plateia manifestava seu amor e adoração por ela, mais ele a cortava fora de seu coração.

No dia seguinte, eu a acompanhei em uma visita a um asilo. Mais cedo, ela estivera em lágrimas.

– Todo mundo adorou, não foi? Todo mundo menos a droga do meu marido. – Sem dúvida, eu devo ter dito alguma coisa horrivelmente meiga porque então ela caiu em cima de mim enfurecida. Eu tinha deixado de compreender o ponto principal. Na verdade, eu não tinha deixado de enxergá-lo, eu estava deliberadamente fugindo dele. A dança tinha sido para o marido.

O asilo ficava logo nos arredores de Londres, as velhinhas tinham se reunido em um semicírculo na sala de visitas. Elas irromperam em aplausos e em exclamações de "oohs" e "aahs" quando ela entrou, e me lembro de como deve ter sido terrivelmente desestabilizante conquistar a adoração de desconhecidos e ser objeto de um tratamento gelado em casa. Ela conversou animadamente e não demonstrou nenhum sinal de sua angústia anterior. Falando sinceramente, eu não creio que ela a estivesse escondendo. Ela havia ficado absorvida pelas histórias e doenças das velhinhas. Quando uma mulher falou de ter perdido seu marido de quase cinquenta anos e começou a chorar, ela estendeu a mão e acariciou o seu rosto. Uma outra interna, presa a uma cadeira de rodas, mas resistindo ao confinamento, começou a cantar agressivamente, criando um obstáculo para a conversa. As senhoras riram com constrangimento, mas a glamorosa visitante se mostrou imperturbável. Ela também começou a cantar. A sala se encheu de vozes crepitantes cantando com entusiasmo "The White Cliffs Of Dover", seguida por uma interpretação de "Some Enchanted Evening". Não havia um olho seco na sala, inclusive os meus.

Ela é uma estrela em mais sentidos que do que se pode imaginar. A sua intuição raramente falha. Exceto, é claro, quando se trata dos homens em sua vida.

13 de fevereiro de 1998
Faltam três semanas e dois dias para que eu embarque em um avião e a veja de novo. O que ela está fazendo com seus dias? O que eu estou fazendo com os meus dias? Não toquei no livro.

Faltam três semanas e dois dias. Eu pareço um menino de seis anos contando os dias para o meu próximo aniversário.

14 de fevereiro de 1998
Hoje eu perguntei à dra. Patel se ela acredita na vida depois da morte.
– Eu sou hindu – disse ela. – Eu acredito em reencarnação.
Admirei a maneira como ela me desafiou com aqueles seus olhos de melaço. Estranho como não percebi sua beleza antes. Ela esperou que eu retomasse a minha batalha intelectual. Nós somos um clube de debates de vez em quando.
– Eu também – disse-lhe – acredito na reencarnação.
Não entrei em detalhes. Creio que posso tê-la ofendido; ela pensou que eu estivesse de brincadeira. Talvez o que eu devesse ter dito é: eu acredito em uma segunda chance.

15 de fevereiro de 1998
Eu passo meu tempo ao lado da janela. Ou saio para uma caminhada. A frase que sempre tenho em mente é "clarear a cabeça". Que esperança a minha.

Fico tentando pesar os motivos. Qual encabeça a lista? Eu os troco de lugar o tempo inteiro. Ela precisava ir embora. Qual é o sentido de ficar peneirando e ordenando os motivos? Que diferença faz?

Será que chegarei a alguma clareza se colocar tudo no papel? É o que eu costumava sugerir aos meus alunos quando eles estavam em dificuldades. Escrever aguça o argumento. Quaisquer fraquezas em sua tese aparecerão.

O problema é que nem todos os seus motivos eram sólidos.

Ela acreditava que "eles" estavam se preparando para "acabar com ela". Na sua mente, as provas se acumulavam regularmente desde a morte daquele sujeito infeliz, o oficial do destacamento de proteção que foi removido do posto depois que o relacionamento deles foi descoberto. Ele morreu em um acidente de motocicleta. Ou "acidente". Ela nunca falava do assunto sem fazer o sinal de aspas no ar. Isto prova até que ponto "eles" irão. Como "eles" podiam ser impiedosos. Quem, exatamente, eram "eles" nem sempre ficava muito claro para mim. Nem para ela, desconfio. Embora de vez em quando apontasse o dedo diretamente para seu sogro. Nunca para a sogra, reparei, que, talvez por seu papel ou por sua conduta, permanecia singularmente acima de qualquer suspeita.

Teria sido pura paranoia quando ela mandou fazer uma varredura no PK em busca de grampos (eu recomendei uma firma), ou apalpava os aros das rodas de seu carro em busca de um aparelho de rastreamento? Eu tenho a tendência de pensar que não inteiramente. Eu também achei que a divulgação da gravação da conversa telefônica com um amante tinha sido uma armação, destinada a equilibrar a balança, por assim dizer, uma vez que o marido dela tinha sido constrangido de maneira similar. Naquela ocasião, seus pensamentos se voltavam primeiro para os filhos, como sempre. Mas eles eram muito pequenos (dez e oito anos, creio) para ter consciência do que havia acontecido, ainda estavam protegidos pela juventude.

Eu a aconselhei enfaticamente contra abrir mão da proteção real, embora soubesse o quanto ela era teimosa e que já havia se decidido. Ela não conseguia suportar o sentimento de saber que eles estavam "controlando seus movimentos". Queria ser livre. E se convenceu de que os poderes instituídos queriam vê-la morta. Foi uma afirmação que ela fez em minha presença com uma frequência alarmante. Falou sobre o assunto também com seus outros confidentes e foi noticiado na imprensa – uma vez que confidentes nem sempre faziam jus ao nome. Foi o trigo para o moinho dos teoristas da conspiração.

– Lawrence, você não compreende? – perguntou-me calmamente certo dia, quando estávamos caminhando no jardim do PK e nos sentamos no caramanchão repleto de clematites. – Eu sempre fui uma inconveniência para eles. Não vou me retirar de cena discretamente, e isso os enlouquece. Elas acham que eu deveria me deitar e morrer.

Eu afirmei que eles com certeza a tinham subestimado. (Sempre era difícil não ser capturado pela visão de mundo dela quando conversávamos – eu também falava em "eles".)

– É pior que isso. – Ela pegou um botão de estrelas púrpuras e arrancou suas pétalas. – Eu não faço o que eles querem, de modo que eles vão dar um jeito de mandar que seja feito. Eu estarei dirigindo por algum lugar e meus freios vão falhar. Alguma coisa que pareça totalmente inocente. Quando acontecer, você não vai acreditar, não é?

Eu fiquei sem saber o que dizer daquela primeira vez. Acho que abri e fechei a boca enquanto não conseguia emitir uma única palavra. Ela achou aquilo tremendamente engraçado.

– O que houve? – perguntou. – Você não consegue dizer nada? Vamos ouvir aquele seu dicionário falar um pouco.

16 de fevereiro de 1998
Eu me pergunto se ela ainda acredita naquilo. Depois da distância extraordinária que já viajou, será que consegue ver como era absurdo?

Não era o melhor dos motivos para planejar sua fuga. Mesmo enquanto escrevo isto, imediatamente levanto uma questão. Ela pode ter estado delirante, mas sentir que a própria vida está em perigo constante é uma maneira horrível de viver. Não que ela seja uma covarde fisicamente, muito pelo contrário, mas o desejo de se distanciar de uma ameaça mortal, real ou imaginária, é totalmente compreensível. Além disso, e mais importante, ela estava convencida de que os meninos iriam perdê-la, de uma maneira ou de outra. Se não levasse a cabo o nosso plano, "eles" mandariam assassiná-la.

Havia razões que eram bastante reais.

A exposição à imprensa e ao escrutínio público – eu mal sei por onde começar. Ela tinha vivido com isso por tanto tempo, por que não continuar indefinidamente? Talvez a questão esteja embutida na premissa de que com o passar do tempo o indivíduo acabe por se tornar imune a essas coisas. Eu me pergunto se alguém de fato se torna. Nós preferimos presumir que sim quando vemos as revistas e os jornais cheios de comentários pessoais das estrelas do momento. "É o preço da fama", dizemos a nós mesmos, e perdemos uma parte da perspectiva com isso.

É meu único conhecimento privilegiado: ela nunca lidou com esse problema sem se perturbar. Após o comunicado do fim de seu casamento (estou me referindo à separação formal), os cães infernais ficaram à solta.

– Levante a porra da cabeça e comporte-se como uma princesa! – berrou um fotógrafo para ela. Ele não conseguiu fazer a foto que queria porque ela tinha o rosto virado para o chão. Ela chorava no telefone. Os paparazzi começaram a dizer coisas medonhas para fazê-la chorar. A fotografia seria mais valiosa se ela tivesse lágrimas nos olhos. Ou se voasse em cima deles dominada pela raiva. Apenas mantenha-se acima de tudo isso, não se deixe afetar, eu costumava aconselhá-la. Como se ela fosse capaz de agir como um robô, como se ela não tivesse o direito de ter emoções humanas normais.

Eu estava com Gail numa manhã de sábado (pouco antes de nos separarmos) e tínhamos parado numa banca para comprar um jornal para ler durante o café da manhã. Quando dei as costas para o balcão, depois de ter pagado pelo *The Times*, Gail estava lendo a primeira página de um tabloide.

— Tão cruel — comentou, sacudindo a cabeça. Ela abriu o jornal para dar uma olhada na seleção de fotos no interior. — Não sei não. — E continuou a sacudir a cabeça enquanto fazia uma leitura rápida do texto. Ela fechou o jornal e o passou para mim, achando que talvez eu quisesse comprá-lo. Eu o botei de volta na prateleira. Não pude deixar de ler a manchete mais uma vez: Princesa das *Pernas Encaroçadas*.

Eles tinham tirado uma foto dela correndo da academia de ginástica para o carro vestindo um short de Lycra. Era parte de sua rotina diária: um rápido percurso de carro do PK até a academia, uma sessão de exercícios físicos de manhã bem cedo, espremida como recheio de sanduíche entre duas partidas rápidas de gato e rato com os fotógrafos, na hora de entrar e sair. Falava-se de celulite. Eu sabia que um telefonema estava a caminho, e ele logo chegou. Atendi do lado de fora, na calçada, e observei Gail através da vidraça de vidro laminado, bebericando seu *cappuccino*.

Aquilo a feriu? É claro que sim. A pequenez dos comentários não tornou nada mais fácil.

— Até para isso — disse ela —, eles vivem atrás de mim.

Quando eu estava trabalhando para ela, costumava pensar que se ao menos ela tivesse um *staff* de relações públicas apropriado, tais coisas nunca aconteceriam. Nós poderíamos protegê-la. Transformá-la numa Marlene Dietrich, uma versão real de uma estrela de cinema antiquada. Envolvê-la em misticismo e iconografia fria como gelo. Controlar a agenda e ditar o tom.

Mas nós não vivemos mais naquele tipo de mundo. E ela não é uma mulher daquele tipo. A bissexualidade de Dietrich permaneceu secreta durante a maior parte de sua vida. Lydia, como tenho que me habituar a chamá-la, quando não estava tendo seus segredos revelados, tratava de revelá-los ela própria.

Aquele impulso cresceu e cresceu. Nem tudo nele era mau. Ela falou sobre seu problema de bulimia de uma maneira que foi realmente corajosa. Minha admiração atingiu novos ápices. Entretanto, toda vez que se revelava emocionalmente, fazia subir as apostas. Ela se transformava em "*fair game*" — alvo de críticas e ataques.

Nada ficava fora dos limites. E Lydia alimentava o monstro que chegou perto de destruí-la. De início, pensou que poderia domesticá-lo, treiná-lo, fazê-lo virar de barriga para cima e suplicar. Logo tornou-se evidente que não era bem assim. Com certeza, ela gostava de ver fotografias de si mesma nos jornais. Examinava todas, quase todos os dias, e ficava triste quando não aparecia. Com certeza, ela jogava de maneira tática quando podia, usando ou criando uma oportunidade para foto para conquistar as graças do público, ou para roubar as luzes da ribalta de seu ex-marido. Um viciado poderia se aplicar uma dose a mais para enfrentar uma situação difícil, mas isso não o torna, receio, menos um viciado.

Aquilo a assustava.

– Só existe uma maneira de fazer parar – disse ela. – Enquanto eu estiver aqui, apenas vai continuar e continuar.

17 de fevereiro de 1998
Lydia, Lydia, Lydia.

Aí está – como um adolescente apaixonado.

Eu estou apenas me aclimatando com seu novo nome. Ele será pronunciado mais facilmente pela minha língua quando eu a vir pelo que, sem dúvida, será a última vez.

Estou um pouco cansado demais para escrever hoje.

18 de fevereiro de 1998
Minha dor de cabeça foi violenta de cegar mais cedo hoje, mas pareço ter-me recuperado esta tarde. Uso o termo "recuperado" um tanto ou quanto metaforicamente, é claro.

Ela não vai ficar na Carolina do Norte. Não sei para onde ela irá a seguir, mas lhe dei algumas sugestões e, mais importante, enfatizei os lugares de onde ela deve se manter afastada. Antigos retiros favoritos, basicamente. Os Hamptons, Martha's Vineyard, Nova York. Estou bastante convencido de que ninguém a reconheceria, mas se ela visse um de seus amigos seria desastroso.

Eu criei uma "história de cobertura" de identidade falsa para ela usar com seus vizinhos. Tinha a beleza da simplicidade. Ela havia se divorciado recentemente de um americano (não me lembro onde sugeri que eles tivessem vivido, mas foi em algum lugar distante o suficiente para não provocar maiores perguntas), e que desejava apreciar um pouco a solidão e a região campestre do interior antes de se mudar de volta para a Inglaterra. Como casal, eles tinham percorrido de carro aquela parte do estado uma vez e ela havia ficado impressionada com a beleza do lugar.

Lydia disse:

— Ai, meu Deus, você faz com que eu pareça maçante.

Eu respondi que ela estava livre para aprimorar com detalhes conforme lhe agradasse.

— Eu vou fazer exatamente o que você me disser para fazer — respondeu ela.

Eu disse que aquela seria a primeira vez, e ela sorriu.

19 de fevereiro de 1998

A dra. Patel me perguntou a respeito dela esta manhã.

— Fale-me um pouco sobre a sua antiga empregadora — pediu.

Eu não tinha certeza de a quem ela estava se referindo, de modo que lhe lancei um olhar interrogativo. Ou pelo menos tentei. Eu já reparei no espelho recentemente que não consigo levantar minhas sobrancelhas. Não sei por que haveria de me abalar, mas me abala.

— Sua Alteza Real, a Princesa de Gales. — A dra. Patel é uma grande apreciadora de formalidades. Ela insiste em me chamar de dr. Standing e eu já desisti de pedir a ela para usar meu nome de batismo.

Eu disse que ela tinha sido destituída do título de SAR depois do divórcio. A dra. Patel recebeu a notícia como um golpe pessoal.

Até onde me lembro, nunca mencionei esta parte de meu *curriculum vitae* para a médica que trata meu tumor. Perguntei como ela sabia daquilo.

— Eu examino as tomografias de seu cérebro. Está tudo lá. Toda a sua história.

Eu ri e ri até não poder mais. De maneira muito desproporcional, mas ela pareceu ficar satisfeita. Ora, dra. Patel, parece-me que a senhora fez uma piada.

— Ela era uma boa mãe? Ou tudo era apenas pose para as câmeras?

— Aquilo não era encenação.

A dra. Patel assentiu. Ela me considerava uma autoridade no assunto. Então retomou os assuntos sérios do dia e sugeriu que eu começasse a pensar sobre alguém que pudesse vir morar comigo como cuidadora ou em uma casa de saúde para os últimos dias.

— Eu preciso começar a pensar agora? — perguntei.

— Não agora — respondeu ela —, mas em breve.

CAPÍTULO CATORZE

Grabowski bateu na janela do carro e o garoto, que estava lendo um jornal aberto sobre a direção, teve um sobressalto antes de baixar a janela.

– Está de olho em alguém? – perguntou Grabowski. Ele gesticulou para a traseira da caminhonete, as bolsas da câmera no banco de trás, a escada portátil se projetando para fora da mala do carro.

– John Grabowski? – perguntou o garoto. Ele usava uma camiseta branca com um desenho de *cartoon* de um coelho e um slogan: *O Hip Hop Está Morto*. Estava justa o suficiente para que Grabowski visse o relevo do anel em seu mamilo.

O carro estava estacionado do lado de fora da pousada quando Grabowski voltara andando do almoço na padaria. Ele se perguntou se o garoto tinha entrado e assustado a sra. Jackson com seu *piercing*, e o que ele teria dito a ela.

– Imagino que Tinny tenha mandado você.

– Não – disse o garoto, saltando do carro. – Ele me disse onde você estava. Mas não me mandou vir. Eu queria conhecer você: o lendário Grabber Grabowski. – Ele estendeu a mão.

Grabowski ignorou e olhou para a rua acima. Ele não gostava da ideia de ser visto com aquele garoto que tinha paparazzo escrito na testa e no peito, apesar do fato de que por ali as pessoas não saberiam reconhecer um paparazzo se ele lhes mordesse o nariz. Mesmo assim, aquilo o deixou incomodado.

– Vamos andando – disse Grabber. – Vamos no seu carro. – Era melhor tirar aquele carro dali, porque havia uma pessoa (talvez) que saberia exatamente o que estava vendo se passasse por ele.

– Tem um bar em Gains de que você vai gostar – disse Grabber, dando a volta para o lado do passageiro.

Ele não conhecia nenhum bar em Gains, mas eles encontrariam alguma coisa que servisse. Então descobriria o que estava acontecendo. Ele já tinha uma ideia, lhe ocorrera mais ou menos no mesmo instante em que vira o carro.

Tinny tinha ligado para ele de novo.

– O que está havendo, Grabber? O que está segurando você aí? Estou lhe dizendo, tenho mais trabalho do que dou conta de fazer. Você sabe o que está acontecendo por aqui?

Ele havia desfiado uma lista. Uma atriz estava de volta à clínica de reabilitação, uma princesa pop tinha raspado a cabeça, a herdeira da cadeia de hotéis tinha sido presa por dirigir bêbada e estava prestes a ser mandada para a cadeia.

– Este ano, e me escute bem, cara, 2007 vai passar para os registros da história. É o ano em que as garotas enlouqueceram. Você vem para tomar parte na ação ou o quê?

Grabber disse que estava a caminho.

– Isto foi o que você disse da última vez. – Tinny fez uma pausa. – O que você está fazendo? O que foi que o agarrou pelos colhões aí, onde foi mesmo que disse que estava, Kensington?

Grabber inventara uma história, mas Tinny tinha farejado alguma coisa. Era por isso que Grabber encontrara aquele rapaz furão plantado na porta da pousada.

~

O garoto estava perdendo seu tempo. Grabber, muito provavelmente, também estava perdendo o seu. Durante os últimos dias, ele não tinha pensado em nada exceto Lydia. Ela a tinha seguido do trabalho para casa. Ele a tinha seguido quando ela fora à cidade na quarta-feira na hora do almoço, e pela rua onde ela comprara sanduíches, e depois até a loja de roupas. O que ele tinha até aquele momento? A mesma altura, a mesma constituição física, o mesmo balanço ao andar. Quando ela estava indo embora do canil, tinha chamado a senhora de cabelos grisalhos e sua voz não lhe parecera exatamente da maneira como ele se lembrava. Não muito diferente, mas não exatamente da mesma maneira. Seu riso, contudo, fizera um calafrio percorrer sua coluna. Às vezes, você tinha que pensar com a sua coluna naquela profissão.

Agora estavam em Gains e ele tinha que procurar um bar.

– Entre à direita – disse. – Acho que é ali adiante.

Havia aquele sujeito que era obcecado por Jackie Onassis. Ela havia pedido que um mandado judicial fosse emitido contra ele, que foi proibido de chegar a uma distância menor que quinze metros dela. Ele continuava a tirar fotos. Todo dia aparecia diante da porta do prédio dela. Acabou sendo levado de volta ao tribunal. Mesmo assim, não conseguiu parar. O homem era maluco. Mas Grabber sabia como ele se sentia.

– Lá está – disse. – Você estaciona. Eu vou pedindo as cervejas.

~

O garoto entrou ruidosamente no bar e puxou um banco alto. A maneira como ele andava, com os membros soltos, como se os ossos não fossem articulados uns nos outros, estava dando nos nervos de Grabber.

– O que você quer saber? – perguntou Grabber.

O garoto sorriu.

– Sabe como é, eu não sei. Queria conhecer você. Ouvir as histórias, como você conseguiu algumas daquelas, sabe, fotos muito famosas.

Aquilo era conversa fiada. Não era de admirar que Tinny o quisesse de volta em LA. Aquele garoto não saberia untar o rabo nem se tivesse um pacote inteiro de manteiga na mão.

– Sei – disse Grabber. – Que fotos?

– Foi você que tirou aquelas em que ela estava grávida de biquíni, certo?

– Escute, Bozo – disse Grabber.

– Meu nome, na verdade, é Hud.

– Escute, Hud, eu não tirei aquelas fotos. Aquelas não fui eu. – Aquilo o enfurecia, mas aquele garoto não sabia de nada. Ele tinha crescido numa época em que as atrizes posavam nuas com barrigas enormes nas capas de revistas. Ele não podia imaginar a merda que aquelas fotografias tinham causado. Grabber tinha estado na ilha. Ele poderia ter tirado as fotos, mas não tirara. Apesar de tudo, tinha alguns princípios.

– Certo – disse o garoto. Ele coçou o mamilo com a argola meio inquieto.

– Vamos deixar de lado a baboseira. Tinny mandou você, não foi?

O garoto furão ruminou.

– É, mandou – respondeu. – O Tinny disse que você não estaria aqui a menos que tivesse alguma coisa acontecendo. Você enxerga um furo, é o que ele diz.

Grabowski tomou um gole de sua garrafa de cerveja.

– E ele contou a você sobre aquelas fotos. Você pelo menos sabe quem ela era?

Hud deu de ombros.

— Mais ou menos.

— Bem, a memória de Tinny evidentemente está falha. Mas fique por perto. LA não tem nenhuma vantagem sobre Kensington.

— É mesmo? – perguntou o garoto se inclinando para a frente. Ele tinha cílios escuros e longos como de uma vaca. Mostrava a língua quando falava. Grabber teve que resistir ao impulso de dar uma torcida naquele aro do mamilo e arrancá-lo fora.

— É mesmo. Pode parecer com um fim de mundo caipira, mas vou contar a você o que está acontecendo.

— Nós podemos trabalhar em equipe – disse o moleque.

— Desde que fique apenas entre nós dois – disse Grabber. – Não conte nem mesmo a Tinny, não queremos que a notícia se espalhe.

— Eu juro.

— Sabe aquele lugar em que eu estou hospedado?

— A pousada?

— Você é esperto. Madonna está no quarto ao lado do meu.

O garoto estremeceu. Mas aquilo não era o suficiente para dar-lhe um choque para valer. Madonna, ele já devia tê-la fotografado uma porção de vezes.

Grabowski olhou para mais abaixo no balcão de bar como se para se certificar de não estar sendo ouvido.

— Ela está aqui, e adivinhe com quem ela está transando?

— Quem?

— Jure pela vida de sua mãe.

— Eu juro. Você não vai se arrepender disso, eu lhe prometo.

— Agora somos uma equipe – disse Grabowski. – Você não vai me decepcionar?

— Droga, cara, nós somos uma equipe.

— Vou confiar em você – disse Grabowski, chegando os lábios bem perto da orelha do garoto. – Ela está transando com Hugh Hefner. – Ele deixou aquilo ser absorvido. – Hugh Hefner, Papai Noel e os sete anões, numa pousada em Kensington. Não conte a ninguém.

Houve uma longa pausa enquanto o garoto furão decidia como reagir a ser tratado como o bobalhão que era. Então ele caiu na gargalhada.

— Merda – disse ele. – Eu disse ao Tinny. Eu disse ao Tinny que seria uma idiotice. Dirigi essa distância toda até aqui, porra. Entrei direto no carro e saí dirigindo como um louco. Só parei quando tinha que mijar.

Grabowski concluiu que estava sendo duro demais com o rapaz. Afinal ele era apenas um soldado da infantaria de Tinny.

~

Eles tomaram mais uma cerveja e depois mais uma, e Grabowski, mesmo a contragosto, descobriu que estava satisfeito por ter companhia. Tinha passado tempo demais sozinho. Talvez fosse por isso que estava caçando fantasmas pela cidade.

Eles conversaram sobre câmeras e lentes. O garoto queria saber o que ele usava. Canon, sempre, para tudo de 35 a 500 milímetros, *power-drives* Canon, baterias Quantum Turbo, *flashgun* Nikon. O garoto disse que de vez em quando usava um Palm Pilot. Os alvos nunca nem sequer sabiam que tinha sido fotografados. Ele achava que tinha inventado o subterfúgio fotográfico.

Bem, se ele queria ouvir falar das lendas, Grabowski podia lhe contar algumas histórias.

– Você já ouviu falar de Jacques Lange? Não, não importa. Ele queria tirar uma foto da Princesa Caroline de Mônaco fazendo suas provas, quando ela era estudante. De alguma maneira conseguiu entrar na sala de aula. E tinha uma Minox escondida no maço de cigarros. Criatividade – disse Grabowski. – Não existiam Palm Pilots naquela época.

– É incrível – disse o garoto. – Eu nunca sequer ouvi falar de uma Minox.

– Você alguma vez já ouviu a história de como eu fiquei amigo de seu patrão? – perguntou Grabber. Ele parecia um velho veterano, e sabia disso, mas no fundo achava que era isso o que era. – Vou contar. Foi na Ilha Necker. Você sabe onde fica isso? Nas Ilhas Virgens Britânicas. Isso mesmo. É propriedade particular, de modo que todo mundo da imprensa estava hospedado nas ilhas próximas e saindo em barcos para tentar fazer as fotos. Sim, era ela. Acertou em cheio, você é mais esperto do que parece. Ela fez uma aparição de dez minutos para fotos e então todos nós deveríamos deixá-la em paz. Havia uma equipe de televisão e de fotógrafos americanos. Eles eram os sujeitos mais exibidos na cidade e alugaram um submarino por dezesseis mil dólares por dia. Achavam que tinham derrotado todos nós. Quando chegaram à costa da Ilha Necker, disseram ao capitão para levantar o periscópio. O capitão apenas ficou olhando para eles. Não havia nenhum periscópio. Era um submarino para observar peixes, não uma droga de um submarino tipo U-boat. Eu e o Tinny rimos até não poder mais no bar quando soubemos.

— O Tinny quer você em LA, cara. Disse que se acontecesse de estar aqui de bobeira, que era para eu tentar levar você de volta comigo.

— Eu vou dizer ao Tinny que você tentou tanto quanto pôde.

— Então, o que afinal está fazendo aqui? – perguntou o garoto.

Ele contou ao garoto a mesma história que tinha contado à sra. Jackson. Que estava trabalhando em um projeto tipo Robert Frank – uma exposição e um livro, com fotos de cidadezinhas dos Estados Unidos e da Inglaterra. Fotografias e texto de John Grabowski. A sra. Jackson iria descobrir todo o equipamento fotográfico em algum momento, de modo que ele havia arrumado um jeito de incluí-lo em seu currículo.

O garoto nunca tinha ouvido falar de Robert Frank. Provavelmente também nunca tinha ouvido falar de Brassaï nem de Cartier-Bresson. Naquele ramo de negócio, não havia mais espaço para arte. Grabber tinha vendido muitas fotos fora de foco em sua época e ficara satisfeito com o dinheiro, mas tinha se formado e subido ao topo à moda antiga. Ele sabia compor um enquadramento em uma fotografia.

Grabowski suspirou e pediu mais uma rodada.

— Se você tira fotografias de outras pessoas sem a permissão delas, o que isso faz de você?

— Eu não sei. Paparazzo.

— Talvez – disse Grabowski –, mas lembre-se, as pessoas nas fotos de Robert Frank também não concordaram em ser fotografadas. Elas não assinaram formulários de utilização de imagem.

O garoto meteu a mão na tigela de amendoins e derramou um punhado na boca.

— As pessoas são metidas a besta de vez em quando – disse ele –, quando eu conto a elas o que faço. Então eu digo "olha, eu tirei uma foto daquela atriz transando na praia" e elas dizem "ah, então deixe a gente dar uma olhada".

— É claro que sim – disse Grabowski. — A propósito, o que foi que você disse à minha senhoria? Que estava procurando por mim?

O garoto estreitou os olhos, aparentemente ofendido.

— Eu não nasci ontem. Eu não entrei. Eu não entro a menos que saiba o que vou encontrar e esteja pronto para isso.

— Bom garoto – disse Grabowski. Eram mais de cinco horas e o bar estava começando a encher com trabalhadores de construção. Dava para ver onde os capacetes de segurança tinham deixado uma faixa vermelha em suas testas.

Ele tinha que planejar o que fazer a respeito daquela Lydia. Será que haveria alguma manobra que ele poderia fazer sem assustá-la? Isto é, se ele não estivesse completamente delirante. Pelo menos o fotógrafo que havia assediado Jackie Onassis não estava obcecado com um fantasma. Mas de jeito nenhum Grabowski poderia sair dali. Se ele não seguisse o seu instinto, passaria o resto da vida perseguido pela oportunidade que poderia ter perdido. Um par de olhos azuis com um anel de verde ao redor da pupila direita, um jeito de andar familiar, uma risada que o deixara em cócegas. Não era muito, mas era o suficiente para impedi-lo de ir embora.

– Eu não sou invasivo – disse Hud. Sua língua de vaca explorou seu lábio inferior. – Não sou como um desses caras. Eu nunca fechei o carro de ninguém. Nunca arrombei a casa de ninguém. Estou apenas fazendo meu trabalho. Viva e deixe viver, sabe como é.

~

Já era noite e Grabowski não sabia o que fazer consigo mesmo. Ele passou os dedos pelo rosário, sentado na beira da cama. Andou de um lado para o outro pelo quarto. O que ele precisava era de uma maneira de decidir. Será que valia a pena continuar ou era ridículo demais sequer cogitar?

Era possível. Qualquer coisa era possível. Mas como poderia prová-lo? O que podia fazer para descobrir? Se ele estivesse certo e começasse a fazer perguntas demais pela cidade, ela fugiria no momento em que ficasse sabendo.

Paciência, disse a si mesmo. Pense nisso como uma emboscada. É possível que seja a mais longa de sua vida, mas se estiver certa... Ele se sentiu quase nauseado de excitação. Talvez Cathy o aceitasse de volta.

Ele estava pondo o carro na frente dos bois agora.

Não podia fazer perguntas pela cidade por enquanto, mas podia começar a fazer perguntas em casa. Ele fez um telefonema.

– Nick – disse –, eu sei que é tarde, mas há uma coisa que preciso que você faça.

Nick trabalhava na seção de registros e arquivos da polícia e, extraoficialmente, para Grabowski. Ele era bom em descobrir coisas, sabia onde procurar e como. De todas as pessoas que Grabowski tinha em sua "folha de pagamentos" – porteiros, garçons, babás, RPs, motoristas –, Nick era a mais útil.

– Vai custar caro – disse Nick, sua resposta padrão. Ele parecia totalmente desperto. Embora Grabowski tivesse, ao longo dos anos, ligado para ele a todas as horas do dia e da noite, nunca, nem uma vez, o apanhara dormindo.

– Lydia Snaresbrook – disse ele. – Quarenta e tantos anos. Descubra tudo o que puder.

– Só isso? – perguntou Nick. – Apenas um nome, não tem data de nascimento nem mais nada? O que você está procurando?

– Eu não sei. É um nome bastante incomum. Descubra de quantas pessoas poderíamos estar falando para começar.

– Então vou checar o Registro Geral Central, todas as Lydias Snaresbrooks nascidas entre, digamos, 1955 e 1965. E depois o que faço?

– Eu não sei – respondeu Grabowski. – Apenas me ligue assim que acabar.

CAPÍTULO QUINZE

20 de fevereiro de 1998
Uma boa mãe, ela era sim. Ela é. (Mais e mais me descubro tentado a escrever a seu respeito com os verbos no passado.) Por mais estranho que pareça, eles foram um dos motivos que a fizeram partir. Tem lá as suas peculiaridades e complicações.

Ela acreditava que seria "eliminada", para usar o termo antiquado que ela usou, deste modo, de qualquer maneira, seus filhos seriam privados da mãe. Mas não teria sido suficiente. Ela estaria disposta a viver com aquele risco se isso tivesse sido o melhor para eles.

Mas ela tinha uma convicção crescente de que sua presença estava desestabilizando seus meninos, havia se convencido de que o circo que a rodeava seria cada vez mais prejudicial para eles. E, é claro, estava convencida de que uma vez que a poeira tivesse assentado, poderia vê-los de novo.

21 de fevereiro de 1998
Eu me deitei por alguns minutos ontem pensando que depois retomaria o diário, mas adormeci e, quando acordei, fiquei dominado por uma espécie de letargia até que estava na hora de ir para a cama de novo.

Eu ainda estava lá quando Gloria chegou esta manhã e ela tocou a campainha três vezes (tinha se esquecido de trazer sua chave) porque eu não queria abrir a porta antes de ter vestido meu robe de chambre, que foi um pouco difícil de localizar e de vestir.

– Certo, nós temos minhas visitas planejadas para a semana que vem – disse ela, depois de completarmos nossos rituais. – Vamos organizar os horários para a semana seguinte.

Eu resmunguei alguma coisa sobre a possibilidade de não estar aqui.

– É claro que estará – disse ela.

Ela pensou que eu estava prevendo a minha própria morte.

Eu disse que estava planejando ir a Washington para completar minhas pesquisas na Biblioteca do Congresso.

– Bem, vai ser ótimo – disse ela, como se eu tivesse anunciado uma viagem à Disneylândia. Então repousou a caneta e colocou as mãos na agenda que ainda estava aberta em seu colo. As suas mãos eram quase tão grandes e quadradas quanto as páginas. – O que a dra. Patel tem a dizer a respeito disso?

Minha resposta vaga quanto àquela questão fez com que ela franzisse os lábios. Finalmente disse:

– Vai ter alguém para acompanhá-lo na viagem, presumo?

Eu disse que não seria aconselhável ir sozinho, deste modo evitando uma mentira escancarada.

– Sua irmã... Patricia, não é?

– Ela fala comigo ao telefone todos os dias – respondi. E de fato ela liga. Estive adiando sua vinda para uma visita de novo, mas é possível que eu tenha que ceder antes de voar para os Estados Unidos.

22 de fevereiro de 1998
Terei examinado minhas próprias motivações? Talvez não o suficiente. Comparado com passar meus últimos dias de vida enfurnado em bibliotecas, não era emocionante executar uma operação secreta, a minha primeira desde que fui destacado do FCO (Foreign Commonwealth Office) para os serviços secretos de inteligência na minha juventude?

Adotei um disfarce modesto (lancei mão do velho recurso de usar barba e óculos) em Recife, quando estava esperando pelo dia do encontro. Havia paparazzi na cidade e era bastante possível que um deles me reconhecesse como o seu antigo secretário particular.

Quando aluguei o barco a remos, fiquei cara a cara com um no píer. Se eu já não estivesse coberto de suor (o tempo estava escaldante), teria suado profusamente naquele ponto. Eu o conhecia e, portanto, ele me conhecia – foi meu primeiro instinto, como o inverso da criança pequena que fica convencida de que desapareceu de vista pelo simples fato de cobrir o rosto.

Meu treinamento, graças aos céus, entrou em ação. Eu sabia que não deveria me afastar sem me certificar de que houvesse alguma possibilidade de que ele tivesse me reconhecido apesar do disfarce.

Eu me aproximei e fiz um gesto indicando seu equipamento de câmera.

– Há um bando de pelicanos pescando em um frenesi na próxima enseada. Achei que talvez pudesse estar interessado, o senhor é fotógrafo de vida silvestre?

Ele me olhou da cabeça aos pés por um breve momento, minha camisa havaiana e joelhos carecas, um ornitologista barbudo e de óculos, sem nenhum interesse para a humanidade.

– Não, companheiro. Fique por aqui. Você vai ver um outro tipo de frenesi dentro de pouco tempo.

Eu contei a Lydia sobre a aventura. Ela é rápida para compreender as coisas. A maneira como ela mostrou aquela revista para o cirurgião plástico no Rio foi realmente brilhante. Creio que ela vai ficar bem.

23 de fevereiro de 1998
O livro recua. Li os três primeiros capítulos ontem e me encolhi de horror diante de todas aquelas frases poeirentas.

Eu não me importo. Meu legado não reside entre as capas de um livro. Ela reside no mundo. Eu posso me satisfazer com isso. Eu fiz a coisa certa. Creio que fiz.

O que ela fará? Nós debatemos os possíveis ramos em que ela poderia procurar trabalho. Ela disse:

– Eu não tenho qualificação para fazer nada.

Eu discordei ferrenhamente e lhe pedi que pensasse em todas as experiências que ela viveu, todas as habilidades que ela adquiriu, todos os seus talentos naturais. É uma conversa que continuaremos. Falando em termos financeiros (eu preparei orçamentos e ela de fato prestou atenção enquanto eu os explicava em detalhes), ela não precisará trabalhar por muito tempo, mas creio que ter um trabalho lhe será útil de muitas outras maneiras. Sem trabalho, ela poderá se entregar à raiva, criar novas obsessões ou simplesmente morrer de tédio.

Os meninos, eu ia escrever a respeito deles, e me vi detido. No final, eles foram o motivo.

Menos de duas semanas para que eu a veja. Já estou com a mala pronta.

24 de fevereiro de 1998
O dia se passou enquanto eu olhava pela janela. Estava repassando em minha mente tempos há muito passados. Cenas de minha infância, da sala de aula na escola, de caminhadas na região de The Broads, reuniões de Natal, nas paredes de

azulejos azuis do Consulado de Ancara, uma refeição de patê e pão na Provence com Gail, em nossas primeiras férias juntos. Engraçadas as coisas que a gente guarda, que ficam com a gente. Somadas não significam nada, e não têm nenhuma forma, mas ao mesmo tempo são uma vida.

Os meninos. Como poderia qualquer mãe abandonar seus filhos? E ela é tão devotada quanto uma mãe pode ser. Não, não era encenação para as câmeras, embora de vez em quando ela jogasse contra "o outro lado" (seu marido) por meio de demonstrações públicas de ser uma mãe afetuosa, que gostava de se divertir com as crianças. Em comparação ele parecia tão empertigado.

Ela vivia aterrorizada de perdê-los. Ela me disse.

– Você não compreende o que está acontecendo, Lawrence? Eles estão tentando me excluir.

No primeiro Natal depois da separação formal, ela teve que deixar os meninos em Sandringham. Ela passou o dia de Natal sozinha no PK.

– Eles me avisam quando posso ficar com os meninos e quando não posso. É como se não fossem meus filhos, são propriedades da coroa. – E, em certo sentido ela estava certa. Ela prosseguiu: – Primeiro eles me tomaram meu título, agora estão tentando me tomar os meninos.

25 de fevereiro de 1998

O problema certamente se tornaria maior. A lealdade dos meninos estava dividida. Creio que eles se sentiam culpados por quanto adoravam estar na companhia do pai e da avó em Balmoral (um lugar que a mãe deles detestava), longe do glamour e do brilho e das câmeras incessantes. Eles a adoravam, mas já tinham começado a ficar incomodados com o seu comportamento, especialmente o mais velho.

Quando ela foi de carro até a escola para avisá-lo de que a entrevista de televisão que tinha gravado em segredo (que sensação aquela entrevista causou!) estava prestes a ser posta no ar, ele a tratou muito friamente. Ela me telefonou e disse:

– Ele me olhou com ódio absoluto. Eu pensei: "Meu próprio filho me odeia." Não posso lidar com isso. – Uma hora depois, ela ligou de volta e eles tinham conversado por telefone e tudo estava bem novamente. Mas os episódios foram se empilhando como um engavetamento de carros. Houve "O livro das revelações", como ela se referia a ele, aquela biografia infernal com a qual ela havia cooperado secretamente. Havia escândalo após escândalo, casos com homens casados, alegações de grampos telefônicos, gritos com fotógrafos, terapias esquisitas, mais homens inadequados, informações dadas a repórteres de tabloides, negadas e depois reveladas, boatos e fotografias e alegações espalhadas por toda parte no mundo. Ele já tinha idade suficiente (e seu irmão estava indo pelo mesmo caminho) para que aquilo o deixasse constrangido até as raízes dos molares.

Ela queria parar, mas não conseguia. O ciclo estava se acelerando. E temia que o estivesse prejudicando, de uma maneira que não podia impedir. Envergonhada, ao mesmo tempo, de que estivesse se deixando dominar por uma dependência insalubre pelos filhos, em particular o mais velho, para quem começou a ligar cinco ou seis vezes por dia.

A ocasião em que estivemos mais perto de nos desentender foi quando sugeri que parasse de visitar seu filho em Eaton com tanta frequência. Era sufocante sua mãe aparecer por lá três ou quatro vezes por semana, e os outros garotos se deliciariam em caçoar dele por causa disso. Ela ficou furiosa.

Me botou para fora do PK ao se levantar e tocar a campainha chamando o mordomo.

– O dr. Standing gostaria de ser conduzido à porta – disse. Isto foi de uma extrema maldade. Chamar-me de dr. Standing e sugerir que eu não podia sempre ir e vir sozinho pelo palácio, ou que não poderia mais fazê-lo.

Duas horas depois, ela estava no telefone e aos prantos. Ela disse:

– Você tem razão. Mas não consigo me controlar. Pobre criança, que fracasso de mãe ele tem. – Ela estava desesperada para não sufocá-lo, para não sobrecarregá-lo com lealdades divididas ou com suas angústias. Mas seus padrões de comportamento, ela sabia, eram tão compulsivos que parecia uma impossibilidade.

Meu coração sangrou. A dra. Patel é muito bem-vinda se quiser cortar meu cérebro depois que eu tiver partido e examinar as células sob um microscópio. Mas se ela estiver procurando por esta parte em particular de minha história pessoal, estará submetendo a exame o órgão errado.

Uma mãe fracassada. Eu não concordo. Por eles, ela teria feito qualquer coisa que estivesse entre suas possibilidades, e deixá-los, creio fervorosamente, foi seu maior ato de abnegação.

Terá sido mal orientado? Ainda iremos descobrir, e eu não estarei por aqui para ver. No que me diz respeito, não posso fingir que foi isso o que me compeliu a ajudá-la. Seus motivos não eram os meus. Eu temia pela sua sanidade. Postulei que sua imprudência cada vez maior a levaria a uma morte prematura e espetacular. E eu queria estar perto dela. Mesmo o mais leal dos cortesãos não consegue deixar seus próprios interesses inteiramente de lado.

Eu nunca concordei que poderia haver um tempo no futuro em que poderia fazer contato com eles. Ela tem toda sorte de planos impossíveis para se pôr em prática. Com certeza, não se pode ser feito sem colocar em risco seu segredo, e infligiria um tremendo dano psicológico a eles, sua ressurreição, muito mais que a sua morte. Sempre tentei deixar isso claro para ela. Realmente tenho fé de que é uma conclusão à qual ela chegará com o passar do tempo. Bem no fundo, suspeito, ela já sabe, mas era necessário que se convencesse do contrário para conseguir deixá-los.

26 de fevereiro de 1998
Agora não falta muito. Dez dias. Creio que vou precisar de um motorista. Contratarei um para uma parte do caminho, e depois tomarei um ou dois táxis. Eu sou um homem cuidadoso.

27 de fevereiro de 1998
A excitação deixou meu olho esquerdo cego. É assim que eu gosto de pensar nisso. De maneira muito repentina, da noite para o dia. A visão andava borrada de vez em quando, mas esta manhã eu o testei, como se tornou meu hábito, e não vê nada. Agora não há mais escolha senão usar um motorista para sair de Washington.

28 de fevereiro de 1998
Patricia chega hoje mais tarde. Ela está trazendo um assado. Carneiro e feijão branco. Só de pensar, desperta meu apetite.

Lydia, ah, Lydia. Eu espero que minha aparência não a angustie. Não sou uma visão muito atraente. Meu olho esquerdo cego vagueia ao redor de sua órbita – o que faz com que eu pareça meio maluco.

Ela com frequência foi considerada assim. "A firma" tinha esta exata opinião, exceto que eles a rotulavam como uma pequena maquinadora manipuladora que sabia exatamente o que estava fazendo. O público tinha outras ideias. O que parecia loucura para seus sogros era considerado como coragem pelo público na maioria das ocasiões.

Contudo, era um relacionamento que estava longe de ser simples. Fotografias suas em situações angustiantes vendiam jornais. Do mesmo modo que fofocas e colunas indecentes.

– Por que todo mundo me odeia? – perguntava ela.

A decisão de partir foi seu ato mais abnegado. Mas ela é uma mulher complexa. Talvez também tenha sido seu maior ato de narcisismo. Um fim para as oscilações no barômetro da aprovação do público. Ela agora ascendeu ao firmamento, seu valor está além de qualquer medida; inquestionavelmente, ela é amada.

1º de março de 1998

Patricia foi se deitar. O assado foi morar no freezer – meu apetite desapontando e ficando muito aquém das expectativas. Eu me obriguei a engolir um *shake*, mas meu estômago não está muito disposto a segurá-lo por lá e creio que é possível que eu bote para fora.

Eu tenho que acabar este diário e então enfiá-lo na máquina de picar papel. Ele tem me sustentado durante os últimos dias em que realmente fico apenas fazendo contagem regressiva. Seu propósito foi cumprido.

2 de março de 1998

Eu disse adeus à minha irmã, ela voltou para Londres esta manhã e não conseguiu conter as lágrimas. Eu também não. Ela é uma boa pessoa. Nós conversamos sobre os preparativos para o funeral. Ela foi gentil o bastante para não perguntar sobre o livro.

Faltam seis dias.

Eu tenho que parar de escrever aqui. Mais e mais lembranças. É suficiente guardá-las em minha mente? O que será feito de Lydia? Eu gostaria de poder responder com confiança, refletir e escrever a resposta. O passado é bastante difícil de ser visto com clareza. Um historiador deveria saber disso. Com relação ao futuro, podemos apenas supor.

De uma coisa eu sei: se ela se der mal, será por causa de um homem. Será que é inevitável? Dadas suas paixões incontroláveis, sua teimosia, seus mergulhos de cabeça em relacionamentos impossíveis.

Não posso responder com certeza, mas eu sei que a conheço bem, talvez melhor que qualquer de seus parentes, seus amantes, seus amigos. (Outros caíram do trem de suas graças enquanto eu me mantive lá, em virtude de minha devoção obstinada.) Todas aquelas obsessões, todas aquelas buscas desordenadas e maníacas por consolo (em comida, em terapias, no amor) não ostentam o selo indelével de uma personalidade defeituosa ou de um caso de desequilíbrio psiquiátrico. Eu as observei como resposta a uma vida vivida em estado de crise permanente, conduzida a um nível de escrutínio insuportável, na estratosfera tóxica e altamente inflamável da fama.

Outras lidaram com isso. Mas não me convence. Ninguém mais viveu ao nível dela, com as coerções a que foi submetida, na era da multimídia incessante. Não posso encontrar uma comparação justa.

Creio que ela criará uma vida nova, porque seu desejo é tão forte. Quero acreditar nisso.

3 de março de 1998
Hoje minha dor de cabeça está terrível e meu olho bom está borrando intermitentemente. Não estou muito preocupado. Demorou um longo tempo para que meu olho esquerdo ficasse completamente cego. Mesmo assim, preciso descansar. E amanhã, a última parcela.

CAPÍTULO DEZESSEIS

3 de julho de 1998

Querido Lawrence,

Espero que você aprove. O sr. Walker estava disposto a estender o aluguel por mais seis meses (exatamente como você disse), mas eu precisava sair um pouco. Eu estava sufocando em Gravelton. Honestamente, não conseguia mais suportar nem mais um minuto.

Parece ingratidão? É a última coisa que quero que pareça. Você disse que eu precisaria de um lugar tranquilo para poder recuperar o fôlego. Tenho certeza de que você estava certo. Você sempre está certo. De qualquer maneira, ainda estou na Carolina do Norte e aluguei um apartamento em Charlotte, em um grande prédio bem no centro da cidade. E tenho a sensação de que venci uma etapa. Achei que você gostaria de saber. Na semana passada inteira (estou aqui há três semanas e meia), eu não chorei nenhuma vez. Nem uma única vez. Não há ninguém para quem eu possa contar isso, exceto você. "Lillian", eu poderia dizer (ela é minha vizinha do outro lado do corredor), "imagine só, nem uma lágrima de segunda-feira a domingo". Ela tem setenta e seis anos de idade, cria três tartarugas e joga mahjongg com suas amigas. No dia em que me mudei, duas malas, três caixotes, ela apareceu com uma orquídea em um vaso e uma garrafa de espumante medonho, tão doce que fez doerem os meus dentes. Mesmo assim acabamos com ela, sentadas na varanda, enquanto ela me contava sobre o curso de língua italiana que está fazendo. Em novembro, ela vai viajar para Roma e Florença e sua meta é estar razoavelmente fluente na língua a esta altura. Eu fiquei sentada ali pensando quais eram as minhas metas. Não chorar por um dia inteiro, foi o que decidi. E agora consegui uma semana inteira. Gostaria que você estivesse aqui para me dizer: muito bem.

Há tanta coisa que preciso falar com você. Tentei telefonar-lhe três vezes em março, mas, é claro, eu sabia que só havia um motivo possível. Você nunca havia me decepciona-

do. Eu vivi sozinha a minha vida inteira e estou sempre dizendo a mim mesma que não é nada novo. Fiquei sozinha quando mamãe foi embora, e papai estava com a cabeça nas nuvens. Sozinha no palácio, sozinha em meu casamento, sempre e sempre sozinha.

Não se preocupe comigo. Estou com a cabeça acima da água. Não sou um caso perdido. Você não desperdiçou seu tempo. Era tudo o que eu queria dizer.

Com minha mais profunda afeição,
Sua Lydia

7 de julho de 1998

Querido Lawrence,
Tenho uma confissão a fazer. Eu também liguei para os meninos. Havia apenas um serviço de resposta automático. Então tentei imaginar o que você diria a respeito disso. É assim que tenho me impedido de fazê-lo de novo. Então você vê, você ainda está aqui, eu ainda posso ouvi-lo quando me concentro.

Lydia

10 de julho de 1998

Querido Lawrence,
Aquilo não era tudo o que eu queria dizer. Eu queria dizer obrigada, mas ainda não sei como. Eu sei, com certeza, que nenhuma outra pessoa na Terra teria feito por mim o que você fez. Mais ninguém teria compreendido. Eu me lembro de tentar dizer obrigada, e me lembro de como me pareceu tolo. Nós rimos a respeito disso, não foi?

Eu o amaldiçoei algumas vezes por não ter me dito não. Você poderia ter dito que seria impossível. Por que não fez isso? Você me ajudou a perder tudo. Essa é a ação de um verdadeiro amigo? Ah, Lawrence, que coração malvado eu tenho. Eu odiei você por ter-me ajudado. Se ao menos você tivesse me dado as costas e se afastado.

Não, não tive a melhor das semanas, talvez você saiba, apesar de eu não ter dito nada a respeito dela. Mesmo assim, esta é uma carta de agradecimento. E não quero dizer apenas por ter levado a cabo o nosso "pequeno plano". Quero dizer por ter se mantido ao meu lado ao longo dos anos. Por ter me visto em meus piores momentos e nunca ter me julgado.

É melhor tarde do que nunca? Será que eu não poderia ter aberto minha boca quando você ainda estava por perto? Fico a me perguntar se nós poderíamos ter sido felizes juntos. Você alguma vez pensou nisso? Tenho certeza de que sim.

Com lembranças afetuosas,
Lydia

5 de agosto de 1998

Querido Lawrence,
Tentei algumas vezes escrever um diário. Você disse que seria bom para mim. Mas eu prefiro conversar com você a conversar comigo mesma.
Estou com problemas com Lillian. Não me importo. Ela pode ir para o inferno. Afinal, quem ela pensa que é? Está encrencada comigo. Lillian abriu a porta de sua casa justamente no momento em que meu novo cavalheiro visitante estava saindo esta manhã. Está metendo o nariz. Ela o observou seguir pelo corredor e depois que ele entrou no elevador, ela disse:
— Lydia, estou realmente preocupada com você.
Assim, com o mais total e absoluto desplante. Eu disse a ela onde deveria meter sua preocupação, aquela velha bruxa.
— Você não tem ideia a respeito de que está falando e já sofri com interferências suficientes para durar pelo resto da vida, muito obrigada. Eu apreciaria muito se me deixasse em paz.
Não vou admitir de jeito nenhum que pessoas venham me dizer o que posso e não posso fazer. Eu nunca permiti que ninguém me controlasse, não é? Deus sabe que eles tentaram e muito. Se eles não me dobraram, então não vai ser uma velha vestindo conjuntos Sta-Prest e mocassins que vai conseguir. Quando ela vier bater em minha porta, vai encontrá-la fechada.
Ela deveria ter cuidado de sua própria vida. Às vezes, eu preciso de um pouco de companhia. Você compreende isso, não é? Não posso me contentar com uma velha e três tartarugas. Ainda sou uma mulher jovem e não entrei para um convento. Qual seria o sentido de me mudar para a cidade se eu não puder ter um pouco de diversão? Eu estaria decepcionando a nós dois, Lawrence, se não tentasse aproveitar ao máximo a minha vida. Não vou aceitar ouvir sermões de ninguém.
Agora vou me arrumar para sair à noite.

Sua sempre esperançosa, Lydia

25 de agosto de 1998

Querido Lawrence
Agora já lhe escrevi três cartas e você respondeu, à sua maneira, cada uma delas. Não é estranho? Eu achei você um pouco desaprovador da última vez, o que me surpreendeu. Não é de seu temperamento. Se você pretende continuar assim, não vou lhe contar mais nada.

Eu vou viver como quiser. Se não fizer isso, para que serviu tudo? Diga-me. Aposto que você não tem uma resposta, tem?

Fiz uma nova amiga, Alicia. Ela trabalha no Skin Deep, um salão de beleza e de bronzeamento artificial, e vai me arranjar um emprego lá. Não ria. Você sabe que eu fazia minha própria maquiagem em muitas ocasiões. E você disse que trabalho seria bom para mim. Alicia diz que posso fazer treinamento para aprender a fazer limpeza de pele, modelagem de sobrancelhas e depilação com cera e que só leva algumas semanas. Eu vou ser paga para tirar pelos das virilhas de pessoas. O que há de errado nisso?

Tenho saído muito com Alicia. Não estou bebendo demais, se é o que você está pensando. Ela bebe mais do que eu. Antes, eu nunca podia sair e tomar uns drinques porque o que teriam pensado de mim? Então, agora, tenho que recuperar o tempo perdido. Ajuda. Lawrence, não estou me tornando uma bêbada. Sou cuidadosa e não bebo durante o dia. Alicia prepara seus drinques e eu me limito a beber vinho ou vodca. Se estivesse me descontrolando, eu lhe contaria. Nunca escondi nada de você.

Tenho a sensação de que você está me vigiando, Lawrence. Por que é tão severo? Quero que sorria com um pouco mais de frequência, por favor. Estou me empenhando em criar uma nova vida aqui. Não é fácil, você sabe.

Lydia

19 de setembro de 1998

Querido Lawrence,

Você tem a menor ideia do que estou passando? Você achou que eu poderia sobreviver? Você levou isso em consideração quando estava fazendo seus planos sempre tão cuidadosos?

Você me queria só para você?

Lydia

20 de setembro de 1998

Querido Lawrence,

Lamento ter falado com você daquela maneira. Estou envergonhada. Cada dia é um esforço tão grande, mas o que mais eu esperava? Eu queria escrever a respeito da minha vida e lhe contar quanto melhorou desde a última vez em que o vi em novembro. Na ocasião, tive uma sensação de que aquela seria a última vez em que estaríamos juntos e eu deveria ter feito uma despedida apropriada. Apesar disso, esperei que você viesse em março, mantive a esperança. Com todas as camas ao lado das quais sentei, não pude sentar ao lado da sua. Sinto muitíssimo por não ter estado lá. Você sabe que se tivesse havido alguma maneira...

Com amor e gratidão,
Lydia

21 de setembro de 1998

Querido Lawrence,
Eu queria poder dizer a você que a depressão passou. Eu queria dizer que tudo valeu a pena. Pelo menos existe luz no final do túnel, ou às vezes eu penso que existe.

Tenho que reconhecer o progresso que fiz e não ficar me punindo pelo que ainda está por vir. É o que meu terapeuta sempre disse. Você é meu único terapeuta agora. Eu ouço o que você diz, acredite se quiser. Talvez mais do que jamais ouvi quando você estava vivo.

Estou reduzindo a bebida. E vou começar meu treinamento na Skin Deep amanhã. Você ficará orgulhoso de mim no final.

Agora vou me deitar cedo.

Amor,
Lydia

22 de setembro de 1998

Querido Lawrence,
Tive meu primeiro dia de trabalho remunerado desde os dezenove anos de idade. De fato, não é exatamente verdade. Eu não serei paga durante o primeiro mês, enquanto aprendo a esterilizar as pinças e a esquentar a cera, mas ganho tratamentos de pele e sessões de manicure e também duas massagens de graça.

Alicia e eu fomos à lanchonete para almoçar e ela me contou todas as fofocas sobre as outras moças. Ela tem uma tatuagem no tornozelo, senso de humor e usa atrevidos saltos de doze centímetros. Ela foi criada em um parque de trailers, mas eu nunca tive dificuldade de conviver com gente do povo. Além disso, a mãe dela é uma alcoólatra, de modo que temos isso em comum, não é? Não que mamãe jamais fosse admitir.

Não temos um uniforme de verdade, mas temos que usar calça e camisa pretas e por cima, um tabardo preto com Skin Deep bordado em letras brancas. Também um crachá com o nome, mas só vou receber o meu no fim do mês. O que você acha? Você acredita que consegui arranjar um emprego?

Beijos,
Lydia

A HISTÓRIA NÃO CONTADA

25 de setembro de 1998

Querido Lawrence,
Acho que é possível que eu tenha descoberto qual é o meu forte. Quem sabe, dentro de uns dois anos é possível que eu esteja fazendo maquiagem para celebridades. Talvez para alguns de meus velhos amigos. Não seria uma loucura? Hoje Alicia estava fazendo a maquiagem para um casamento e fazia um trabalho lastimável, então assumi a tarefa. Usando todo o meu tato e diplomacia, é claro. A noiva ficou realmente muito agradecida. Também fiz meu primeiro tratamento de pele, sob supervisão, é claro, mas foi extremamente fácil. A realidade é que, tendo feito tantas, tantas vezes no passado, eu conhecia melhor o assunto do que minha supervisora, Alicia.
Boa-noite, meu doce salvador.
Sua Lydia

28 de setembro de 1998

Querido Lawrence,
Você disse que se tornaria mais fácil e, pouco a pouco, se tornou.
Inicialmente, eu ficava assustada com tudo e com todos, praticamente saltava fora de minha pele quando alguém falava comigo. E você, sua velha e sábia coruja, me disse que não seria tão difícil quanto eu pensava. Quero dizer, a parte de conversar com as pessoas. Ninguém me submete a interrogatórios. Eu comecei a contar a Alicia como meu marido sempre fazia com que eu me sentisse uma imbecil, e comecei a pensar que talvez agora ela fosse começar a fazer toda sorte de perguntas traiçoeiras. Eu estava preparando as respostas em minha cabeça. Ela disse apenas, é, eu sei, o meu ex costumava me chamar de Bobalhona. Então ela usou um palavreado daqueles. Estávamos tomando um drinque em nosso bar favorito e ela estava de olho em alguém. Foi um pouco irritante, na verdade, porque eu estava disposta a uma boa conversa daquelas de coração aberto, e ela mal estava me ouvindo. Eu não diria que ela é uma vadia, mas de vez em quando chega perto disso. Seria bom encontrar uma pessoa que estivesse um pouco mais na minha sintonia.
Imagine só, Lawrence, se ela soubesse. Ela estaria se comportando de uma maneira bem diferente, não acha?
Beijos de sua esteticista quase qualificada,
Lydia

2 de outubro de 1998

Querido Lawrence,

Nós conversamos muito sobre os "estágios" pelos quais eu passaria. Eu tentei manter isso em mente, mas nem sempre consegui. O desespero é como um trunfo no jogo. Ele apaga todo o resto. Estou fazendo muito mais agora. No Brasil, levei a vida de uma lesma. Dois meses e meio deitada em um sofá, e durante as duas primeiras semanas, até que você voltasse do funeral, eu nem sequer tinha uma televisão! De alguma forma, estava além de minhas forças sair e comprar uma. Eu estava habituada a ter tudo feito para mim. Eu me lembro de que você deixou a geladeira e a dispensa bem abastecidas e fiquei dentro de casa e comi sopa enlatada e pedaços de queijo.

Você tinha me dito que quando as pessoas são torturadas (como você sempre sabe de tudo?), elas só conseguem suportar dividindo o tempo em fatias. Então elas respiram durante os trinta segundos seguintes. Se conseguem sobreviver àquilo, conseguirão sobreviver aos próximos trinta minutos. Você dizia que eu deveria dividir o primeiro ano em meses, semanas e dias. Superar um "estágio" de cada vez. Mas havia dias em que trinta segundos pareciam exatamente a medida certa.

Eu pensei que você estivesse apenas tentando me consolar. Eu deveria ter sabido que você nunca fala nada sem ter pleno conhecimento do que diz.

Respeitosamente sua,
Lydia

3 de outubro de 1998

Querido Lawrence,

A mente nos prega peças. Na noite passada, eu estava me lembrando daquelas primeiras semanas no Brasil, como sendo totalmente desoladas. Na maior parte do tempo, de fato foram. Mas houve momentos em que eu ia às alturas. Ligava o rádio e saía dançando pela casa, porque tinha feito uma coisa tão enorme. Nós tínhamos feito uma coisa tão enorme. Eu me sentia totalmente invencível. Se eu podia fazer aquilo, então poderia fazer qualquer coisa. Eu estava livre. Pela primeira vez em toda a minha vida, eu estava livre.

Então você voltou, com sua maleta de recortes de jornais, e foi a coisa mais terrível e maravilhosa. Um coração não pode explodir de verdade, pode? Eu pensei que fosse acontecer com o meu. Mas não existe limite para quanto uma pessoa pode sentir.

Depois que você se foi, acho que desci ladeira abaixo. Eu mal saía da cama e não me lembro de comer nada.

Afinal, comecei a estabelecer certas metas para mim mesma, como sair da cama em certo horário, ou tomar uma ducha e me vestir antes de tomar café. Comer um desjejum era outra meta. Ir às lojas antes do almoço. Racionar meu tempo de televisão. Creio que a minha primeira ração foi de cinco horas. Fazer algum tipo de tarefa de limpeza. Meia hora de treinamento com as fitas gravadas com minha voz. Passar uma hora no jardim cuidando de meu bronzeado. Eu sei que não parece muita coisa, mas creia-me, foi o máximo que consegui fazer naquela época. Se você achou que me encontrou em más condições em novembro, quando voltou (eu sei, eu vi a expressão em seu rosto), você precisava ter me visto antes, quando eu mal estava funcionando.

E agora estou trabalhando. De fato estou saindo de casa para ir trabalhar! Mais poucas semanas e até serei paga para isso.

Amor de
Lydia

4 de outubro de 1998

Querido Lawrence,

Acabei de ler as últimas duas cartas, e posso ver realmente como eu evolui e cheguei longe. Às vezes tem sido um passo para a frente, dois passos para trás. Acho que você me disse para estar preparada para isso. Você pensa em tudo, não é mesmo?

Quando você me deixou em Gravelton, aquilo foi mais um choque para o meu organismo. Uma vez que eu estivesse nos Estados Unidos, eu deveria começar minha vida. Você me empurrou, delicadamente como sempre, na direção certa. "Saia e vá conversar com os vizinhos. Procure empregos nos jornais locais. Volte a fazer algum tipo de exercício físico." Eu receio que eu não tenha feito nenhuma dessas coisas.

O que eu fiz? Comprei uma porção de romances (você sabe, do tipo que eu gosto) e li e li. Passava pelos portões das escolas, de manhã e à tarde, apenas para ouvir a gritaria das crianças. À noite, eu assistia à televisão ou me olhava fixamente no espelho, tentando ver se eu era reconhecível de algum ângulo, sob algum tipo de luz, com algum penteado em particular.

Uma ou duas pessoas se aproximaram e se apresentaram. Quando ouvia o estalar da fechadura do portão do jardim, eu entrava em pânico. Era como se eu estivesse a ponto de ser descoberta. Nós conversávamos um bocadinho e então elas iam embora e eu não ficava aliviada, eu ficava... chocha.

Fui convidada para uma festa de Natal e todo mundo foi muito educado e simpático, mas as pessoas não estavam exatamente fazendo fila para falar comigo. A primeira festa em minha nova vida e eu nem sou a beldade da festa!

Acabei por ficar bastante amiga de algumas mulheres. Por vezes, elas me convidavam para jantar com seus maridos e filhos. Acho que sentiam pena de mim.

Na mercearia local, eles tinham um anúncio de que precisavam de uma assistente de vendas. Pensei que talvez eu pudesse fazer aquilo. Não pode ser tão difícil aprender a usar uma caixa registradora. Decidi que iria me apresentar no dia seguinte e perguntar sobre o trabalho, mas, quando cheguei lá, não consegui reunir a coragem. Dei meia volta e fui para casa.

Eu tive um palpite, contudo, de que se eu me mudasse para a cidade, as coisas iriam simplesmente aparecer – oportunidades. Eu estava certa, não estava? Alicia apareceu. Skin Deep apareceu. Você precisava me ver no salão. As clientes de Alicia começaram a pedir que eu as atendesse!

Melhor tirar meu sono da beleza.
Sua Lydia

5 de outubro de 1998

Querido Lawrence,
Estou andando a passadas largas, não estou? Você me ensinou muita coisa sobre como me virar. Montes de coisas práticas. Às vezes, eu achava irritante, porque eu gostava de pensar que sabia de tudo.

Todas as finanças da casa – estou administrando muito bem, agora. Sinceramente estou. Eu escrevo tudo, como você me ensinou. Mas ainda tenho mais a aprender. Você me disse para fazer um orçamento para as contas mensais. Pensei que você estivesse se referindo às compras para a casa e telefone. Imagino que estivesse, mas fiquei um bocado surpresa quando a primeira conta a chegar foi a de eletricidade. Não sei o que eu imaginava antes – que a eletricidade viesse com a casa? Que fosse de graça? Você entra em um aposento e acende a luz no PK e ninguém nunca diz quanto aquilo custa. Quando saio do meu quarto agora eu apago a luz. Você vê, sou uma pessoa inteiramente nova!

Sua cidadã semiqualificada,
Lydia

15 de outubro de 1998

Querido Lawrence,
Eu preciso de sua desaprovação como preciso de uma erupção no rosto. Pegue essa sua expressão de surpresa e dê o fora. Pode ir, se mande, vá embora. Não estou nem ouvindo.

E não me diga para me acalmar.
Lydia

A HISTÓRIA NÃO CONTADA

16 de novembro de 1998

Querido Lawrence,
Não, não estava fazendo pirraça. Eu apenas não senti vontade de escrever para você. De qualquer maneira, é tolice. Quando escrevo para você, estou escrevendo para uma pessoa morta. Quando não escrevo, mesmo assim você não vai embora.
Eu me mudei. Perdi dois meses de aluguel por causa disso, mas não me importo. Eu não queria mais morar em Charlotte. Sim, tive um desentendimento com Alicia, já que você pergunta. Não que seja da sua conta. Estou recomeçando do zero. Estou totalmente empenhada. Você verá. Desta vez, será diferente. Não vou me permitir nunca mais ser posta para baixo de novo.
Educada e simpática, mas um pouco reservada. É assim que eu serei daqui por diante. Estou satisfeita por contar com a sua aprovação. Obrigada.
Meu amor, como sempre,
Lydia

18 de novembro de 1998

Querido Lawrence,
Adivinhe o que eu fiz hoje. Fui visitar a casa da infância de Mark Twain. Fica a cerca de uma hora de carro de onde estou morando agora, e foi transformada em um museu. Nunca li nenhum dos seus livros. Aposto que você leu todos, porque você já leu tudo. Aqueles livros que você me deu foram perdidos durante a mudança. A transportadora perdeu um caixote. Eu criei um caso danado com eles, mas não consegui o caixote de volta.
Fiz um cruzeiro de barco pelo Mississippi durante a tarde. É tão bonito. Acho que vou gostar daqui. Estava na hora de uma mudança completa, e, na verdade, não me importava muito para onde eu fosse, mas tenho um bom pressentimento com relação à minha nova casa. Tomei uma boa decisão, não foi?
Sua Lydia

20 de novembro de 1998

Querido Lawrence,
A casa que aluguei é de um andar, de tijolos, com dois quartos, que eles por aqui chamam de "estilo rancho". Não é a casa mais bonita do mundo, mas é limpa, arrumada e direita.
Os vizinhos são sossegados e respeitosos e você pode acertar o relógio pelo ônibus escolar amarelo e pela van do carteiro. Parece-lhe tedioso? Acho que eu poderia

definitivamente me tornar amiga de Maggie e de Liza Beth (não Elizabeth, muito obrigada). Os vizinhos ao lado são uma família mórmon, os Peterson, que vieram me visitar mais ou menos uma semana depois de eu ter me mudado para cá, todos vestidos em suas melhores roupas. Se o sr. Peterson tem uma segunda ou uma terceira esposa (quantas eles têm permissão de ter?), ele não a trouxe consigo. Apenas uma esposa e cinco filhos. Ele disse que gostaria muito de ajudar se alguma coisa precisasse de conserto. Gentil, não é?

Eu já fiz algumas coisas impossíveis nos meus tempos, não fiz, Lawrence? Eu sei que já contei isso a você – depois de nossa primeira saída para um encontro, eu disse às minhas amigas que iria me casar com o Príncipe de Gales. Acabou que eu não estava me vangloriando à toa. Então eu fiz o impossível de novo e me divorciei dele. E agora – estou vivendo uma vida comum. Sem ser totalmente infeliz. É o que eu quero. Será que está além das minhas possibilidades alcançá-lo? Por vezes ainda parece um sonho distante.

Em todas as minhas horas mais difíceis, em que eu poderia gritar e urrar, me vejo me voltando para você. Quando me afastei nadando naquela noite, há um ano, dois meses e dez dias, talvez eu não estivesse totalmente de posse das minhas faculdades mentais. Não foi apenas uma loucura, mas uma espécie de atrocidade que cometi. Como posso viver com isso? Ao garantir a mim mesma que você, Lawrence, são, sensato, cuidadoso, racional, não me disse que não podia ser feito. Que não deveria ser feito. Eu tenho mais fé no seu julgamento do que tenho no meu.

Talvez esteja na hora de eu parar de escrever estas cartas. Eu realmente deveria estar me virando sozinha a esta altura, não deveria?

Afetuosamente,
Lydia

25 de novembro de 1998

Querido Lawrence,

Você achava que eu nunca mais poderia ver os meninos. É bom saber que está certo? É? Em que medida está se sentindo satisfeito consigo mesmo agora?

Eu nunca poderei trazê-los até mim. A ideia é monstruosa. Você sabia. Você deveria ter me feito enxergar. Eu confiei em você e você me decepcionou. Por que você não me fez compreender?

Lydia

A HISTÓRIA NÃO CONTADA

27 de novembro de 1998

Querido Lawrence,
Falta menos de um mês para o Natal. As lojas estão cheias de decorações de Natal e luzes coloridas. Meu segundo Natal. Me pergunto se passarei sozinha mais uma vez este ano. Eu já deveria estar habituada. De qualquer maneira, eles não me deixavam ficar com os meninos, não é?

Eu fui um pouco dura com você em minha última carta. Aquilo foi apenas a ponta do iceberg. Não existe um dia, não existe uma hora em que eu não esteja lutando para me controlar. Sim, é sempre a respeito dos meus meninos, mas não posso escrever a respeito deles.

Talvez venha a existir um tempo em que eles terão filhos (o que sempre penso), e seriam capazes de compreender. Eu tenho que acreditar nisso. Eles virão me procurar e eu explicarei. Eles me perdoarão, não é?

Eu sei que não será em breve. Eu lhes causei sofrimento uma vez e não posso me arriscar a fazê-lo de novo. Eu tenho que estar muito, muito segura. Tenho que esperar.

Estou satisfeita por ainda poder conversar com você. Você é a única pessoa que nunca me abandonou. Por vezes, eu tinha a sensação de que os meninos tinham me abandonado. Eu sei que não abandonaram. Mas esses sentimentos afloravam. Eu deixei você chocado? Não, você já sabia.

Sua, com admiração,
Lydia

3 de dezembro de 1998

Querido Lawrence,
Passei a semana passada inteira nervosíssima. De alguma forma, me convenci de que Maggie sabia. Eu estava tomando um café, certa manhã, com ela, Liza Beth e Elza Peterson, e Elza perguntou:
— Há quanto tempo você disse que mora nos Estados Unidos, Lydia?
Maggie disse:
— Lydia é muito misteriosa quando se trata do passado. — Ela piscou para mim. Eu gelei totalmente. Quero dizer, aquela foi a primeira vez em que alguém disse uma coisa assim. E a piscadela! Por que piscar daquele jeito a menos que você saiba de alguma coisa?

Eu disfarcei. Mas fiquei pensando sobre outros comentários que ela já tinha feito. Tipo, uma vez, ela disse que eu era muito maternal, que eu tinha um talento natural para lidar com crianças, e a todo instante perguntava quanto tempo eu tinha passado na companhia de crianças. Eu praticamente fiz as malas. Durante cinco noites seguidas não consegui dormir. Joe Petterson veio consertar a torneira da cozinha que estava pingando (ele tem sido um bom vizinho e amigo) e disse:

– Lydia, você parece exausta. – Eu chorei e chorei. Ele me fez sentar à mesa da cozinha e tivemos uma conversa daquelas de abrir o coração. Eu precisava desesperadamente disso. Você não pode imaginar como é, não ter um único amigo no mundo.

Você está pensando que não pôde ser um desabafo de abrir o coração porque há tanta coisa que eu tenho que esconder. Bem, por uma vez na vida, Lawrence, você está completamente errado. Havia muito a respeito de que eu podia falar. Tipo como é difícil ser uma mulher morando sozinha, como eu praticamente não conheço ninguém na vizinhança, como meu casamento não teve nenhuma chance de dar certo, como eu não sei o que fazer da vida agora que ela é inteiramente minha e posso fazer o que quiser com ela. Joe é uma pessoa muito fácil de conversar, muito paciente, muito gentil. Quando afinal acabamos de conversar, eu havia me acalmado. Maggie apareceu aqui na manhã seguinte para me perguntar se eu poderia ajudar com as fantasias para a peça de Natal da escola. É claro que ela não sabe de nada. Eu vou ajudar costurando um pouco. Há muito tempo que não faço nenhum tipo de costura.

Não é espantoso que apesar de eu não ser ninguém agora, as pessoas ainda pensam que vale a pena me conhecer?

Acho que no final meus meninos poderiam se orgulhar de mim. O que você acha? Talvez vocês três possam vir a se orgulhar de mim.

Com meu amor,
Lydia

6 de dezembro de 1998

Querido Lawrence,

Comecei a trabalhar duro nas fantasias imediatamente. Três fantasias para os Três Reis Magos feitas com três lençóis velhos. Não é exatamente alta costura, mas fiz um belo trabalho com elas. Maggie apareceu mais tarde com a pilha de roupas seguinte que precisava ser costurada, as dos pastores. Eu sei que é um grande salto de imaginação, mas talvez eu acabe fazendo alguma coisa profissionalmente. Desenhar vestidos, trabalhar com moda. Você bem que disse que eu tenho toda sorte de experiências de que poderei aproveitar de maneira produtiva. Você é o quarto rei mago.

Joe apareceu na noite passada e tivemos mais uma vez uma conversa adorável. Ele se ofereceu para limpar o quintal, que está virando uma selva. Eu disse que paga-

ria, mas ele não quis nem ouvir falar nisso. As pessoas podem ser tão gentis quando a gente menos espera.

Eu sempre senti a presença de minha avó, mesmo depois que ela se foi desta Terra. As pessoas fizeram troça quando usei uma médium para entrar em contato com ela. Você nunca fez isso, mas agora realmente acho que aquilo foi um tanto tolo. Eu posso falar com você sem a ajuda de ninguém.

Sua Lydia

12 de dezembro de 1998

Querido Lawrence,
Parece que vou ficar sozinha de novo no Natal. Ninguém está falando comigo. Nem Maggie, nem Liza Beth, nem obviamente Elsa Peterson. Eu tive vontade de ir lá e dizer: "Escute, Elsa, eu não quero o seu marido, você pode ficar com ele." Por que ele teve que contar a ela? Ele disse:
— Lydia, eu teria ficado com a consciência pesada. — Então agora que ele contou a ela, está tudo bem para todo mundo, menos para mim.
Eu tenho que sair deste lugar. Não espere que eu fique aqui depois de tudo. Será que eu fiz algo de assim tão mau? Serei sempre eu que estou errada? Por que você está me culpando assim e não a ele? Será que eu sou a única pessoa no mundo inteiro que nunca merece ser feliz?

Lydia

30 de janeiro de 1999

Querido Lawrence,
Nem tenho certeza de que você se importe com onde eu estou ou o que estou fazendo, de modo que não me dei ao trabalho de lhe escrever. Para sua informação, me mudei de novo, mas não é assim muito diferente aqui. Será que minha vida era realmente pior antes de eu ter mergulhado daquele barco? Diga-me. De que maneira melhorou?
Eu não sei. Talvez seja melhor porque parei de me importar. Se você para de se importar então você não pode mais ser ferido. De manhã, eu espero que o dia acabe. Depois, eu espero que a noite acabe. Sempre acabam. O dia e a noite seguinte sempre aparecem. Você pode contar com isso.
Eu quase não consigo ouvi-lo, Lawrence. Fale, se tiver alguma coisa a dizer.

Eu ainda sou a sua Lydia.

25 de fevereiro de 1999

Querido Lawrence,
Eu não posso escrever um grito, posso? Eu não posso escrever infindáveis horas vazias. Escreva. Escreva, você me diz. Mas o quê? Aqui estou eu. Eu existo. Estou fazendo estas anotações na página. Devo existir. Não estou mais viva do que você.

Fale comigo.
Lydia

14 de março de 1999

Querido Lawrence,
Se eu conseguisse limitar os vômitos a uma ou duas vezes por dia não seria tão ruim. Você sabe, em minha pior fase chegou a seis ou sete vezes por dia. Não estou de jeito nenhum tão mal assim. Não é nada que esteja prejudicando ninguém.
Você está realmente me soando muito distante. Você não me deixou, não é?

Amor como sempre,
Lydia

27 de março de 1999

Querido Lawrence,
Todos os dias durante o último mês eu tive vontade de lhe escrever uma carta direita e longa e lhe contar tudo. Tenho todos aqueles pensamentos girando na cabeça. Então, quando me sento, não há nada. Estou completamente vazia de novo. Eu vou e me alimento. Você sabe o que faço depois disso. Está ficando pior. O que vou fazer, Lawrence? Eu quero que pare.

Com amor,
Lydia

11 de abril de 1999

Querido Lawrence,
Eu abandonei minha vida. Eu abandonei meus filhos. Eu abandonei tudo. E eu abandonei você. Eu permiti que você morresse sem que eu estivesse ao seu lado. Como fui capaz de fazer isso? Eu só conseguia pensar em uma pessoa. Então abandonei tudo e levei aquela única pessoa comigo. Pensei que também a estivesse abandonando.

Com o meu inútil, mas eterno amor,
Lydia

A HISTÓRIA NÃO CONTADA

14 de junho de 1999

Querido Lawrence,

Você sabe que eu me mudei mais uma vez. Mais um começar do zero, um novo começo. Eu pensei que você fosse se mostrar cético, mas você pareceu aprovar. Isso faz uma diferença, sabe. Eu sinto você cuidando de mim novamente. Sempre quando estou andando, sinto você por perto. De modo que ando e ando.

Você estava comigo quando marquei uma consulta com um terapeuta craniossacral alguns dias depois que me mudei. "Madame", você disse, "se me permite a ousadia de aventurar uma observação — a senhora já tentou todas terapias assim antes." Eu mandei que se calasse, é claro. E que parasse de me chamar de "madame". Mas eu não fui. Cancelei a consulta, e em vez disso, saí para uma caminhada. Tenho que confessar que você estava certo. É surpreendentemente difícil se manter zangado com qualquer pessoa, mesmo consigo mesmo, quando você está cercado por árvores, árvores e mais árvores. Eu sempre detestei o campo. A amante de meu marido era quem mandava em nossa casa de campo. A casa de campo "deles", eu deveria dizer. Balmoral era absolutamente medonho, como você sabe. Infindáveis jogos de quebra-cabeças e atirar contra animais incessantemente.

Agora sou só eu e as árvores, e posso andar sem me preocupar com onde estão os fotógrafos e onde as fotografias vão aparecer. No final do dia, minhas pernas estão rígidas. Estou desenvolvendo músculos nas panturrilhas. Nadar ajuda a alongar tudo. Eu pensei em entrar para uma academia de ginástica, mas era muito cara e não estou tocando no dinheiro que você disse para deixar guardado para quando eu estivesse pronta para comprar uma casa. A piscina municipal só fica cheia nos finais de semana.

Eu preciso pensar em arranjar um emprego. O dinheiro para as contas e a comida não vai durar para sempre. Obrigada por ter-me recordado isso.

Sua devotada,
Lydia

23 de junho de 1999

Querido Lawrence,
Eu não sei quanto tempo esta calma durará. Ainda não confio nela. Mas vou continuar a fazer o que estou fazendo. Se não servir para mais nada, vou ficar em ótima forma física. Eu me descubro esperando com prazer pelo dia, pela caminhada,

pela nadada, pela caminhada, só isso. Eu não preciso me arrastar à força para fora da cama.

Com esperança,
Lydia

2 de julho de 1999

Querido Lawrence,
Tenho pensado a respeito de tudo, repetidas vezes durante as minhas caminhadas. Eu mudei tudo, de maneira que pensei que tudo seria diferente. E nada ficou diferente. Não realmente. Não diferente o suficiente, de qualquer maneira. Eu antes sempre tinha alguém para culpar. Estou sem culpados agora.

Às vezes, não penso em absolutamente nada quando estou caminhando. Eu olho para as cores das folhas. Olho para a maneira como o musgo brilha numa pedra. Ou me descubro agachada no chão, examinando as criaturas que vivem no chão da floresta. Hoje observei dois enormes besouros macho, lutando com seus chifres. Então fui nadar à tarde. Estava morta de fome esta noite. É bom comer quando você está com fome. Eu tinha me esquecido. No mês passado, tive apenas quatro episódios. Não está perfeito, mas está muito melhor.

Obrigada por ter paciência comigo.
Sua Lydia

6 de agosto de 1999

Querido Lawrence,
Você não pode fugir de si mesmo, mas pode aprender a viver consigo mesmo. De qualquer maneira, a gente pode tentar. Se existe alguém que possa ensinar-lhe como fazer, eu nunca encontrei. E Deus sabe que procurei muito e por muito tempo.

Eu acabei de ler todas as minhas cartas. Ainda sou exigente, não sou? Não serei mais, prometo. Guardei todas elas numa caixa e vou conservá-las comigo. Talvez em algum ponto no futuro eu as releia.

Sinceramente sua,
Lydia

30 de agosto de 1999

Querido Lawrence
Eu vou parar de escrever estas cartas agora. Eu posso escolher o que incluir numa carta e o que deixar de fora. Como se você só pudesse ver o que eu queria. Uma carta

só lhe dá um pedacinho minúsculo da pessoa. Eu gostaria de lhe dar mais, minha vida inteira sob a forma de uma carta.

Haverá dias em que eu não deixarei você orgulhoso. Espero que eles sejam poucos e muito raros.

Eu sempre soube quando não estive à altura de seus padrões, Lawrence, mesmo quando você fingia aprovar. Você fazia isso com frequência demais. Você era gentil demais.

Há aquela pequena levantada de suas sobrancelhas. Eu sei o que você está pensando. "Amanhã ela estará escrevendo de novo para reclamar de alguma coisa." E se for assim, tudo bem, Lawrence. Talvez eu não consiga mudar. Eu poderia conseguir, contudo, se me dedicasse de todo coração. Eu quase disse "se realmente decidir fazer isso". Mas prefiro confiar em meu coração, por mais errante que ele por vezes tenha sido.

Eu vejo você, Lawrence. Eu sei que você me vê.

Sua sempre amante,
Lydia

CAPÍTULO DEZESSETE

Quando a quarta-feira chegou de novo, Lydia ajudou Amber a trocar a vitrine. Elas levantaram e retiraram os quatro manequins, os despiram e desmembraram seus braços. Eles suportaram estas indignidades com sorrisos de Mona Lisa.

– Eu estava pensando que talvez devesse botar na vitrine os vestidos de noite – disse Amber. – Mas talvez todos os quatro seja meio demais.

– Não, vá em frente – estimulou Lydia. – Vamos fazer uma vitrine para chamar atenção. Quantos você já vendeu?

Amber deu um sorriso triste.

– Um. Mais aquele que você insistiu em pagar.

– Vamos meter mãos à obra. Teremos mulheres fazendo fila pelo quarteirão.

Elas tentaram o de chiffon cor de pêssego primeiro, mas o tom não ficou bem com a cor dos manequins.

– Não – disse Lydia. – A menos que a gente dê a ela um bronzeado imediato.

Elas tiraram o vestido e o substituíram pelo de tafetá azul. Lydia subiu na plataforma e Amber lhe passou o manequim. O vestido precisava ser ajustado com alfinetes na parte de trás da cintura e, depois de tê-lo feito, Lydia deu a volta até a frente para checar o alinhamento ao longo da clavícula.

A sra. Deaver da farmácia acenou quando passou andando como peito de pombo empinado. Do outro lado da rua, Sonia, da loja de flores, acrescentava baldes de crisântemos brancos e amarelos às flores expostas do lado de fora da loja. Ela limpou as mãos no avental e alongou as costas e então se apoiou contra o umbral da porta, seus movimentos lânguidos como os de um gato. O jardim de infância tinha terminado as aulas daquele dia e as mães e crianças andavam casualmente, parando e recomeçando a andar, entre os raios de sol que caíam entre os prédios e os espaços frescos de sombras na frente das lojas. Elas circulavam em direção à padaria, de onde as crianças saíam animadas por causa de alguma guloseima doce.

A rua Albert era ampla e generosa. Uma margem de grama estendia a calçada a leste e a rua em si era larga o suficiente para se fazer um círculo completo com uma carruagem puxada por um cavalo. O prédio da prefeitura coroava a extremidade norte com uma simetria georgiana ereta, e as lojas se intercalavam com casas que tinham fachadas e toldos em tons elegantes de verde musgo. As construções, todas revestidas de ripas ou de madeira, tinham circulação de ar ao seu redor. Era a rua principal da cidade, mas não era apertada. Era uma rua com espaço para respirar.

Lydia olhou para ver se o sr. Mancuso sairia de seu bangalô. Ele gostava de se sentar do lado de fora em seu banquinho de tubos de aço naquela hora do dia. E lá estava ele, sorrindo radiante como sempre, como se não conseguisse acreditar em sua sorte por estar vivendo mais um dia. Ele estava ficando tão frágil que talvez não fosse haver muitos mais. Ele posicionou o banquinho no fundo de sua varanda e, quando uma criança parou para oferecer a bochecha para um pequeno beliscão, o sr. Mancuso quase caiu do banquinho de tanto prazer.

Faltavam seis semanas, pensou Lydia, para que a rua Albert pusesse seus mais finos adereços para a festa anual. Ela a esperava com impaciência e sorriu para consigo mesma. Houvera um tempo em que ela mal conseguia ficar em uma cidade, um país, um continente, por mais que um ou dois dias sem se sentir queimada pela certeza aparente de que estava no lugar errado. Ela desembarcava do jato e já começava a se perguntar se deveria reduzir o tempo de sua estadia.

Agora vivia ali em todas as estações, já tinha visto três ciclos completos até aquele momento, através do calendário de eventos, e do desfile diário, e se permitira (embora sorrisse disso) ser embalada pelos ritmos tranquilos daquele lugar.

∾

– E agora qual será o seguinte? – perguntou Amber. – O de seda verde?

– Sim. Agora eu quero as notícias do dia.

– Phil? – Amber se examinou no espelho e alisou a saia.

– Nós saímos para jantar, foi bom. Pensei que ele fosse me ligar ontem, mas não ligou. Você acha que ele vai ligar hoje?

– Ah, quer dizer que você gosta dele? Não parecia muito segura antes.

Amber gemeu.

– Você tem razão. Eu não estava.

– E agora está?

Amber se ajeitou no sofá.

– Há mais ou menos uma semana, eu teria dito que não estava realmente interessada. Ele é simpático, bem-educado, um pouco baixo, tem um pouquinho de barriga, não é especialmente bonitão, mas tem olhos bonitos. As crianças o conheceram, só de passagem, porque ele mora tão perto, mas acho que eles se dariam bem. Ele é dentista. E fala muito de dentes.

– Uau! – exclamou Lydia. – É um assunto importante.

– Eu sei!

– Se você gosta dele, você gosta dele.

– Há uma semana, eu não estava me importando muito se rolasse ou não. Estava pensando que talvez pudesse ser... um caso, talvez. – Amber se levantou do sofá para ajudar com o manequim seguinte. – Quer saber honestamente? Na semana passada eu teria dito que ele era amável, mas meio chato. Esta semana? Se ele não me ligar, eu vou morrer.

Lydia deu uma risada.

– E se ligar, você vai fugir para Acapulco com ele?

– Ah, por que eu sou sempre assim? – perguntou Amber. – Eu *sei* que ele não é exatamente superinteressante, mas quando ele liga, quase faço pipi nas calças.

– Acho que a sra. Deaver vende fraldões para adultos incontinentes – disse Lydia.

– Ah, meu Deus – disse Amber. – Falando sério, eu preciso começar a fazer meus exercícios para fortalecimento da pelve com mais frequência.

– Você sabe, posso ficar com as crianças para você – disse Lydia.

– Como vão as coisas com Carson? Vocês dois estão bem?

– Espere um minuto – disse Lydia. – Este ombro não está ficando direito. Acho que temos que usar o vaporizador.

– Eu vou buscar – disse Amber, mas ficou onde estava. – Vocês estão apaixonados?

Lydia deu de ombros.

– Estamos indo bem – respondeu. – De vez em quando, tenho a tendência de me fechar com ele.

– Acho que você ainda não o conhece há muito tempo. Quero dizer, você levou um bocado de tempo para me contar tudo.

Ela não tinha contado tudo a Amber. Mas tinha deixado que ela supusesse que sim, e aquelas suposições, no que dizia respeito a Amber, tinham se transformado em fato.

Amber disse:

– Você acha que... – Ela parou, ajeitou o cabelo, e então falou rapidamente. – Você acha que o seu ex realmente tentaria encontrar você? Eu sei que você não gosta de falar a respeito dele. E o que aconteceria se ele aparecesse aqui agora?

– Não seria ele – respondeu Lydia. – Seria uma outra pessoa.

– Tipo um detetive particular? – perguntou Amber.

– Você sabe – disse Lydia, lentamente –, eu não creio que haja ninguém me procurando. É o que eu acho. Eu quis desaparecer. Não conseguia mais suportar aquilo. E quando você faz isso, você sempre acha que deve ficar olhando para trás. O resto do mundo segue adiante. Eu tenho que seguir adiante. Tenho que parar de ser tão burra.

– Você não é burra – reagiu Amber.

– Sou sim. Eu fui reprovada em todas as minhas provas. Duas vezes. Eu abandonei os estudos aos dezesseis anos sem uma única qualificação.

– Isso não quer dizer nada. Quer dizer que talvez você estivesse com a cabeça nas nuvens.

– Certo – disse Lydia. Em sua vida anterior, ela nunca tinha conseguido se livrar da sensação de que era uma total imbecil. Seu marido havia percebido isso bem no início do casamento. Ele era o intelectual e ela era a cabeça oca superficial, o manequim desprovido de cérebro. Ela era capaz de ler as informações para uma reunião de uma obra de caridade e se lembrar de todos os fatos e números de que precisava, mas usava esta confiança como se fosse um casaco. Por baixo estava completamente nua.

Ela ainda dizia que era burra como uma porta, mas não falava mais tão sério. Se tivesse se dedicado, poderia ter dado conta dos livros de Lawrence. Ela não era culta. Ninguém tinha se importado com sua vida acadêmica, muito menos ela própria. Talvez fosse apenas alguém de despertar tardio, mas agora se sentia pronta para algo mais que romances comprados na farmácia.

– Ah – disse Amber –, no seu aniversário, eu vou reunir as meninas e oferecer um chá para você depois do trabalho.

– Obrigada – disse Lydia. – Será que podemos encher um bule com vinho? E tenho que avisar a Tevis que no fim de semana seguinte não vou poder ir ao chalé. Carson vai me levar ao balé em Nova York.

– Nova York? Balé? Iremos para o chalé em outro fim de semana. Dois fins de semana de aniversário em vez de um. Você vai usar aquele vestido?

– É claro – respondeu Lydia. Mas não usaria. Chamaria atenção demais.

Não era seu aniversário de verdade. Mas era a data que constava em sua carteira de motorista e em seu passaporte. Havia a data de seu aniversário de verdade e a data oficial de seu aniversário. Ela soubera há muito tempo que nunca seria rainha, mas nunca havia imaginado que pudesse acabar com duas datas de aniversário, exatamente como sua sogra.

Rainha de Copas. Fora isso que ela dissera que queria ser. Como soava grandioso agora.

~

Alguns clientes entraram e Amber vendeu um vestido tubinho cinza e um colete azul-claro de *cashmere*. O arranjo da vitrine foi muito admirado, e Sonia e várias das lojistas das vizinhanças apareceram para vir comentar e elogiá-lo. A sra. Jackson bateu na janela e quando Amber se aproximou, vinda de trás do balcão para ver o que era, ela apontou para os manequins e disse movendo apenas os lábios, através do vidro:

– Olhe.

– Como se nós pudéssemos não tê-los visto – observou Amber.

– Acho que ela gostou – disse Lydia.

A sra. Jackson entrou rapidamente pela porta.

– Ah – exclamou –, olhe só para eles! São lindos. Se eu fosse cinco anos mais moça...

Lydia sabia que não deveria nem olhar para Amber senão elas desatariam a rir descontroladamente.

– Como vai Otis, sra. Jackson?

Ela agitou as mãos.

– Eu já disse isso antes e vou dizer de novo. Eu sou uma mártir por causa daquele cachorro. Não conseguiria viver sem ele, é claro.

Ela descansou suas compras, tirou os sapatos e se sentou no sofá. Usava saltos altos até para uma ida à mercearia. Suas pernas nuas estava cobertas por uma grande variedade de cores, como o interior de uma concha de marisco.

– Lydia, eu tenho um hóspede em minha pousada que gostaria que conhecesse.

— Esqueça esta história de querer bancar o cupido, sra. Jackson – disse Amber. – Lydia tem namorado.

— Não era a minha intenção, eu lhe asseguro. – A sra. Jackson há anos tinha sido a atriz principal na sociedade de teatro amador de Kensington. Era um motivo de grande tristeza para ela, como já havia informado antes a Lydia, que a sociedade tivesse morrido, de causas naturais, se é que se podia chamar todo mundo passar suas noites diante da televisão natural. Ela agora tinha que se contentar com o palco e os scripts improvisados da vida. – Lydia está namorando Carson Connors. Eu me mantenho em dia com as notícias – disse ela, como se tivesse obtido a informação da CNN.

— E quem é o hóspede? – perguntou Lydia.

— Um cavalheiro da Inglaterra – disse a sra. Jackson. – Contei a ele tudo a seu respeito. Ah, sim, nós somos bastante multiculturais por aqui. Lydia é britânica como poucos, mas nós a adotamos como uma das nossas.

— Obrigada, sra. Jackson – disse Lydia. Amber desapareceu no estoque, aparentemente engasgada com um acesso de tosse. – Quando a senhora gostaria que eu fosse lá?

— Estou extremamente ocupada esta semana, tenho que fazer a limpeza da primavera. Eu viro todos os colchões uma vez por ano, abro as cômodas, tiro todas as sanefas, tudo. Eu disse a ele que faria uma exceção e que ele podia ficar, e não vou nem pedir que troque de quartos. Ele é criativo, sabe.

— Sim. Compreendo – respondeu Lydia.

— Então, venha na semana que vem, escolha uma tarde.

— Eu não trabalho nas quartas-feiras à tarde. Eu poderia ir na quarta. Ele ainda estará lá? – Os hóspedes da sra. Jackson tendiam a ficar apenas um ou dois dias.

— Ele gosta do sossego – disse a sra. Jackson. – Eu não o perturbo, de modo que é claro que ainda estará. Hospedado lá, quero dizer. De qualquer maneira, pensei, eu tenho que convidar Lydia. Não é frequente que tenhamos um hóspede britânico. Vocês vão querer conversar a respeito... – Ela acenou uma mão cheia de joias.

— Sim – disse Lydia. Ela tinha morado ali três anos sem ouvir um sotaque britânico. Ficou a se perguntar o que o teria levado até lá.

— Você fará com que ele se sinta em casa – declarou a sra. Jackson. – É uma situação solitária, não é?

— Tenho certeza de que a senhora faz com que todos os seus hóspedes se sintam em casa, sra. Jackson.

Ela recebeu o elogio com uma régia inclinação de cabeça.

– Então está combinado – disse ela, enquanto enfiava os pés de volta nos sapatos desconfortáveis. Vou fazer meus famosos bolinhos de aveia.

Amber saiu do estoque depois que ouviu a porta se abrir e fechar.

– Eu não consegui me segurar – disse ela. – Tive que me enfiar lá dentro para rir nas sobras dos casacos de inverno. Espero que ela não tenha me ouvido.

– Acho que não. Você já provou os famosos bolinhos de aveia dela?

– Mas é claro – respondeu Amber. – E são muito gostosos. Afinal, quem é o hóspede misterioso? Ela disse? Ele é de Londres?

– Não, ela apenas disse que ele é um artista ou coisa parecida. Eu não quis fazer muitas perguntas.

– Para não dar trela?

– Mais ou menos isso.

– Quando ela disse que nós somos tão multiculturais, foi quando não aguentei, tive que ir lá para trás.

– Mas ela é boazinha, não é? Não deveríamos caçoar dela – disse Lydia. Um hóspede inglês na pousada de Kensington. O primeiro, até onde ela sabia, em três anos. Podia haver vários motivos... A sra. Jackson teve um hóspede japonês no ano anterior.

Amber deu de ombros e começou a arrumar as coisas para o final do dia.

– Eu sei que parece uma ideia idiota, tipo, por que um iria querer conhecer o outro só porque são de lá. Mas pode ser que descubram que têm alguma coisa em comum. A gente nunca sabe.

~

Quando ela começou a fazer seus percursos da piscina, Rufus acompanhou durante a primeira dúzia mais ou menos, animando-a como um mestre de barco da costa de lajotas. Então ele se afastou e foi procurar texugos em meio à vegetação rasteira. Ele adorava se assustar com eles.

Lydia nadou cem vezes o comprimento da piscina, ficou relaxando na água por alguns minutos e então retomou um *crawl* em ritmo regular. Ela se perdeu no movimento, ou melhor o movimento se perdeu para ela. Como se ela tivesse parado de se mover contra a água e estivesse parada enquanto a água fluía ao seu redor.

Ela tinha se esquecido de levar uma toalha para fora e tremeu de frio enquanto passava pela cozinha. Em seu celular havia uma nova mensagem de texto de Carson. Ele precisara sair da cidade para examinar um caso por dois dias. Ela lhe enviou uma mensagem de texto em resposta e subiu para tomar uma ducha.

Se ele tocasse no assunto de novo, talvez ela aceitasse ir morar com ele, ou ele poderia vir morar com ela. Será que algum dia ela contaria tudo a ele? Se ela estava no mínimo pensando no assunto, então não era impossível. Lawrence a estaria exortando a ter cautela. Fazer exortações, na verdade, nunca fora o estilo dele. Uma pausa significativa, um movimento rápido dos polegares, talvez as sobrancelhas reveladoras um tanto erguidas. Ele tinha visto seus amantes virem e irem, tinha visto o fim de cada caso em seu começo. Mas Lawrence tinha acompanhado à distância. Lawrence estava sempre presente.

CAPÍTULO DEZOITO

Ninguém, concluiu Grabowski, voluntariamente se encarceraria em tamanho tédio. Se realmente fosse ela, então devia se arrepender amargamente da posição em que havia se posto. Lydia ia de casa para o trabalho, para o mercado e então ou de novo para casa ou para a casa de seu namorado. Grabowski a seguiu no carro. Ela fazia paradas regulares na padaria, na butique, na farmácia, e, de vez em quando, no restaurante italiano. O tédio devia ser intenso. Viver a vida em velocidade estonteante de quebrar o pescoço e então acabar naquela rotina infindável de ir e voltar seria intolerável.

Exatamente como ela tinha feito na quarta-feira anterior, Lydia saíra do trabalho na hora do almoço e tinha caminhado até seu carro. Grabowski, ajoelhado atrás das latas de lixo, tinha suas lentes mais longas focalizadas nela. Por um momento, quando ela virara a cabeça diretamente para ele, Grabowski havia pensado que tinha sido descoberto. Ela havia entrado no carro, e quando saíra em direção à estrada, Grabber havia corrido de volta para o Pontiac e seguido a uma distância tranquila. Nos velhos tempos, ele havia chegado a prever os padrões dela, por mais erráticos que fossem, e havia desenvolvido um instinto para prever seus humores, suas alterações bruscas, e para onde eles a levariam: para o terapeuta, para o astrólogo ou para o aeroporto. Agora as escolhas eram mínimas. Quando ela estacionou e entrou na padaria, ele ficou no carro e quis se assegurar de que estava correto. Ela seguiu direto para a loja de roupas.

Grabowski já tinha fotos dela naquele lugar e não havia nada a ganhar, de modo que voltou para a pousada.

A sra. Jackson o interceptou na entrada.

– John – disse ela –, como vai o trabalho? Vou detê-lo apenas por um minutinho, por favor venha até a sala de visitas.

A sala de visitas era um cemitério de peças de mobília de teca e pau-rosa, com almofadas forradas com tecidos de estampa floral espalhadas. No canto do fundo, o marido da sra. Jackson cochilava em sua espreguiçadeira com os pés apoiados sobre uma tartaruga entalhada gigante. Otis correu por cima dos pufes e sofás, serpenteando e saltando para lá e para cá como um balão estourado que tivesse se soltado. Grabowski quase sentou em cima do maldito animal.

— Tem avançado, sra. Jackson, o trabalho está avançando bem — respondeu ele. O sr. Jackson era praticamente surdo, de modo que não havia necessidade de manterem a voz baixa.

— Isso é maravilhoso. Não vou lhe pedir para olhar nem uma página ou uma única foto — disse a sra. Jackson, o que significava que ela pediria muito em breve. — Apesar do fato — acrescentou ela — de que seria um prazer enorme poder ver que panoramas o senhor capturou de nossa cidadezinha.

— Eu agradeço — disse Grabowski. — A senhora é uma pessoa muito sensível.

A sra. Jackson ajeitou os lábios numa expressão de autodepreciação.

— O senhor se lembra do que falei a respeito da Lydia?

O pênis de Grabowski agitou. Seria possível que ele tivesse se entregado em alguma espécie de obsessão sexual sem sequer se dar conta? Que o resto era pura besteira, que tudo dizia respeito a quanto ele tinha se sentido atraído por ela naquele primeiro segundo em que ela levantara a cabeça depois de ter acariciado o *dachshound* na calçada?

— Lydia? — perguntou ele.

— A moça inglesa — disse a sra. Jackson. — Que trabalha com os cachorros.

— Estou me recordando — disse Grabowski. O sr. Jackson roncou enquanto dormia.

A sra. Jackson expressou discretamente sua desaprovação com uma ligeira careta para o marido. Grabowski ficou a se perguntar se ele jamais se movia daquela cadeira. Ele parecia estar lá todos os dias. Talvez a sra. Jackson apenas espanasse ao redor dele. Ela espanava tudo todo dia por causa de suas alergias. Talvez ela também espanasse seu marido.

— Eu a convidei para vir aqui — disse a sra. Jackson — na próxima quarta-feira, para comer meus famosos bolinhos de aveia. Ela adoraria conhecer o senhor, foi o que disse. Conversar a respeito da Inglaterra e tudo o mais. Não é muito frequente que ela tenha oportunidade.

— Seria maravilhoso, sra. Jackson. A senhora marcou uma hora?

~

Em seu quarto, ele carregou mais fotos e examinou o que tinha obtido. Ontem ela estava de óculos escuros, mas hoje ele tinha conseguido algumas fotos nítidas de seu rosto. Ele checou e rechecou os olhos. Desde que havia reparado em como eram assombrosamente similares, havia passado horas sobrepondo fotos, checando o tamanho exato, o formato e espaçamento. Mais que tudo, ele havia analisado cuidadosamente o fino anel partido de verde, as minúsculas partículas se entrelaçando ao redor da pupila direita. Em uma única fotografia, aquilo poderia ter sido um efeito de luz. No dia seguinte ele não tinha conseguido capturar o ângulo exato – tinha que ser totalmente frontal, e no dia depois daquele, o rosto dela estivera na sombra e ele sabia por experiência que a cor não se revelaria nessa situação. Depois disso, sua má sorte havia acabado e ele tinha obtido as fotos que queria. Estava lá, sem sombra de dúvida.

Entretanto, o que aquilo provava? O que ele tinha? E o que aconteceria quando Lydia aparecesse para comer os famosos bolinhos de aveia? Era possível identificar uma pessoa por meio do escaneamento de sua íris, mas isso não era de nenhuma utilidade sem um registro inicial com o qual se pudesse compará-las, e não se podia dizer que ele tivesse um escaneador de íris em sua maleta. E que tal impressões digitais? Trabalho fabuloso, Grabowski. Consiga as impressões digitais dela na xícara de chá na semana que vem e então tudo o que vai precisar será sua folha corrida criminal, seu idiota. DNA, registros odontológicos, tanto fazia. Era tudo ilusão, apenas falsas esperanças.

Ela não poderia ter desaparecido sem um cúmplice. Talvez a aparência da sra. Jackson contradissesse seu passado e ela fosse na realidade uma agente do serviço secreto, treinada em espionagem e subterfúgio, e tivesse organizado a fuga. Talvez ela estivesse planejando dosar os bolinhos de aveia com arsênico e desovar o corpo dele no rio. Aquilo era tão crível quanto qualquer outra coisa em que ele tivesse pensado até aquele momento.

~

Grabowski fechou seu laptop e se encaminhou para a porta antes de decidir que seria mais seguro levá-lo consigo. A porta de seu quarto se trancava somente por dentro. Na verdade era uma idiotice, porque ninguém podia garantir que o computador não pudesse ser roubado de um carro. Mas carros, já há tantos anos, vinham lhe servindo como escritório, que ele se sentia mais seguro com seu trabalho guardado dentro deles.

Ele encontrou o bar em Gains e pediu uma cerveja com uma dose de Bourbon para finalizar. Àquela hora da noite os trabalhadores de construção já tinham seguido adiante ou ido para casa. Havia alguns casais sentados às mesas, alguns jovens na mesa de sinuca com jeans presos por cintos abaixo de seus traseiros; e no reservado que se estendia ao longo da parede dos fundos havia um grupo de mulheres, tipo donas de casa que passava a maior parte do tempo cuidando dos filhos, reunidas para uma programa noturno. Se elas se parecessem em alguma coisa com Cathy, estariam usando suas calças modeladoras e seus melhores sutiãs umas para as outras, e quando chegassem em casa para encontrar seus maridos deixariam tudo solto e usariam uma camiseta velha para ir para a cama.

Grabowski tentou se ver no espelho atrás do bar, mas era tão densamente cheio de prateleiras e enfileirado de garrafas de bebida que só conseguiu ver um olho e um lado de seu cabelo, cheio de fios grisalhos. Ele pretendia beber os três tipos de bourbons diferentes e depois o máximo que pudesse das oito marcas de uísque *single malt* diferentes que o bar oferecia. Pediu mais uma rodada. O barman fatiou limões e empilhou as rodelas em um copo. Ele preparou pratos de batatas fritas e azeitonas e os armazenou debaixo do bar. "Se ocupar com o trabalho", refletiu Grabber. A maneira de dar conta de um turno sem morrer de tédio. Ele tinha que sair daquele lugar antes que enlouquecesse.

Um vento quente soprou da porta trazendo uma mulher. Ela se acomodou a dois bancos de distância de Grabowski.

– Uísque com gelo – pediu de imediato. – Não precisa me dar a lista – disse ela quando o barman abriu a boca. – Não me importa qual seja.

Ela vestia uma jaqueta de pele falsa apesar da estação, e provavelmente nunca ficava frio a ponto de aquilo ser necessário. As pernas dela eram mais compridas que uma maratona. Seus tornozelos pareciam magros demais naqueles saltos plataforma.

– Eu bebo aqui há dois anos – disse ela para ninguém em particular. – Será que ainda tenho que me explicar? – Ela levantou o copo. Havia linhas de sujeira sob suas unhas.

– Já olhou o bastante? – perguntou a Grabowski. – Quer que eu tire a roupa?

– Não tive a intenção de ficar olhando – disse ele, desviando os olhos e então olhando de volta.

A mulher deu uma gargalhada.

— Bem — disse ela —, não há muita coisa para olhar por aqui. Posso perdoá-lo.

— E se eu lhe oferecer um drinque, que tal?

Ela deu de ombros e tirou a jaqueta, no que pareceu ser um gesto de aceitação. Grabowski passou para o banco ao lado dela.

— Então, o que faz, sr...?

— John. Eu sou fotógrafo.

— É mesmo? E o que você fotografa?

— Pessoas. Eu fotografo pessoas.

— Então o senhor faz retratos? E casamentos? Fotos de estúdio de famílias para ela usarem em seus cartões de Natal?

— Você não parece impressionada. — Ela era atraente, de uma maneira tipo mulher experiente. Seu vestido era curto e seu cabelo louro, comprido, preso bem alto, longe da nuca de seu pescoço de cisne. As mãos estavam sujas, como as de uma criança, mas naquele momento ele se deu conta de que o que ela tinha debaixo das unhas era tinta.

— A gente faz o que tem que fazer — retrucou ela. — De onde você é?

— De fora da cidade — respondeu Grabowski.

Ela deu outra gargalhada.

— Não acredito.

— E você?

— Eu circulo — respondeu ela. — Estou morando aqui há dois anos, mas vou me mudar.

— Eu quis dizer, o que você faz?

— Eu pinto, John. É o que eu faço. — Ela bateu no copo e o barman o encheu de novo.

— E o que você pinta?

— Pessoas — respondeu ela.

— Retratos — disse Grabowski. — Retratos de família para pendurar em cima da lareira.

— Ai — disse ela. — Acho que esta eu mereci.

~

Ela morava no segundo andar de uma casa para duas famílias em uma rua escondida onde as garagens derramavam suas entranhas de guardados de depósito para fora, e os carros estavam todos estacionados na rua. Ela levou alguns minutos para percorrer a sala de visitas e acender todos os abajures. Nenhum deles iluminava mais que uma vela, e muitos tinham sido cobertos com echarpes, o que pareceu a Grabowski um risco de incêndio.

Grabowski pediu para usar o banheiro. Ele jogou água no rosto e pensou em lavar seu pênis, mas decidiu que seria tentar o destino. Evitou se olhar no espelho para o caso de não gostar do que visse. A luz no banheiro era o inverso da que havia na sala e seria inclemente.

Ele ainda não sabia como ela se chamava.

– Ei – disse ela, quando ele voltou. – Você gostaria de ver o meu trabalho? Meu estúdio fica nos fundos.

Ele não queria ver o trabalho dela. Se fosse terrível, faria com que se sentisse mal.

– Claro – respondeu ele –, talvez depois.

Ela deu uma risada.

– Depois. OK, entendi. Você quer ir direto ao que interessa.

– Não se você não quiser – respondeu Grabowski, e, subitamente, ele não queria mais. Achava que ela era simpática, agradava-lhe que fosse impertinente, direta, gostara da maneira como o tinha posto em seu lugar. Mas a coisa inteira era triste e cansada. Contudo, não era culpa dela, e se ele fosse embora agora seria grosseiro.

– Relaxe – disse ela. – Estamos apenas dando um tempo por aqui.

~

Na cama, ela fechou os olhos enquanto ele se dedicava com empenho ao "trabalho". Ele não sabia dizer se ela estava gostando ou não. Sentiu o suor se acumular na base de sua coluna e rolar descendo por seus flancos. Examinou o rosto dela, ela poderia estar dormindo, com um minúsculo sorriso nos lábios.

– Abra os olhos – disse Grabowski a ela. Ela os abriu. – Olhe para mim. – Ela encarou o olhar dele por um breve instante e então fechou os olhos novamente e o envolveu com suas pernas.

– Foi bom? – perguntou ele depois.

Ela estava sentada de pernas cruzadas na cama, enrolando um baseado numa revista e disse:

– Eu gozei, não foi?

– Mas foi, você sabe, bom mesmo?

Ela riu, acendeu o baseado e deu uma profunda tragada.

– Então o que você quer, uma medalha?

– Desculpe. Já faz algum tempo.

– A minha arte é uma merda – disse ela. Estava sorrindo, o olhar perdido na distância, e esfregando a coxa.

– Não – disse ele –, não é. Por que não vamos até lá para dar uma olhada? Eu gostaria de ver seu trabalho.

– Não enche – retrucou ela. – Não me venha com complacência.

Grabowski suspirou internamente. Era um método que ele tinha aperfeiçoado com Cathy, em que deixava sua respiração vazar de volta para dentro de seus ossos. Mulheres costumam ficar furiosas se você suspira quando elas estão se deixando dominar pelas emoções.

– Não se desvalorize – disse ele.

– Não estou me desvalorizando – disse ela, e seu rosto desmontou. – É ruim, é só isso.

Ela ligou a televisão e eles assistiram sentados na cama, como um velho casal. Ele estava exausto até os ossos. Não sabia nem se ela queria que ele ficasse. Se perguntasse, ela interpretaria como um sinal de insensibilidade, porque ele deveria saber o que ela queria, embora tivessem acabado de se conhecer.

– Você pode ir embora se quiser – disse ela, como se tivesse lido seus pensamentos. Seus olhos estavam vermelhos da maconha. Ela era mais velha do que ele tinha imaginado inicialmente.

– Talvez seja melhor – disse Grabowski.

Depois que estava vestido, ele disse:

– Eu ligo para você.

– Certo – retrucou ela. – Você não sabe nem o meu nome.

– Sinto muito – disse ele, e estava sendo sincero. Ele não tinha certeza do que exatamente tinha feito de errado, mas se sentia quase acachapado de tristeza.

– Dê o fora – disse ela, e aumentou o volume.

∼

Ele tinha acabado de adormecer quando foi despertado por seu telefone celular. Tateou em busca dele no escuro.

— Cristo, Nick, estamos no meio da noite.

— Eu não sei o que me deu esta ideia, mas pensei que fosse uma coisa urgente.

— Certo, tudo bem – disse Grabowski, acendendo a luz. – Diga lá, o que descobriu?

Nick pigarreou, da maneira como sempre fazia antes de iniciar seu relatório.

— Lydia Snaresbrook não é um nome comum. Encontrei apenas três que são possibilidades. Uma nasceu em Stirling em 1954, um pouco fora da faixa de idade que você me deu, a segunda foi em 1967, que está do outro lado do limite em termos de sua faixa de idade. A terceira nasceu na época certa, em 1962 em Wiltshire. Os pais dela estão registrados como Mary Joanna Snaresbrook, dona de casa, e Joseph Renfrew Snaresbrook, banqueiro e cidadão americano. Então foi nela em que trabalhei primeiro. Eu não fiz nada com relação às outras ainda. Achei que você talvez quisesse ouvir isto imediatamente.

— Tenho certeza de que seu taxímetro está girando – disse Grabowski. As informações de Nick nunca eram baratas. – Então é melhor falar logo.

— Eu não consegui descobrir nada a respeito dela.

Grabowski esperou. Nick não ligaria no meio da noite se não tivesse nada para contar.

— Não consegui descobrir nada. Nem certidão de casamento, carteira de motorista, multa por estacionamento proibido, registros de crédito, nada, absolutamente nada.

— A dama desaparece – disse Grabowski.

— De modo que chequei o registro de óbitos.

Grabowski prendeu a respiração.

— Lydia Snaresbrook nasceu no dia vinte e cinco de abril de mil novecentos e sessenta e dois. Ela morreu no dia trinta de abril do mesmo ano. Um caso de morte no berço com cinco dias de idade.

Grabowski não conseguia falar. Ele ofereceu uma prece silenciosa de agradecimento.

— Grabber – disse Nick. – Você está aí?

— Estou aqui.

— Então o que você quer que eu faça agora? Quer que eu rastreie as outras Lydias?

— Não. Assim está ótimo. Foi um bom trabalho. Calcule quanto eu lhe devo e me avise.

— Foi útil?

— Sim, foi útil – disse Grabber, tentando esconder a excitação e mantê-la fora de sua voz. – O que quero dizer é que encerra o caso.

— OK, chefe – disse Nick. – Encerra que caso?

— Não era nada – respondeu Grabowski. – Um beco sem saída. Escute, eu vou tentar dormir um pouco, mas obrigado pela chamada.

De jeito nenhum ele conseguiria dormir, então nem tentou. Ele repassou as fotografias que tinha mais uma vez. Andou de um lado para o outro pelo quarto. Estava acontecendo. Aquilo realmente estava acontecendo. O maior furo de sua vida. A maior porra de furo da vida de qualquer um. E era dele.

Estava nas mãos dele, não podia fazer merda. Tinha que fazer tudo absolutamente certo. Às quatro da manhã, quando normalmente deveria estar de ressaca, sua cabeça estava funcionando de uma forma tão clara como não acontecia há anos.

Ele não tinha que *provar* nada. É claro que não tinha. Tudo o que precisava saber era que não estava sendo um completo imbecil. Ele deveria ter pedido a Nick que lhe enviasse cópias da certidão de nascimento e do atestado de óbito. Teria que fazer isso de manhã. Pai americano na certidão de nascimento. Talvez quem quer que tivesse planejado tudo aquilo para ela, tivesse conseguido lhe fornecer dois passaportes.

Havia outras fotos que ele precisava fazer. Não tinha nenhuma boa dela com o namorado. Nunca estavam no ângulo certo quando ele estava se escondendo, enquanto a seguia. Ele sabia como a matéria seria publicada, primeira página, seis páginas duplas com fotos dentro do jornal, no mínimo. Contanto que ele soubesse o que sabia, contanto que ele fizesse a história crescer, os jornais a publicariam. Provas concretas não eram necessárias. Os jornais não precisavam disso quando era uma matéria que queriam publicar. Eles insinuavam um caso entre duas celebridades a partir de nada mais que um beijinho no rosto. Ele sabia como eles fariam. *Poderia esta mulher ser...?* Era assim que as manchetes seriam publicadas. Quase uma década depois do seu desaparecimento em circunstâncias misteriosas, depois de afirmações loucas de pessoas de que a tinham visto e de bizarras acusações de assassinato, será que aquela pequena cidade americana guardava o segredo do que realmente havia acontecido naquele fatídico dia de setembro? O espírito investigativo e o interesse público... Eles enviariam repórteres e estes apareceriam na porta da casa dela e quando afinal a história estourasse e fosse noticiada, ela fugiria durante a noite, a menos que pudesse se explicar.

Grabowski foi até o banheiro para beber um copo de água. Olhou-se no espelho. Esfregou a mão sobre a barba por fazer. Examinou seu perfil. As bochechas estavam um pouco gordas demais, mas não tão mal. Seu cabelo ainda era espesso, e grisalho ficava-lhe melhor que castanho. Cathy costumava lhe dizer que ele tinha olhos meigos, antes de decidir que o odiava. Ele os encarou e se perguntou o que havia de meiguice neles. Ele sempre achara que seus olhos pareciam um pouco tristonhos.

E se ele estivesse errado quanto a Lydia?

Grabowski voltou para o quarto, se sentou na cama e foi manuseando as contas do rosário entre os dedos.

Ele não tinha que provar nada. Apenas para si mesmo, além de qualquer dúvida razoável. E só havia uma maneira de fazer isso.

CAPÍTULO DEZENOVE

Lydia encontrou suas botas de borracha na sala do pessoal e foi lavar os canis com a mangueira de água. Os voluntários tinham montado duas mesas para preparar os cachorros na grama cercada atrás do pátio e estavam trabalhando no Kerry blue terrier e num vira-lata de patinhas brancas que chegara na véspera coberto de lama e gravetos. Os outros cachorros corriam na extensão do gramado ou brigavam de brincadeira ou passeavam devagar entre as estacas da grade, cheirando uns aos outros. A água da mangueira bateu no chão e brilhou quando espirrou para cima. Lydia olhou para o canil mais afastado onde o pit bull estava alojado. Ele estava sentado tristemente diante da porta de metal. Depois que mordera a pata dianteira de Topper, fora condenado a exercício solitário.

Esther saiu do escritório. Estava vestida com uniforme de combate do exército e suas botas de trabalho, o cabelo grisalho preso sob um boné, e Lydia achou que ela parecia muito distinta, como um general em serviço.

O pit bull girou em círculos de alegria à medida que Esther se aproximava.

– Não seria maravilhoso – gritou Esther para Lydia – se as pessoas ficassem contentes assim a cada vez que você entrasse em algum lugar? Eu o botei de volta no canil há apenas dez minutos. – Ela entrou no canil, recebeu a festa do cachorro e lhe deu um pedaço de osso cozido que tirou do bolso. Então o trancou de novo lá dentro.

Lydia desligou a mangueira e começou a varrer.

– Bem, as coisas poderiam ficar um pouco cansativas no final.

– Você tem razão – retrucou Esther. – Mas o negócio é que você saberia que era encenação. Mas o cachorro é sempre sincero.

Lydia deu uma gargalhada. Perguntou a si mesma se deveria contar a Esther sobre seu plano com o bracelete porque agora iria haver uma demora para receber o dinheiro. Naquela manhã, ela tinha ido à cidade e as primeiras três joalherias que visitara não trabalhavam com peças de segunda mão. As duas seguintes geralmente o faziam, mas não estavam comprando no momento porque o mercado, disseram, estava ruim. Elas lhe informaram sobre lugares para onde poderia enviar o bracelete que lhe pagariam o valor do peso do ouro. Lydia sabia que as granadas incrustadas valiam mais que isso. O último lugar que ela havia tentado havia se mostrado interessado, mas a pessoa que fazia as avaliações estava de férias. Eles pediram que ela voltasse dentro de cerca de uns dez dias.

— Quanto tempo poderemos continuar — perguntou Lydia — se não conseguirmos mais algum dinheiro?

— Nós não vamos desistir sem uma boa luta — respondeu Esther. — Eu providenciei uma linha de crédito pessoal. Alguma coisa vai aparecer. — Ela deu de ombros e arrastou a mangueira para o canil seguinte.

Lydia decidiu não dizer nada. Ela não sabia quanto iria conseguir com a venda do bracelete, e quanto aquilo iria resolver,

— Você alguma vez teve a sensação de que Rufus sabe como você está sentindo? — perguntou Esther.

— Já — respondeu Lydia. — Acho que sou eu projetando o sentimento nele.

Esther coçou as costas do braço onde tinha acabado de bater na rede de metal. Ela estava sempre coberta de manchas roxas e arranhões, como se participasse de um curso de combate corpo a corpo todos os dias.

— Talvez — disse ela —, mas não necessariamente. Os cães são mais sensíveis aos seres humanos que qualquer outro animal. Se você esconder o brinquedo de um cachorro e então olhar para onde você o escondeu, o cachorro seguirá seu olhar. Nenhum outro animal é capaz de fazer isso. Mesmo um chimpanzé não é capaz de fazer isso, e supõe-se que eles sejam muito mais inteligentes e mais próximos do homem.

— Então vou começar a dar mais crédito ao Rufus — disse Lydia. — A propósito, eu vou sair para tomar um drinque com as meninas esta noite, você não quer vir?

— Obrigada — disse Esther —, mas não posso. — Preciso fazer o trabalho de contabilidade esta noite. Para ver se consigo tirar sangue de pedra.

~

Elas se encontraram no Dino's, o restaurante italiano, e conseguiram uma mesa junto ao rio, que era ladeado por salgueiros-chorões. A água reluzia verde e dourada sob o sol. As paredes do restaurante eram cobertas por pratos rústicos pintados à mão, e, na cozinha aberta, os *chefs* mexicanos atiravam a massa aberta de pizza no ar e apanhavam, numa espécie de número de cabaré.

– Vamos pedir Prosecco – sugeriu Amber.

– Tudo bem – disse Tevis. – Estamos comemorando alguma coisa?

– Apenas a vida em geral – respondeu Amber.

– Espere um minuto – disse Tevis. – Tome, pegue este cristal. Não, apenas deixe-o ficar deitado na palma de sua mão aberta.

Todas elas olharam para a pedra hexagonal na mão de Amber até que Tevis a obscureceu pondo a palma de sua mão alguns centímetros acima.

– Estou recebendo uma leitura – disse Tevis. – Sim... sim... entendi. Amber está apaixonada.

– Não estou – retrucou Amber enrubescendo.

– Amber – disse Lydia, rindo –, você não está nos escondendo nada?

Amber afastou a franja dos olhos.

– Bem, nós tivemos mais um encontro.

Tevis pôs o cristal na mesa e o fez girar.

– Ele foi à sua casa ou você foi à casa dele?

– Nenhum dos dois. Nós nos beijamos na escada na frente da minha casa.

Tevis tirou o paletó, enrolou as mangas da camisa e soltou o cabelo, como se seus trajes de corretora fossem empecilhos para aquela conversa.

– Trata-se da melhor parte – disse ela. – Depois tudo é sempre ladeira abaixo.

– Ah, meu Deus, espero que não – disse Amber.

– Eu só estava brincando – disse Tevis, apertando a sua mão.

– Mas foi maravilhoso – disse Amber.

– Um dentista deve saber como se mover bem numa boca – observou Lydia.

– Ele sabe – disse Amber. – Você sabe, eu poderia realmente me apaixonar por ele.

– Quer dizer, se é que já não se apaixonou – disse Lydia. Ela olhou para Suzie, que parecia quase não estar ouvindo. Ela estava lentamente picando pedaços de um guardanapo de papel e enrolando-os entre seus dedos.

Amber gemeu.

– Eu não admitiria para ninguém, exceto vocês. Então hoje me flagrei sonhando acordada com Phil, é claro. E estava imaginando que talvez eu faça uma formação de higienista oral e nós iremos para o trabalho juntos todos os dias, e talvez não possamos conversar muito porque estaremos muito ocupados, mas tem sempre a hora do almoço... e, bem, vocês sabem como é, escrevi o romance inteiro na minha cabeça.

Lydia, Tevis e Suzie se entreolharam.

– Amber – disse Tevis. – Você é louca. Você tem alguma ideia de como uma vida assim seria infernalmente tediosa?

– Eu sei! – disse Amber, encolhendo os ombros.

– E a Closet? – perguntou Lydia. – Onde se encaixaria?

Tevis ficou séria.

– Um passo de cada vez, Amber. Trate como um flerte por enquanto, não ponha o carro na frente dos bois, e absolutamente não comece a pensar em sua vida nos termos da dele. Talvez ele venha a se revelar a melhor coisa que aconteceu em sua vida. Mas talvez demonstre ser um imbecil. Não comece a se desmanchar toda por causa de um beijo.

– Ah, pode deixar que não vou – disse Amber –, não mesmo. Estou com os pés bem firmes no chão. – Ela levantou o copo para brindar o fato, e dar-lhe um apoio bastante necessário.

~

Quando Suzie voltou do banheiro, ela se sentou pesadamente na cadeira, como se exausta pela excursão.

– O que é? – perguntou Lydia. – Você está bem?

Suzie mordeu o lábio inferior. Lydia viu que ela tinha usado base corretiva sob os olhos. Talvez não estivesse dormindo bem.

– Eu estou bem – respondeu Suzie. – Não. Não estou. Estou preocupada com a Maya. A diretora me pediu para ir à escola outro dia.

– A sra. Thesiger? – perguntou Amber. – O que ela queria? Eu tive que ir vê-la no ano passado, vocês se lembram de Tyler e da história dos grafites no banheiro? Ela foi muito bacana comigo, muito calma. Maya andou aprontando alguma?

– Eu gostaria que sim – disse Suzie. Ela forçou um sorriso, um lampejo de dentes, sua irregularidade patente.

– São as suas notas? – perguntou Tevis. – Eu não me preocuparia com isso. Ela é uma menina inteligente. Vai se acertar e entrar na linha quando estiver pronta. Ou quando o professor tiver realmente alguma coisa interessante para dizer.

— Não é isso – disse Suzie. – Vocês se lembram de como era quando estavam na escola, como todas as crianças se juntam em grupinhos, ou se dividem em categorias, então na hora do almoço você tem os que usam drogas sentados juntos, os que gostam de esportes em outro grupo e os nerds em outro?

— E os tipos metidos a hippies – disse Tevis, sacudindo os cabelos acobreados diante dos olhos. – Os penetras.

— As coisas ainda são assim – disse Suzie –, só que agora existem novos grupos. As anoréxicas, as que se cortam, garotas que querem apenas...

— Desaparecer – disse Lydia.

— É uma questão de autoestima – disse Tevis.

— Maya começou a andar com elas – disse Suzie. – A sra. Thesiger disse que queria me dar conhecimento do fato.

— Com as anoréxicas ou com as que se cortam? – perguntou Amber.

— Parece que elas se juntam. – Suzie mordeu o lábio de novo. De qualquer maneira, ela disse que talvez fosse uma boa ideia se Maya tivesse umas consultas com o psicólogo da escola. Quando cheguei em casa, estava tremendo. Maya não tem nem quatorze anos, só vai fazer daqui a cinco meses. Ela ainda brinca no balanço do quintal. Então eu comecei a pensar, ela tem falado todas aquelas coisas sobre a lancheira, sobre jogar comida fora, e eu andei apenas ignorando o que ela dizia. Que péssima mãe eu sou.

— Todas as mães se sentem péssimas pelo menos uma parte do tempo – disse Amber. – É o que significa ser uma boa mãe. Você não é absolutamente uma péssima mãe.

— Eu não sei – disse Suzie. – Então quando o ônibus escolar a deixou em casa, eu praticamente caí em cima dela quando chegou à porta. Tentei conversar a respeito do assunto, mas ela me lançou olhares fulminantes. Sinceramente, vocês precisavam ver o olhar dela. Seria capaz de arrancar as folhas de uma árvore. E realmente eu tive vontade de bater nela. Realmente.

— Mas não bateu – disse Lydia.

— Não, não bati. Mas vocês sabem, ela sempre usa camisetas de mangas compridas. Eu nunca vejo seus braços. Não posso entrar no banheiro quando ela está tomando banho. Então a agarrei, realmente a agarrei, e puxei as mangas para cima, e ela está com uma porção de pequenos cortes nos antebraços.

— O que você fez? – perguntou Tevis.

— O que eu podia fazer? Ela não quer conversar comigo. Eu liguei para Mike, ele estava fora numa patrulha, mas quando ele volta para casa, ela também se recusa a falar com ele. Ela se tranca em seu quarto. – Suzie massageou as têmporas. Os cabelos negros curtos se armaram para fora quando ela baixou as mãos. Amber os alisou e ajeitou delicadamente.

Amber perguntou:

– Você já marcou uma consulta com o psicólogo da escola?

– Consegui marcar uma consulta imediatamente. Mas Maya apenas ficou lá sentada sem dizer nada. Deu a ele o olhar napalm.

– Eu poderia tentar – disse Lydia. – Se você quiser.

Suzie olhou para ela agradecida.

– A Maya adora você. E Mike diz que eu tenho que deixá-la em paz e parar de ser tão ansiosa. Diz que vai me levar para a delegacia e me trancar numa cela se eu não me acalmar.

– Eu vou convidá-la para sair comigo – disse Lydia. – No mínimo nós teremos uma noite agradável. – Ela esperava que a gratidão de Suzie seria justificada.

– Vamos pedir outra garrafa – disse Tevis. – E eu sei que todas nós vamos para casa para jantar, mas será que alguém gostaria de dividir um prato de antipastos variados e um pouco de pão com alho?

Elas pediram mais Prosecco, e uma travessa de antipastos variados, favas, corações de alcachofras, pimentões vermelhos, lascas de queijo pecorino e azeitonas verdes e pretas, gordas e temperadas com bastante alho.

Suzie comentou:

– Mike não vai querer que eu chegue perto dele com este hálito. – Ela sorriu e sua preocupação parecia ter-se desanuviado.

– Dizem que alho é bom para o impulso sexual – observou Tevis.

– De onde você tira essas coisas? – perguntou Suzie.

Lydia se tranquilizou ao ver este retorno à velha forma, Suzie mandando rápidas cutucadas, como pequenos murros afetuosos no braço.

– Aposto que você não vai conseguir tirar as mãos de cima dele esta noite – disse Tevis. – Então vai ver quem tinha razão.

Suzie pegou um dente de alho inteiro do azeite e o enfiou na boca.

– Nenhuma chance – disse. – Mal consigo me lembrar da última vez que fizemos sexo. Talvez há uns dois meses, talvez até três.

— Essas coisas vão e vem em fases – observou Amber. – É você? Ou é ele?

— Sou eu – disse Suzie. – Eu ainda o acho atraente. E nós ainda somos afetuosos um com o outro. É só que... eu me vejo inventando desculpas, sabe como é, e cada vez mais, ultimamente.

— Isso acontece – disse Amber. – Quando eu era casada e não estava com vontade, eu topava e fazia de qualquer maneira. Então ele ficava meio zangado comigo porque, na verdade, eu não estava participando. Uma vez ele apenas saiu de cima de mim, agarrou seu travesseiro e foi dormir no quarto de hóspedes. Disse que se divertia mais tirando meleca do nariz. O que eu quero dizer é: se você não está com vontade, é bom que possa dizer.

— Seu marido era um cretino – disse Tevis. – Mas nós já sabíamos disso. Você dizia a ele quando estava na hora de gozar?

Amber fez uma pequena careta, franzindo o nariz.

— Eu comecei a fingir, era isso o que eu fazia. Sabe como é, tipo ahhi, aai, assim, *assim*. Então eu estremecia, arquejava e caía.

— Ah – disse Tevis. – Toda mulher sabe fingir.

— As coisas vão melhorar – disse Amber para Suzie. – Com você e Mike.

— Às vezes – disse Suzie –, eu finjo que estou dormindo de modo que ele não tente começar a me acariciar. Às vezes finjo que estou com dor de cabeça... Estou sempre tão cansada no final do dia, que parece apenas que é mais uma tarefa, sabe como é, como mais um cesto de roupa suja quando você achou que já tinha lavado tudo. E honestamente não consigo me dar ao trabalho. Penso que talvez no dia seguinte eu vá estar com vontade, mas nunca acontece.

— Ele se incomoda? – perguntou Lydia. – Vocês conversam a respeito do assunto?

— Eu me incomodo! – exclamou Suzie, se sentando mais ereta e muito séria. – Eu me incomodo! Deus, quando me lembro de como costumava ser. Eu não querer fazer sexo? Céus! Por favor. Eu era a garota com o cabelo repicado, que usava a jaqueta de aviador rosa-shocking, os shorts mais justos, eu era a mais gostosona.

O restaurante agora estava começando a encher de clientes e Lydia teve que puxar sua cadeira para dar espaço para as pessoas na mesa atrás poderem sentar. Ela lançou um olhar rápido para trás, para o casal idoso que estava educadamente esperando que Suzie os visse e também os deixasse passar.

— Eu e Mike, nós começamos a namorar no colegial e mandávamos brasa. E estou falando sério, *nós mandávamos brasa*. Eu era capaz de transar em pé. Era capaz de transar no armário de vassouras. Era capaz de transar de patins.

— De patins? — perguntou Amber.

— De patins, de pé apoiada contra a parede. Era difícil — disse Suzie. — Agora parece que até abrir as minhas pernas é um esforço grande demais.

— Suzie — disse Lydia. — Você precisa deixar essas pessoas passarem.

— Ah, perdoem-me — disse Suzie, puxando a cadeira. — Sinceramente, peço desculpas.

— Tudo bem, querida. Obrigada — disse a senhora. Ela tinha uma postura de bailarina, os ombros para trás, o queixo paralelo ao chão, um pé virado para fora em um ângulo elegante. Ela estendeu a mão para trás para pegar a mão do marido. — Com relação ao sexo, querida — disse para Suzie —, você pensa que a sua libido morreu. Mas não morreu, apenas entrou em hibernação. Quando despertar de novo... — Ela puxou o braço do marido ao redor de sua cintura fina e inclinou a cabeça para trás de modo que eles ficassem de rostos colados. — Bem, ela desperta de novo e é simples e lindamente, a mais maravilhosa das surpresas.

~

Havia ocasiões em que aquela sensação se apoderava dela subitamente, uma onda interior, como uma corrente elétrica sem um lugar para se descarregar. A enormidade do que ela tinha feito; o sofrimento pela perda de seus filhos; o sofrimento que ela lhes havia causado.

Ela ficou sentada no Sport Trac do lado de fora da casa de Carson e apoiou a testa na direção. Se pudesse abrir seu próprio peito com as mãos, arrancaria fora o coração. Se pudesse enfiar uma agulha de tricô no crânio, esmagaria seu cérebro. Se isso impedisse as lembranças de surgirem sem que ela quisesse, então ela poderia encontrar a paz.

Uma única imagem surgiu em sua mente. Seu filho mais moço sentado em sua cadeirinha alta, com as bochechas gorduchas e o cabelo fino como penugem, as sobrancelhas ainda por se definirem. Os olhos do irmão brilhando de prazer enquanto ele se virava para receber a aprovação dela porque tinha acabado de dar de comer ao bebê purê de cenouras com uma colher de plástico.

Ela pensou em Lawrence, como ele havia se preocupado com o fato de que ela ficaria perturbada quando visse seus meninos crescendo, felizes sem ela. Mesmo Lawrence, que compreendia tudo, não havia compreendido aquilo.

~

A casa de Carson cheirava a cedro. Ele tinha feito um corrimão novo para a escada alguns meses atrás. Quando comprara a casa vários anos antes, estava em ruínas. Era uma casa velha, mais velha que a cidade, com telhado triangular e toda de telhas de madeira, com uma grandiosa janela de Palladio no andar superior que deixava entrar o vento. As telhas finas de madeira caíam regularmente das paredes e do telhado e Carson vivia repondo-as.

– Quando é que você vai cuidar da cortina?

– Eu vou chegar lá – respondeu Carson.

– Diz o homem que não gosta de deixar um trabalho pela metade.

Ele ergueu uma sobrancelha para ela.

– É funcional, não é?

– Carson – respondeu Lydia –, é um lençol.

Ele olhou para o lençol em questão como se a observação o tivesse apanhado de surpresa.

– Quando eu encontrei esta casa e me apaixonei por ela, sabia que nenhuma das minhas velhas coisas iria combinar. Eu não tinha tanta coisa assim. Era um apartamento moderno e era bastante minimalista.

– Aqui também é – disse Lydia olhando ao redor para as peças esparsas de madeira.

– Eu trabalhei muito na casa. Refiz as calhas e reparei os beirais do telhado onde estavam se desfazendo, trabalhei no encanamento que era de antes da Guerra Civil, no final precisei de ajuda com isso. Mas de todo modo, foi muito prazeroso. E eu queria comprar peças de mobília que combinassem. A primeira coisa que comprei foi o sofá.

– É muito bonito.

– Talvez, mas levei tanto tempo para encontrá-lo, foi um esforço tão grande, e então depois que você compra, senta nele e nunca mais pensa no assunto. De que adianta?

Ela deu uma gargalhada e andou até a mesa de pingue-pongue que estava dobrada apoiada contra a parede.

– Pelo menos você ainda tem isto. Ofereço uma partida.

– Vou pegar leve com você – disse ele.

– É melhor não. Eu saberei se você estiver me deixando ganhar.

~

Eles jogaram três partidas e ele não a deixou ganhar. Ele tentou ensinar a ela como mandar uma bola de efeito ao dar uma cortada. Ela estava olhando mais para os olhos dele que para as mãos. Estava examinando o espaço mais fundo na base da garganta, a maneira como sempre parecia um pouco queimado de sol. Estava olhando as sardas no seu antebraço.

– Eu tenho que parar para um descanso – disse ela.

– Está bem – disse ele. – Você acabou comigo.

Ela lhe bateu de leve na perna com a raquete.

– Qual foi o trabalho que você teve? – perguntou. – Onde era?

Ele se esparramou no sofá com os polegares enfiados nas alças do cinto.

– Foi um incêndio. Uma casa no Alabama.

– Eles não tinham ninguém da região?

– Não era nem da minha companhia. Eu estava apenas ajudando.

– Por quê? O que aconteceu? Quero dizer, é normal?

– Aquele lençol não fica tão mal, não é? Se eu começar a procurar cortinas, sei que vai me deixar louco. Não vou saber o que comprar. – Ele parecia de fato preocupado.

– Deixe ficar o lençol – disse ela. – Está bem assim. Conte o que estava dizendo sobre o trabalho.

– A casa do sujeito pega fogo no meio da noite e ele pede a indenização do seguro. A seguradora dele checa o histórico do cliente. É uma coisa que se faz por rotina. De qualquer maneira, o agente da seguradora viu que ele tinha dois casos anteriores, ambos com a minha companhia.

– Você fala como se fosse registro criminal.

– Algumas pessoas têm fases de má sorte. Dizem que um raio nunca cai duas vezes no mesmo lugar. Mas se você trabalha neste ramo por tempo suficiente, descobre que não é verdade.

– Mas três vezes? – perguntou Lydia.

– Eu recusei o segundo pedido dele. O primeiro foi antes que eu tivesse começado a trabalhar na companhia e, nos formulários, ele dizia que pretendia reconstruir, mas não reconstruiu. Sempre desperta meu interesse.

– Eu gosto do seu pescoço – disse Lydia. – Tenho pensado em lhe dizer isso. Mas continue. Estou ouvindo.

– Obrigado – disse Carson. – É gostoso ter o meu pescoço apreciado. Então, Stevenson, aquele sujeito, a casa seguinte que ele compra, também pega fogo.

A cidade inteira comenta que foi ele que incendiou a casa para receber o seguro. Aconteceu em Roxborough, uma cidade pobre, e em todos os bares que Stevenson frequentava para beber, ouvi a mesma história, de como ele andava se gabando do dinheiro que vai receber do seguro.

— Não significa, necessariamente, que ele fosse culpado. Talvez ele apenas goste de se gabar. Talvez muita gente por lá não gostasse dele. Você teria que provar de alguma outra maneira.

— Eu não consegui — respondeu Carson. — Eu, na verdade, não consegui provar. Não consegui identificar a origem do incêndio, não havia testemunhas. Eu não consegui provar, mas podia recusar o pedido dele, e recusei. Na minha opinião ele deu sorte de não ir parar no tribunal acusado de incêndio criminoso. Ele não concordou.

— Ele ficou com raiva.

— Só um pouco. Quis criar caso comigo.

— Como assim?

— Palavrões, sabe como é, ligava para a minha casa no meio da noite, esse tipo de coisa. A parte difícil foi que, apesar de eu saber que estava certo, havia margem para um bocadinho de dúvida. E se ele fosse realmente a vítima desafortunada, e eu estivesse tornando a vida dele um inferno? Mas a terceira casa, dois anos depois, acabou com a dúvida.

— Mas será que ele é burro a tal ponto? — perguntou Lydia. — Será que não pensou que seria óbvio?

— Ele se mudou, saiu do estado, trocou de companhia de seguro. Muita gente não se dá conta de que nós temos acesso aos registros uns dos outros.

— Você não tem receio — perguntou Lydia, escolhendo suas palavras com cuidado — de que ele possa descobrir que você frustrou os planos dele uma terceira vez? O sujeito me parece um pouco... instável.

— Ele provavelmente não vai saber. E, mesmo se souber, não vou perder o sono por causa disso.

— E se ele for, sabe...?

— Maluco? Vier atrás de mim com uma espingarda? — Ele segurou a mão dela. — Veja a situação pelo seguinte ponto de vista. Da primeira vez, tudo deu certo. Ninguém morreu, ninguém saiu ferido, ele recebeu seu dinheiro, ninguém perdeu nada. Na opinião dele, a companhia de seguros tem dinheiro de sobra para pagar. Então eu apareci na vez seguinte e estraguei as coisas. Ele reagiu. Ele ficou furioso, mas eu nunca pensei que ele fosse um maluco.

Enquanto ele falava ela se inclinou e descansou a cabeça no seu ombro. Ela podia sentir as vibrações da voz dele vindo do peito para a têmpora. À noite, quando a luz estava apagada e ele falou com ela enquanto estavam deitados no escuro, ela teve a sensação de que aquilo era tudo de que precisava, como se fosse possível viver suspensa no espaço onde as únicas coisas que a alcançassem fossem a respiração dele no seu ombro e o som da sua voz em seu ouvido.

Ela olhou para Rufus, deitado de costas no tapete, expondo e oferecendo sua barriga macia para o mundo. Ele sempre se sentia em casa ali. Esther diria que ele estava apenas agindo de acordo com a maneira como ela se sentia. Era até possível que Esther estivesse certa.

～

Carson levou Madeleine e Rufus para um passeio antes de se deitarem. Quando ele voltou, levantou o lençol na janela da sala e olhou para o gramado na frente da casa.

– O que há aí fora? – perguntou Lydia.

– Nada – respondeu ele.

– Está admirando a vista?

– Você ouviu Madeleine latindo?

– Ouvi. Achei que talvez ela tivesse visto um esquilo, ou um texugo.

– Ela correu para alguma coisa na espirradeira. Tive que puxá-la para tirá-la de lá. Não sei o que era.

– Não era um cliente insatisfeito? – perguntou Lydia.

– Infelizmente – disse Carson –, não creio que eu seja importante o suficiente para ter adquirido nenhum tipo de perseguidor.

CAPÍTULO VINTE

Será que o namorado sabia? Grabber estava na sala de visitas da pousada, o salão, como a sra. Jackson o chamava. Em menos de uma hora, Lydia estaria chegando. A sra. Jackson estava fora fazendo uma depilação à brasileira, ou contratando uma orquestra ou alguma outra coisa. Era difícil imaginar que outros preparativos poderia estar fazendo. Até aquele momento, ela tinha passado o dia inteiro correndo de um lado para outro na pousada se preparando. Nada menos que cinco vezes ela tinha se desculpado por perturbá-lo em seu quarto. Se soubesse quem estaria realmente recebendo, ela provavelmente explodiria em chamas de autocombustão no ato.

Será que o namorado sabia? Grabowski ficava se fazendo esta pergunta repetidamente. Na noite anterior, ele tivera uma ideia de que talvez pudesse descobrir alguma coisa espionando a casa. Alguém tinha que tê-la ajudado. Talvez fosse ele, Grabowski não se lembrava de ter visto o sujeito nos dias antes que ela "morresse", mas ela tivera uma porção de gente girando ao seu redor e aquilo não significava nada. Um guarda-costas que estivesse no iate, talvez. Não seria a primeira vez que ela faria isso.

Ele nem sequer tinha conseguido tirar uma foto deles juntos. Tinha tirado uma foto dela com a cabeça apoiada na direção quando estava do lado de fora da casa dele. Claramente ela estava com a cabeça cheia de preocupações. Ele se lembrava de um dia em que ela havia dirigido sozinha até Eton e ficara sentada exatamente daquela maneira dentro do carro antes de saltar. Um momento privado de reflexão. Bem, teria sido privado se ele não a tivesse seguido até lá. Na hora do almoço, as rádios comunicaram o divórcio. Ela estivera se compondo antes de ir ver seu filho, de modo que ele pudesse ser avisado.

Na noite anterior, a porta da frente estava destrancada e ela havia entrado direto. Mais tarde, o namorado tinha saído para dar um passeio e Grabowski ainda estava escondido em meio aos arbustos, vigiando a casa. Ele não tinha exatamente certeza do que estava na esperança de descobrir. Não iria usar o flash mesmo se eles saíssem juntos. Então o cão tinha agarrado seu pé e pensara que tinha sido descoberto.

Mas o namorado tinha puxado o cachorro e não se preocupado em ver o que era. Ele levantou a cortina depois de entrar e lançou um olhar casual para fora. Grabber concluiu que afinal tinha descoberto algo. Se o sujeito soubesse de alguma coisa, ele a estaria protegendo. Ele estaria atento. De jeito nenhum iria deixar a porta da frente destrancada, mesmo depois de passado todo aquele tempo, teria estado em guarda.

Agora tinha que se concentrar na tarefa imediata, antes que a sra. Jackson voltasse toda apressada. Como deveria armar a coisa?

Havia algo que ele precisava realizar por meio daquele encontro, mas tinha que descobrir como.

Grabowski olhou ao redor da sala de visitas de novo. Havia dois espelhos, um acima da lareira e outro na parede à direita do sr. Jackson. Se ele se posicionasse bem ali... Mas com toda certeza haveria um alarde preliminar na porta quando Lydia chegasse, de modo que ainda estar de costas para ela quando entrasse não pareceria natural.

O sr. Jackson se mexeu mergulhado no sono. As mãos dele se agitaram nos descansos para braço. Aquele homem era capaz de dormir pelo rei e pelo país. Talvez fosse uma pessoa noturna. Grabowski duvidava. Ele provavelmente apenas se transferia da cadeira para a cama. O homem parecia mais velho que a esposa, suas calças de velho muito acima da cintura. Sua testa se fundia acima das sobrancelhas e as sobrancelhas acima dos olhos, o nariz pendia sobre o lábio superior, e seu queixo cascateava para seu pescoço, uma cascata carnuda de feições escorrendo sempre para baixo.

Ele precisava de algum tipo de acessório de apoio. Se pudesse se sentar bem aqui – Grabber posicionou uma cadeira meio de lado na frente do sr. Jackson –, então poderia ver o espelho que refletia a porta de entrada. Qualquer pessoa entrando teria uma boa visão dele de perfil. Precisava parecer estar absorvido em alguma coisa. O que poderia usar? Ele vasculhou a sala de visitas. Se ele imprimisse algumas das fotos de cidade pequena, poderia espalhá-las sobre a mesa de jogo. Ele também mudou de posição a mesa de jogo. Estava tarde demais para imprimir o que fosse. Mas poderia estar jogando cartas, paciência. Não, um jogo de cartas com o sr. Jackson. Era isso. De outro modo, por que estaria sentado tão perto dele? Agora tinha que encontrar um baralho. E acordar o sr. Jackson. Ambas as tarefas pareciam difíceis.

— Sr. Jackson? – chamou. Então tentou de novo e em voz mais alta desta vez. – Sr. Jackson?

Nenhum sinal de vida. Se ele morresse naquela cadeira, quanto tempo levaria para que alguém reparasse?

Grabowski sacudiu o ombro do velho.

— Sr. Jackson? – gritou.

— Exatamente – respondeu o sr. Jackson se sentando bem ereto.

Uma vida inteira apaziguando a esposa, pensou Grabowski. Era assim que você acabava, concordando até quando dormia.

— Sr. Jackson – disse, decidindo que era melhor compactuar com a fantasia de que o velho estivera acordado o tempo inteiro. – Eu estava pensando se o senhor não gostaria de jogar cartas.

— Eu não jogo cartas – disse o sr. Jackson pondo os pés de volta na tartaruga entalhada que lhe servia de banquinho. – Nunca joguei, nunca jogarei.

— É uma pena – respondeu Grabowski.

— Eu aceitaria jogar uma partida de xadrez. – O sr. Jackson fez uma tentativa de alisar as sobrancelhas brancas desgrenhadas. – Estão precisando de uma aparada. Quase não consigo ver porcaria nenhuma. Siga o meu conselho, nunca envelheça.

~

O sr. Jackson lhe explicou onde encontrar a caixa de peças de xadrez e Grabowski as arrumou no tabuleiro. Ele praticou manter um olho no espelho sem levantar o pescoço de modo que parecesse que estava concentrado no tabuleiro. Tinha uma visão clara, e tudo de que precisava eram alguns segundos. Assim conseguiria sua prova positiva ou negativa.

Faltavam vinte minutos.

Grabowski fez sua abertura.

— Filho – disse o sr. Jackson –, que tal lhe parece uma dosezinha de uísque? Está vendo aquele armário ali? Use as xícaras de chá. Assim ela não verá. O que os olhos não veem o coração não sente, entendeu?

Grabber decidiu que um drinque cairia bem, apenas um, ele estava ficando um tanto nervoso.

~

— Então rapazes, estão jogando uma boa partida? — perguntou a sra. Jackson. — Vocês não acreditariam em como tive que ir longe para encontrar o creme de natas! — Ela usava seu colar de pérolas com um nó. Tinha acabado de pentear o cabelo. Sua voz se dirigia perpetuamente ao fundo do auditório, mas naquele dia, se elevava com mais verve e mais vibração.

— Continuem a jogar — disse ela, e gesticulou como se descartando ofertas de ajuda. — Eu vou preparar a bandeja.

Grabowski moveu seu bispo da quarta casa do rei para a quinta da rainha. Praticou mais uma vez com o espelho. Virou a cabeça para a porta e de volta mais uma vez, fazendo um mapa mental de quão claramente ela o veria. Ela o veria, sem sombra de dúvida. E não se daria conta de que ele podia vê-la.

— Ah, sr. Grabowski! — chamava-o da cozinha a sra. Jackson. Grabowski consultou o relógio. Cinco horas e um minuto. Ela poderia chegar a qualquer momento.

— Ah, sr. Grabowski! Está me ouvindo?

A voz da sra. Jackson estava tão animada que ela estava praticamente cantando.

— Será que o senhor se importaria de me dar uma mão?

Sim, se importaria muitíssimo. Ele se importaria muitíssimo se ela estragasse tudo. Tinha que ficar naquela cadeira para o caso de Lydia chegar.

O sr. Jackson tentou lhe dar uma piscadela. A sobrancelha dele não voltou exatamente para o lugar. Ele teve que ajudá-la com um dedo.

— Aja com cautela — disse.

— Já vou — respondeu Grabowski levantando a voz, e quase virou o tabuleiro de xadrez. Ele tinha que estar de volta em sua cadeira o mais rápido possível.

~

Às cinco e vinte ela ainda não havia chegado. Grabowski estava perdendo o jogo. O sr. Jackson tinha praticamente cercado seu rei com uma torre e dois peões.

A sra. Jackson estava de sentinela na janela, os ombros de Grabowski começavam a doer de se curvar para o tabuleiro.

Estava na vez de o sr. Jackson jogar. Era como esperar por um movimento de uma placa tectônica. Mas a última coisa que Grabber queria era que o jogo acabasse antes que Lydia chegasse. Não iria apressar seu oponente de jeito nenhum.

– Aqui está ela – trinou a sra. Jackson. Grabowski acompanhou o som de seus saltos avançando pelo assoalho. O músculo de seu ombro direito entrou em espasmo. Precisava alongá-lo, mas não ousava se mover.

Estava na posição exata, sua visão clara e desimpedida e ao mesmo tempo oculta.

– Agora, rapazes – disse a sra. Jackson, enquanto ela e Lydia entravam na sala. – Perdoem-me por interromper o torneio, mas precisamos fazer as apresentações.

Grabowski esperou quatro segundos como se perdido em pensamentos, antes de se virar para elas, movimentando o ombro.

– Estava começando a dar um mau jeito aqui, sra. Jackson. E seu marido parece ter-me dado uma boa surra.

– Lydia Snaresbrook, John Grabowski – disse a sra. Jackson, fazendo um floreio com o braço na direção de cada um.

– Prazer em conhecê-la – disse Grabber. Ele se levantou para apertar a mão dela.

Ela respondeu da mesma forma com perfeita equanimidade e ele a olhou bem nos olhos.

– Eu diria "por favor, terminem" – prosseguiu ela –, mas creio que é possível que o senhor tenha perdido seu oponente mais que a partida.

Grabowski olhou para o sr. Jackson, que de fato havia pegado no sono. Lydia deu sua risada cristalina, e a sra. Jackson trombeteou com a sua, antes de convidá-los a se sentarem.

~

– Vocês não gostariam de mais um bolinho de aveia? – perguntou a sra. Jackson. – Eles não duram muito. Lydia, quer levar alguns para casa? Ah, Otis, por favor desça daí. – Ela foi resgatar Otis, que tinha pulado de um banquinho de tapeçaria para a mesinha lateral de pau-rosa, e de lá para o topo de um plinto laqueado vazio, que balançou na base enquanto ele manobrava para se pôr em posição de pular para baixo.

— Então a respeito de que o senhor escreve? – perguntou Lydia.

— Ele também é fotógrafo – gritou a sra. Jackson. – Eu vou levar os cachorros para o quintal. Venha, Rufus. Sim, e você também, Otis.

Ele havia ensaiado infinitas vezes durante toda a manhã, como se encaminharia aquela conversa. Tinha praticado algumas das respostas em voz alta. Antes de ela ter surgido no espelho, ele estivera rígido de nervosismo. Agora que a distância entre os pés de ambos não era maior que o comprimento de uma lente telescópica, estava supremamente calmo. Em sua mente, compôs uma fotografia enquadrando-os juntos, como se tirada do outro lado da sala. Ele, com o braço descansando estendido sobre o encosto do sofá; ela, na cadeira Queen Anne com os tornozelos elegantemente cruzados.

— Ah, e é também fotógrafo – disse Lydia. – Que tipo de fotos o senhor tira?

Ela não revelou um único sinal de perturbação ou inquietação. Eles já estavam conversando há algum tempo e ela respondera todas as perguntas com humor modesto e charme. É claro que seria boa nisso. Ele estava praticando há apenas uma manhã. Ela, há quase dez anos àquela altura.

— Estou trabalhando em um projeto sobre cidades pequenas aqui e na Inglaterra. A vida das ruas, a cor local, os personagens locais. Mas basicamente sou um fotojornalista. Já tirei fotografias de muitas pessoas famosas ao longo dos anos.

— Celebridades? – perguntou Lydia. – Deve ser fascinante.

Mesmo antes de sua nova vida, mentir fazia parte da rotina diária dela. Ele imaginava que tinha obrigatoriamente que ser. Todas as coisas que ela queria fazer, a maneira como tentaria cobrir seus rastros. Inventar histórias para colunistas favoritos, contrabandear homens para dentro de seu apartamento, negar a existência deles. Ela tinha reputação de ser astuciosa. Não se podia culpá-la, mas era bem merecida.

— Todas – disse ele. – Atores, músicos, realeza, apresentadores de televisão, todo tipo.

Lydia serviu o chá que restava no bule.

— Céus, parece tão glamoroso. O que o fez abandonar?

Ele teve o cuidado de não olhá-la diretamente demais, enquanto ela desempenhava seu papel.

— Eu vou voltar – disse ele. – Este projeto não vai pagar muitas contas. – Talvez ele de fato realizasse aquele projeto mítico. Se ficasse rico o suficiente (e era possível que ficasse), era o que faria. – Mas aconteceu meio por acaso, para ser honesto, comecei a fazer as fotografias, então a coisa inteira cresceu.

— Paz e sossego – disse a sra. Jackson, entrando apressada – agora que as crianças estão brincando lá fora. – Ela assoou o nariz. – Ah céus, estas alergias. Eu preciso tomar um anti-histamínico. Eu tinha certeza de que vocês dois se dariam bem. Não apenas por causa da conexão britânica. Eu, de fato, tenho um talento de prever quando as pessoas combinam. Nós costumávamos receber muito, e embora seja eu mesma a dizer, minhas *soirées* eram bastante famosas, porque eu sabia exatamente quem misturar com quem. Com licença por mais um momento. Eu volto já.

Lydia sorriu para Grabowski. Ele sorriu para ela e, por um momento, eles se tornaram verdadeiros conspiradores, aliados se divertindo juntos.

— A coisa inteira apenas cresceu? – perguntou Lydia. Ela era, talvez, mais atraente que bonita em seus jeans e camiseta cinza. Embora os olhos azuis fossem luminosos.

Ela tinha reputação de ser astuciosa. Não negaria isso. Também tinha reputação de ser uma pessoa de poucas luzes. Grabowski não concordaria com isso. Não era tão esperta quanto acreditava ser, mas estava longe de ser burra. Ela faria seus pequenos truques. Quando ele havia começado a fotografá-la, antes que o noivado fosse anunciado, Grabowski estivera rondando ao redor do seu prédio quando ela havia descido carregando uma mala e duas bolsas de viagem.

— Se me der uma mão até chegar ao carro – dissera ela –, deixarei que tire uma foto minha.

Em troca ela tinha se oferecido para carregar a câmera dele. Ela manteve a conversa até eles chegarem ao seu Mini e ele enfiou as malas no carro. Antes que se desse conta, ela tinha se metido no assento do motorista e baixado o vidro da janela.

— Você é um amor – dissera e saíra dirigindo, levando a câmera, que foi devolvida no seu escritório uma semana mais tarde.

— Eu devo estar ficando velho – disse ele. – A gente sabe que está ficando velho quando começa a se perguntar se fez o suficiente na vida. Acho que perdi um pouco a atração, sabe como é, por aquele negócio de celebridades. Tudo é muito efêmero.

— E também está escrevendo sobre as cidadezinhas? – Ela manteve a conversa fluindo com facilidade. Talvez, pensou Grabber, com um pouco de facilidade demais. Alguns solavancos na estrada da conversa entre dois desconhecidos teriam sido mais realistas.

— Estou trabalhando em um texto para acompanhar as fotos. Escrever não é meu ponto forte, mas estou avançando.

O telefone celular dele tocou.

– Desculpe – disse, e o tirou do bolso. – Gareth, companheiro. Eu ligo de volta.

– Não desligue – disse Gareth. – Você está sentado numa porra de uma bomba-relógio e não sabe de nada. Eu preciso falar com você imediatamente.

– Eu preciso atender esta chamada – disse Grabowski –, se me der licença.

Ele seguiu para o seu quarto no segundo andar, passando pela sra. Jackson, que vinha descendo.

– Traga a sua câmera consigo, sr. Grabowski, quando terminar. Se quiser tirar uma fotografia de Lydia e de mim para o seu projeto, tenho certeza de que ambas posaremos. Não fique acanhado.

∼

– É melhor que seja importante – disse Grabowski. Seu agente tinha um sexto sentido. Sempre conseguia ligar nos momentos errados.

– Não é uma questão de vida ou morte – disse Gareth.

– Fantástico.

– É mais importante que isso. É uma questão de dinheiro. Eu falei com seu editor hoje e eles não vão estender seu prazo. Já estenderam ao máximo. Ou você entrega a merda ou sai da latrina.

– Você tem um jeito tão especial de falar.

– Eu suo sangue por você – disse Gareth. – Não me decepcione.

– Gareth – disse Grabowski –, não encha o saco.

∼

– Você tem certeza de que não pode ficar mais um pouquinho, Lydia? – perguntou a sra. Jackson, quando Grabowski entrou de volta na sala de visitas.

Lydia se levantou.

– Eu vou levar Maya ao cinema – disse ela. – Vou apenas buscar o Rufus e então realmente tenho que ir. Adoraria levar uns dois desses bolinhos comigo, estão tão deliciosos.

– Ela não é esplêndida? – perguntou a sra. Jackson, enquanto Lydia saía para buscar seu cachorro. – Não trouxe a sua câmera?

Grabowski examinou as alternativas. Se a velha senhora ainda estivesse falando sobre o assunto quando Lydia se despedisse, o que pareceria se ele recusasse? O que pareceria se dissesse que sim? E se ele concordasse com relutância? Ele podia pensar em maneiras através das quais qualquer dessas opções poderiam parecer suspeitas. Gostaria de estrangular sua anfitriã com seu colar de pérolas. Quando ele pensou em todo o cuidado que havia tomado, em como tudo estava correndo bem, e ela aparecia com sua sabotagem inocente e presunçosa.

– A senhora sabe de uma coisa? – disse, baixando a voz. Ele a olhou bem nos olhos com a maior honestidade. – Sabe de uma coisa, eu adoraria ter a senhora em meu livro, mas vamos fazer a foto amanhã, quando a luz estiver melhor. Apenas a senhora e eu.

– Ah, a luz – disse ela, batendo as pestanas esparsas. – É realmente importante. Quando eu dirigia peças de teatro, eram apenas da sociedade local de teatro amador, mas nós tínhamos equipamento profissional e eu sempre... Ah, Lydia, você já vai?

– Muito obrigada – disse Lydia. – Eu realmente tenho que ir. Foi um prazer conhecê-lo, sr. Grabowski. Boa sorte com tudo.

– Eu tinha um cachorro quando era menino – disse ele, olhando para Rufus. – Um highland terrier. Ele correu para a estrada, foi atropelado por um carro. Fiquei completamente arrasado.

– Coitadinho. – Ela tocou no braço dele.

Eles a acompanharam até a porta da frente.

– Uma coisa que eu queria lhe perguntar – disse ela, se virando – o que foi em particular que o trouxe a Kensington? Há um bocado de cidades pequenas para escolher, não é?

Ele nem pestanejou.

– Eu trabalhei muito em Kensington, o distrito que fica em Londres, cobrindo a família real. Quando vi a cidade no mapa, pensei, bem, tenho que dar uma olhada. E você?

– Eu, na verdade, estava procurando uma casa em algumas das outras cidadezinhas do condado. Mas não conseguia encontrar a casa certa, e então a encontrei aqui em Kensington. Eu adoro viver aqui. – Ela acenou para eles enquanto descia a escada rapidamente, despreocupada e com jeito de garota, os longos cabelos escuros se levantando dos ombros, e por um instante foi difícil acreditar que ela não era apenas o que parecia ser.

Grabowski pegou seu laptop e a câmera, entrou no Pontiac e saiu dirigindo. Não conseguia suportar ficar fechado em seu quarto naquele momento, precisava dirigir e pensar. Se decidisse rever o material que tinha no laptop, bem, estava habituado a trabalhar no carro. Não queria a sra. Jackson entrando para fazer perguntas sobre o que ela, sem dúvida, considerava como a "sessão de fotos" do dia seguinte. Que Deus a abençoasse, apesar de tudo. Abençoada sra. Jackson. Ela tinha sido muito útil. Tinha sido fácil evitar Lydia. (Por que o nome havia pegado? Seria um sinal de que ele queria deixá-la escapar, de que não tinha a coragem de ir até o fim?) Mesmo numa cidadezinha daquele tamanho tinha sido fácil evitar que Lydia o visse, porque era ele quem a estava seguindo e sabia onde o alvo estaria. O problema não se apresentava. Mas encontrá-la sem estragar tudo, aquilo teria sido difícil, sem a querida velha sra. Jackson ao seu lado.

Lydia quase não tinha dado um passo em falso. Quase parecia uma pena que aquilo não fosse o bastante. Mas era apenas a vida. Ela havia jogado bem o seu jogo. Ele lhe daria esse crédito.

O único escorregão que ela dera, e não se daria conta disso – fora quando ele dissera que havia fotografado celebridades e ela não perguntou os nomes. "Quem?", ela deveria ter dito. Todo mundo queria saber os nomes, exceto ela, porque já sabia.

Contudo, ele não podia culpá-la, na verdade. Aquilo apenas teria dado a ele mais material para especular e o que ele precisava era provar para si mesmo antes de dar os irreversíveis passos seguintes.

Ele deveria sair e comemorar. Mas não voltaria àquele bar. Não tinha vontade de estar perto de ninguém naquele momento, daquela artista fracassada, com certeza não. Estacionou defronte a uma loja de bebidas e comprou uma garrafa de Woodstone Creek, e bebeu no gargalo, a garrafa dentro do saco de papel pardo.

– Aqui vai à sua saúde, sr. Jackson, parceiro – disse ele, levantando o saco com a garrafa. – Eu me lembrarei do senhor em minhas orações.

Ele tivera uma visão clara de Lydia no espelho e ela não o vira observá-la. Quando afinal ele havia despertado de seu devaneio induzido pelo xadrez, ela havia recomposto a expressão de seu rosto. Mas não havia dúvida quanto ao choque de reconhecimento que inicialmente a dominara. Ele era a última pessoa que ela havia esperado ver ali. Ele tirava o chapéu para ela por ter-se recuperado tão bem. Grabowski levantou o saco de papel pardo mais uma vez.

CAPÍTULO VINTE E UM

O cinema nos arredores de Havering era um Multiplex em um shopping center árido, com um ar-condicionado que deixava a pele tão seca que depois você podia trocá-la, como uma cobra. Lydia enfiou a mão na bolsa e aplicou hidratante nos lábios. O filme que passava numa sala com três quartos da lotação vazia era uma comédia dramática para adolescentes, mas ela não tinha a menor ideia do que estava acontecendo. Maya sugava sua Coca-Cola com o canudo e ria. Lydia deu uma risada casual porque não queria que Maya pensasse que ela não estava participando da experiência. Quando lançou um olhar discreto para ela, contudo, Maya estava entretida demais com o que acontecia na tela para reparar em qualquer coisa.

Como poderia aquilo ter acontecido? Como podia aquele homem ter acabado em Kensington? O pavor que ela sentira quando o vira debruçado sobre aquele tabuleiro de xadrez fora como se seus pulmões estivessem se enchendo de água. Tinha sido sorte que ele fosse do tipo de homem arrogante que não se levanta de um salto quando há uma apresentação a ser feita. Ele apenas ficara sentado lá, olhando para o tabuleiro. A falta de educação, pensara ela, tinha suas utilidades. Teve um momento para recuperar o fôlego.

Ela comeu pipoca e olhou fixamente para a tela. Era impossível tentar acompanhar a história agora.

Ela tinha que se controlar. Que importância teria tido se ele a tivesse visto naquele primeiro instante, parecendo um tanto perturbada? Tinha que parar de ser tão paranoica.

Ele não a tinha reconhecido. É claro que não tinha. Ao longo da hora que eles passaram conversando, não houvera nada – ela tinha repassado incontáveis vezes – que ele tivesse dito, nenhum olhar que tivesse dado, que a levasse a pensar de outra maneira.

Ela o havia reconhecido no segundo em que entrara e o vira. Ele estivera presente desde o princípio, antes que ela nem sequer tivesse ficado noiva. Daquele momento em diante, até os últimos dias, ele havia sido uma presença constante. Ele não era um dos piores. Sempre a havia chamado de senhora. Mesmo depois do divórcio.

E dez anos depois ele havia aparecido diante de sua porta. Como era possível? O que o havia conduzido a ela?

Estava tudo ficando confuso de novo. Nada o havia conduzido a ela. Ele não a havia encontrado. Ele não tinha nenhuma ideia.

O que Lawrence diria a respeito disso? Ela não sabia. Não conseguia pensar. Onde estava Lawrence quando ela precisava dele?

— Lydia — disse Maya. — Lydia, o que foi que este saco de pipoca fez com você?

Lydia baixou o olhar para o saco de pipoca doce. Estava torcendo o saco semivazio com força, como se estivesse tentando torcer-lhe o pescoço.

~

Mais tarde, no salão da sorveteria, Maya opinou sobre o filme enquanto comia três bolas de chocolate chips com calda quente.

— Foi meio idiota. Tipo, você sabe o que vai acontecer no final. Era tudo tão óbvio.

— Eu sei — disse Lydia.

— Mas mesmo assim foi bom. Não foi tedioso, apesar de eu ter adivinhado tudo antes de acontecer.

Maya tinha cabelo preto e olhos escuros como Suzie, e a pele clara de Mike, o que fazia uma combinação muito atraente. Ela usava um agasalho com zíper e capuz vermelho e batia com os pés calçados de tênis enquanto falava. Elas estavam sentadas nos bancos altos no balcão estreito que se estendia pela lateral do salão. Se Maya estava com problemas, não estava demonstrando nenhum sinal naquele momento.

— Eu acho que deveríamos ir passear lá na margem do rio — disse Lydia.

Maya lambeu a borda do prato do sundae onde a calda pingava pela lateral.

— No escuro?

— É seguro — disse Lydia. — Não iremos muito longe.

Maya deu de ombros.

– Não, o que eu quis dizer é, o que há para ver lá? No escuro. Além disso, sabe o Leon Krammer? O irmão dele caiu no rio, neste mesmo pedaço. Ele pegou febre tifoide, ou malária ou sei lá o que. Ficou no hospital, tipo, um mês.

– Talvez o Leon estivesse curtindo com você – disse Lydia. – De qualquer maneira, não vamos cair dentro da água.

∼

O caminho na margem do rio era construído como um calçadão à beira-mar com pequenos píeres de madeira avançando pela água em intervalos. Elas passaram por algumas pessoas caminhando na direção oposta e então ficaram sozinhas. Maya puxou o capuz para cima e fechou o zíper até abaixo do queixo. Meteu as mãos nos bolsos. Ela batia com os pés nas tábuas do caminho enquanto andava.

– Você está bem? – perguntou Lydia. Ela compreendia por que John Grabowski poderia ter decidido checar Kensington em suas viagens. O nome também não a tinha deixado intrigada?

– Estou – disse Maya. – Eu andei meio chateada. Meio grilada.

– Conversar com alguém ajuda – disse Lydia. – Se houver alguma coisa com que você esteja preocupada.

– Ai meu Deus – disse Maya, agarrando-lhe o braço.

– O que foi? – O coração de Lydia começou a bater disparado. Será que ele já tinha vindo atrás dela?

– Não, não olhe – disse Maya, praticamente arrastando-a consigo. – Aquilo foi tão nojento.

Elas passaram por um casal de adolescentes atracados um no outro em um banco.

– Você viu aqueles dois no maior amasso? – perguntou Maya. – Aquilo foi tão nojento.

Lydia deu uma gargalhada.

– Você acabou de ver pessoas dando amassos naquele filme.

– Aquilo é diferente – disse Maya. – Minha mãe contou para você, não foi?

– Ela está preocupada com você. – Talvez a melhor coisa a fazer fosse deixar a cidade até que Grabowski fosse embora.

– Minha mãe é tão burra – disse Maya. Ela foi para a margem do rio, onde começava a se inclinar em direção à água.

Lydia a seguiu. O que ela pensava que iria dizer àquela menina que fosse ajudar? Ela não estava mais salpicando pó mágico de princesa. Os aflitos não iriam se sentir melhor na sua presença.

– Foi minha ideia – disse Lydia. – Nós irmos ao cinema juntas. Não ponha a culpa em sua mãe.

Maya pegou uma pedra e a atirou no rio.

– Eu fico com as amigas que eu quiser. Ela não pode me impedir. Na escola, quero dizer.

Mas por que ela deveria sair da cidade? Lydia pegou um punhado de pedras. Por que deveria fazer isso? Por que aquele homem haveria de ter algum poder sobre sua vida? Por que ele apenas não ia embora?

– Acho que não.

– Minha mãe é tão burra – disse Maya. – Ela pensa que eu sou burra, mas não sou.

– Ninguém está dizendo isso. – Numa ocasião, ele a seguira até a casa de seu terapeuta. Aquilo foi antes que o mundo soubesse que ela estava fazendo análise. Ele queria uma foto dela saindo da casa. Ela tinha ficado lá dentro durante horas e alguém ficara de vigia. Quando ele saíra do carro e fora se aliviar ou comprar alguma coisa para comer ou lá o que fosse, ela saiu às escondidas. Ela escrevera um bilhete e colocara no limpador de para-brisas. *Você perdeu. Você não conseguiu nada.* Na sessão de terapia, eles tinham falado sobre as técnicas que ela poderia usar para se acalmar. Quando afinal ela entrou no carro, estava transbordando de raiva e ódio. Agora já havia superado, estava fora do alcance daquilo, e fora do alcance dele.

Ela atirou pedras no rio.

Maya a estava observando cuidadosamente. Tirou o capuz como se fosse ajudá-la a ver melhor.

– Minha mãe diz que se você está com raiva deve ir socar um travesseiro.

– Ora, mas isso *é* burrice – disse Lydia. – Quebrar algumas peças de louça é mais divertido.

– Você não está zangada comigo, está?

– É claro que não.

Maya abriu o zíper da jaqueta e a tirou. Ela estendeu o braço.

– Está vendo isso? Foi o que deixou mamãe louca de raiva. Estes arranhões.

– Eles me parecem bem feios – disse Lydia. – O que aconteceu? Havia três longas riscas vermelhas descendo pelo braço de Maya.

— O gato do vizinho ficou preso no bueiro. Eu o tirei de lá, diabo de bicho ingrato.

— Por que você não contou à sua mãe?

— Por que eu deveria contar? Ela começou a berrar antes de eu abrir a boca. Eu também não sou anoréxica, se foi o que ela andou contando a você. Disse que eu achava que a Zoe Romanov era muito bacana? As pessoas dizem que ela é uma bruxa branca e tudo o mais e sabe que ela tem um pé de coelho branco no chaveiro apesar de ser vegetariana? Eu sentei junto com ela por, sei lá, uma semana. E ela só fala a respeito de calorias. Ela é tão chata. Eu já escuto o suficiente sobre isso em casa.

— Tenho certeza de que a sua mãe não teve a intenção de perder a cabeça – disse Lydia. – Ela provavelmente estava apenas um pouco estressada.

Maya se abraçou. Estava começando a ficar friozinho.

— Ah, mas que droga – disse ela. – Eu sei. Ela está sempre estressada. Isso me irrita. Com que ela fica se estressando?

∼

Depois que Maya foi para a cama, Lydia contou a Suzie tudo o que aconteceu.

— Eu sou uma burra idiota – disse Suzie.

— Você estava preocupada com sua filha. Isso não faz de você uma burra.

— Eu sou a campeã mundial das burras – disse Suzie. – Eu deveria conhecer minha própria filha. Eu deveria dar mais crédito a ela. Mike disse que eu estava exagerando na reação. Também não dei ouvidos a ele. Agora vamos abrir uma garrafa de vinho.

— Eu preciso ir deitar cedo – disse Lydia.

— Só uma taça – disse Suzie. – Então vamos deitar cedo.

— Estou exausta – disse Lydia. – Tenho que ir para casa.

— Tudo bem. Vou deixá-la ir. Pense no que você quer de presente de aniversário. Vou sair para comprar neste fim de semana.

— Uma surpresa – disse Lydia. – Eu convidei Esther para a festa na terça-feira que vem. Espero que Amber não se incomode.

— Ela vai ficar encantada – disse Suzie. – Você parece mesmo cansada. Trate de dormir bastante. E Lydia, obrigada.

∼

Lydia não dormiu bastante e, na noite seguinte, assim que chegou à casa de Amber, se arrependeu de ter saído. Deveria ter ficado em casa.

– Tyler e Serena estão fora dormindo na casa de amigos – disse Amber –, de modo que estamos livres como passarinhos. Aonde devemos ir? Por que não saímos pela autoestrada e vemos onde iremos parar?

Lydia fez uma careta.

– Eu preferiria ficar aqui.

– Quer dizer ir ao Dino's? – Amber tirou um estojo de pó compacto da bolsa, acertou a linha de seu batom com o dedo e então acrescentou um pouco mais onde tinha acabado de tirar. – O que você acha desta cor?

– Vamos assistir a um pouco de televisão – sugeriu Lydia. – Eu não estou disposta para sair. Não estou no clima.

– Ah – disse Amber. – Claro. Podemos ficar em casa. Também podemos conversar aqui.

Lydia ligou a televisão.

– Estou tão exausta.

– Que tal uma xícara de chá? – sugeriu Amber.

Quando Amber voltou com o chá, ela se sentou no sofá ao lado de Lydia e elas tomaram pequenos goles intercalados com uma conversa rápida nos breves intervalos da narração de um documentário sobre baleias.

– Como foi a sua tarde com Maya? – perguntou Amber.

– Maya está bem – disse Lydia.

Amber esperou. Ela não fez pressão. Era irritante.

– Eu contarei a você numa outra ocasião – disse Lydia. Ela desejou que Amber lhe dissesse para parar com aquilo.

Depois de algum tempo, Amber disse:

– Se houver alguma coisa em especial que você queira de presente de aniversário...

– Não, realmente não tem nada – disse Lydia. – Desculpe, eu hoje não estou muito boa.

Ela podia sentir Amber morrendo de vontade de lhe perguntar por quê. O que poderia contar a ela? Não era algo que pudesse contar a ninguém.

Elas assistiram à televisão juntas por algum tempo.

Amber pegou uma revista e começou a folhear. Ainda estava lendo quando o documentário acabou.

– Acho que eu deveria ir para casa – disse Lydia. – Você não me quer sentada aqui toda emburrada.

– Quero – disse Amber. – Para que servem as amigas se não se pode ficar emburrada na companhia delas?

– O que tem de novo na revista?

Amber mostrou a ela.

– Todo mundo pensou que eles tinham o casamento perfeito de Hollywood. Descobriram que ele a vem traindo há anos. Tenho pena dela. É horrível.

– Você realmente sente pena?

– Como se poderia não sentir? – respondeu Amber. – A última era uma dançarina do poste. A mulher nem é bonita.

– E agora todo mundo sabe. Você não acha que isso torna as coisas piores? – Ela deveria apenas ir para casa. Aquela conversa era inútil. Será que ela ia descontar sua frustração em Amber?

– Quando o meu ex estava me traindo, acabou comigo – disse Amber. – A ideia de todo mundo saber e sentir pena de mim fazia com que eu me sentisse uma idiota. Você só vira uma idiota quando todo mundo sabe.

– Por que então você não a deixa em paz? – perguntou Lydia. A pergunta saiu em um tom mais forte do que ela pretendera e Amber a olhou espantada.

– Quem?

– Para onde quer que ela vá agora, terá alguém enfiando uma câmera bem na sua cara.

Amber fechou a revista e a jogou no chão.

– Eu acho que é terrível.

– Você acha que é terrível? – perguntou Lydia. – Por que você acha que eles querem as fotografias? Por que... ah, deixa para lá, eu deveria ir para casa.

Lydia se levantou.

– Até logo, a gente se fala.

Amber não respondeu, alisou a saia e cruzou as mãos no colo.

– Amber, eu estou meio mal-humorada esta noite, está bem?

– Sente um minuto – disse Amber. – Eu sei do que você está falando.

– Não tem importância.

– Parecem lágrimas de crocodilo, é o que você está dizendo, não é? Que eu na verdade não sinto pena dela. Não, Lydia, deixe-me falar, por favor. – Ela falou com mais delicadeza do que Lydia merecia. – Estas revistas podem ser tão cruéis.

Eu sei. E talvez seja cruel de minha parte. Eu olho para esta gente rica e famosa e vejo que eles também têm problemas. Isso não deveria fazer com que eu me sentisse melhor com relação à minha vida, mas de vez em quando faz.

— A gente conversa amanhã – disse Lydia.

— Eu leio coisas a respeito dela há anos – disse Amber. – Eu a vejo na televisão, assisto à maioria de seus filmes. E sinceramente, lamento por ela, não importa o que você diga.

— Amber – disse Lydia –, estou cansada demais. Vamos deixar para lá, está bem?

~

Ela estacionou ao lado da casa e seguiu a passadas largas para a piscina, com Rufus nos calcanhares como se uma bola de pelo tivesse se colado na parte de trás do seu sapato. Quando chegou ao gramado, já tinha tirado o suéter, e quando chegou ao piso de cerâmica, já tinha tirado a camiseta. Ela chutou os sapatos e tirou os jeans. Rufus latiu.

— Rufus – disse –, cale a boca.

Ela tirou a roupa de baixo e, quando mergulhou, nadou em paralelo ao fundo no escuro até bater com a cabeça na escada do lado raso. Subiu para tomar ar e então se virou de costas. Entre o negrume do céu e o negrume da água, flutuou, os pensamentos saindo de dentro dela, como águas-vivas e fósforo, podia vê-los se espalhando pela piscina. Ela virou de bruços, boiou e pendurou a cabeça para baixo, de olhos abertos dentro da água. Agora não via nada. Suas pernas começaram a afundar e ela as bateu para cima, mantendo o rosto sob a superfície. Estava morrendo de frio e seus pulmões estavam ardendo. Ela se manteve tão imóvel quanto era possível. Quando achou que não conseguiria aguentar mais, deixou escapar o ar com força pela boca e bateu as pernas para se manter debaixo d'água. Chegou ao fundo, colocou as duas palmas da mão sobre os ladrilhos e se deixou subir. Inalou cedo demais à medida que chegava à superfície. Rufus latiu. Ela tossiu, teve ânsias de vômito e se debateu para chegar na borda da piscina.

Lydia subiu com dificuldade, se dobrou sobre si e tossiu até que vomitou uma corrente fina de água leitosa. Suas pernas estavam tremendo de frio. Um inseto enorme voou direto para cima dela, zumbindo como uma arma paralisante. Ele bateu contra o seu ombro e ela gritou. Rufus continuou a latir. Enquanto corria para casa, ela bateu um dedo do pé contra alguma coisa pontuda, mas não parou até chegar à porta dos fundos, que estava trancada. Ela teria que voltar para pegar a calça jeans e a chave. Socou a porta de madeira até seus punhos doerem, então se deixou escorregar para o chão e chorou de soluçar.

Ficou sentada com o pé para cima. O corte sangrava descendo pelo vale entre os tendões do dedão e do dedo ao lado e se abriu em laço ao redor de seu tornozelo. Dentro de um minuto, se levantaria e limparia aquilo. Como tinha sido horrível com Amber. Aquilo era desnecessário e iria se desculpar. Tinha se esquecido de como podia ser uma pessoa cruel e desagradável.

Tinha que parar de se sentir tão furiosa. O fato de tê-lo reconhecido não significava que havia alguma chance de ele tê-la reconhecido. Ele não tinha aparecido no canil naquele dia. Não estava acampado na porta de sua casa. Tudo o que ela tinha que fazer era se manter calma. Observou o sangue pingar na almofada.

Se ele a havia reconhecido...

Não tinha reconhecido.

Mas e se tivesse...

Ela flexionou o pé, levantou a perna, e o sangue escorreu até a canela.

Será que queria que ele tivesse reconhecido? Aquela onda de sentimentos que havia sentido no instante em que o vira era de puro pavor ou será que estava mesclado com alguma outra coisa?

O celular tocou.

– Estava apenas querendo saber como você estava – disse Carson.

– Estou ferida.

– No corpo ou na alma?

– No dedão do pé.

– Parece mau. Quer que eu vá até aí?

Como ela começara a se tornar descuidada recentemente. Como andava se mostrando disposta a baixar a guarda. Como se nada mais pudesse dar errado agora.

– Obrigada, mas acho que posso dar um jeito.

– Eu iria de qualquer maneira. Se você quiser.

– Estou pronta para me meter na cama e ir dormir. Fica para outra noite.

– Tudo bem – disse Carson. – Você cuida de seu dedão e eu cuido da minha rejeição. Vejo você amanhã, certo?

Talvez John Grabowski lhe tivesse feito um favor ao aparecer por ali. Aquilo servia como lembrete. Não podia se permitir ficar confortável demais. Talvez ele fosse um anjo disfarçado.

– Não tenho certeza – respondeu Lydia. – Eu ligo para você. Tenho uma semana ocupada pela frente.

CAPÍTULO VINTE E DOIS

Na manhã de sábado, Grabowski se levantou cedo, pegou o laptop e a bolsa da câmera e entrou no carro. Ele queria sair de Kensington naquele dia. Na quinta-feira, o dia depois da visita de Lydia, ele tinha ficado recolhido. A sra. Jackson tinha se exibido em várias posições ao redor da pousada e no pátio e ele fizera a vontade dela ao tirar uma porção de fotos. Ele ainda não tinha uma foto de Lydia com o namorado, mas não podia arriscar nada. Ela agora estaria nervosa, olhando por cima dos ombros e no espelho retrovisor. Ele tinha que prosseguir cautelosamente.

Na véspera, ele tinha se aventurado a sair e tirar mais fotografias que poderiam ser usadas como pano de fundo. A placa de madeira onde se lia *Bem-vindo a Kensington*, a vista do rio, o prédio da prefeitura, as lojas pitorescas nas ruas Albert e Victoria, as placas das ruas. Ele tinha dirigido pela cidade inteira à procura do melhor panorama para a foto que seria acompanhada pelo título que dizia: *É possível que esta cidadezinha sonolenta guarde o segredo de um mistério da realeza?* Eles presumiriam que houvesse um mistério o tempo todo, ignorariam que apenas os malucos que viam OVNIS jamais haviam considerado a questão como tal seriamente.

Ele havia escrito as legendas para todas as fotos infinitas vezes. Não que fosse poder dar algum palpite. Quando deitara a cabeça no travesseiro e fechara os olhos, tinha visto as manchetes em letras maiúsculas gigantescas. ONDAS DE CHOQUE SACODEM O MUNDO... PRINCESA "DESCOBERTA" NO INTERIOR DOS ESTADOS UNIDOS... RESSUSCITADA DOS MORTOS...

Na véspera, enquanto ainda estava tentando se manter fora do caminho dela, poderia ter jurado que ela o estava seguindo. Três vezes tinha avistado o Sport Trac dois carros atrás do dele. Ela deveria estar trabalhando, não circulando pela cidade.

Ele estacionou no pátio da lanchonete em que havia visto Kensington pela primeira vez no mapa. Precisava de uma foto daquele lugar, onde a história começava. Eles iriam querer tudo detalhado, exatamente como tudo havia acontecido. Havia um vazio em seu estômago. Estava com fome. Também estava nervoso como o diabo. Aquilo iria ser tão grande, era quase inimaginável. A mídia se abateria como uma praga de proporções bíblicas. Todo mundo iria querer entrevistá-lo. Sua vida mudaria. Agora era a calmaria antes do tsunami. Ele iria precisar de ajuda muito competente.

"Paciência", disse a si mesmo. "Monte tudo direitinho." Havia algumas coisas mais que precisava organizar, ele não iria abrir a boca cedo demais. Não iria ficar paranoico e se apressar antes de estar pronto.

Saída de lugar nenhum, sentiu uma pontada de culpa que o atingiu no plexo solar. Iria mesmo fazer isso com ela? Ela tivera o mundo a seus pés, e tinha movido céus e terra para fugir disso.

Desde quarta-feira, estivera em um estado tão intenso de tensão que mal havia comido. Depois de tomar um café da manhã, se sentiria melhor. Uma garçonete, a mesma que o servira antes, saiu da lanchonete e acendeu um cigarro. Ela se agachou sobre os calcanhares com as costas apoiadas contra a parede.

Ele deveria saltar do carro e comer. Dentro de um minuto, era o que ia fazer. Tirou o rosário do bolso e examinou o crucifixo pendurado, as contas azuis arroxeadas engastadas em prata. Quando sua mãe lhe dera o rosário, no dia em que saíra de casa aos dezoito anos, ele a abraçara. Para ela, ele ainda era o que sempre tinha sido, um garoto coroinha.

Ele deixou as contas se moverem entre seus dedos e pensou em Lydia. Se pudesse deixá-la em paz, deixaria. Mas não era possível. Ela estava ali. Estava viva. Tinha mentido para o mundo inteiro. Para seus próprios filhos, que haviam seguido seu caixão. E não seria correto, seria errado da parte dele fingir que não a tinha visto.

~

– Como estão os waffles? – perguntou à garçonete. Ela tinha um alfinete de fralda no lugar de um dos botões da blusa, que não parecia muito seguro, as duas bandas de tecido estavam separadas e deixavam o sutiã à mostra.

– Estão de morrer – respondeu ela.

— É mesmo?

— Por cinco dólares e com o café incluído? – perguntou ela. – O que o senhor acha?

Ele pediu de qualquer maneira, com um acompanhamento de bacon, e quando acabou de comer, abriu o laptop e passou em revista as fotografias que tinha de Lydia. Havia uma muito boa dela saindo da loja de roupas, o cabelo estava preso e ela estava sorrindo e acenando para alguém do outro lado da rua. Vestia um top, tipo combinação, mostrando seus ombros de nadadora. Havia uma série de fotos entrando no carro no canil. Uma foto brilhante, muito nítida de seu rosto, bem de frente. Ele usaria um sensor especial e ampliaria os olhos dela para a fotografia da capa. O mesmo azul das contas do rosário. Havia fotos da casa dela, de todos os ângulos. Não havia nenhuma dela saindo pela porta da frente porque não houvera uma posição de onde pudesse tirar a foto sem ser observado. Entretanto, tinha uma dela na janela de seu quarto, que havia tirado escondido em meio aos arbustos. Ela ainda tinha o mesmo hábito, ao acordar, de ir olhar para fora para ver o novo dia. Quando ela levou os filhos à Disneylândia, ele tinha conseguido uma foto dela de camisola, às seis horas da manhã, tomando café, de pé junto da janela de sua suíte no hotel. Aquela única fotografia pagara sua viagem inteira.

A garçonete encheu de novo sua xícara de café.

— É a sua namorada?

Ela havia flertado com a Inglaterra inteira nos primeiros tempos. Aquela imagem que projetava, de ser tímida, nunca fora verdadeira. Ela baixava os olhos para o chão de modo a tornar difícil que se obtivesse uma foto de frente do rosto, mas aquilo não impedia as brincadeiras.

— Apenas uma mulher que eu conheço – respondeu ele.

A garçonete se inclinou para olhar mais de perto. Sua camisa se esticou perigosamente. Ela se endireitou e reparou na bolsa da câmera no assento ao lado dele.

— Você é fotógrafo?

— Diga-me uma coisa – disse ele, dando um zoom no rosto de Lydia. – Ela faz você lembrar de alguém? – A garçonete provavelmente tinha trinta e poucos anos, tinha idade para se lembrar.

— Não. Eu costumava trabalhar como modelo – disse ela. – Quando era mais jovem.

Todos eles estiveram um pouco apaixonados por ela. Então ela havia se voltado contra eles. *"Por que vocês não me deixam em paz?"* Era desconcertante quando gritava assim. E a resposta era tão óbvia que ficavam sem palavras. Para ser honesto, depois de todos aqueles anos, parecia uma traição. Como podia esperar que eles apenas fossem embora? Ela também havia aberto mão de sua proteção pela polícia. O que mais esperava?

– Nada de vulgar – disse a garçonete. Seu rosto estava suado. Ela tinha os poros abertos no nariz. A carne que descia da axila até o cotovelo balançava ligeiramente quando levantava o bule de café. A maneira como era desprovida de consciência de seu próprio corpo fazia com que fosse bastante sexy. – Fiz alguns nus. Mas nada vulgar – repetiu. – Ela é bonita, a sua namorada.

– Ela não é... não é o que você pensa.

A garçonete retirou o prato.

– É? – perguntou. – Na minha experiência, as pessoas raramente são.

~

Do que mais ele precisava? Levaria o material para o *News of the World*. Não, para o *Sunday Times*. Diria a Gareth para negociar uma "exclusiva" que duraria um dia. Iria explodir. As fotos eram o âmago da matéria. Depois a certidão de nascimento e o atestado de óbito. Os documentos não provavam exatamente nada, além do fato de que havia algo de suspeito com relação à identidade dela. O que ele precisava eram algumas peças de provas circunstanciais. Um ou dois comentários de suas amigas. Qualquer pequeno detalhe que pudesse ser relacionado com o passado dela, qualquer informação do currículo em que ela tivesse dado algum escorregão. Ele teria que ser cauteloso, mas também teria que ser rápido.

Será que ela realmente o estava seguindo na véspera? Se estava, não tinha visto nada de suspeito. Ele tirou fotos de Kensington ontem, algo que se encaixava perfeitamente com a história que contara.

Se achasse que ele estava atrás dela, será que não teria simplesmente saído da cidade, desaparecido? Se ela fizesse isso, ele ainda teria as fotografias, poderia seguir adiante com a matéria, e a história se tornaria ainda mais interessante.

Sim, ela iria embora.

A menos que quisesse ser descoberta.

Talvez ela estivesse farta daquela vida tediosa.

Grabowski bebericou seu café. Olhou para a garçonete, lixando as unhas no balcão, enquanto um homem com um boné de beisebol tentava puxar conversa com ela. Alguma coisa na postura estudadamente casual dela disse a Grabowski que era possível que o homem fosse se dar bem.

Se ela queria voltar para sua velha vida, como faria? Aparecer no PK e sacudir os portões? Assim, criaria o estardalhaço, o circo e a confusão que sempre dissera detestar. Ela era uma perpétua manipuladora. Era uma exímia mexedora de pauzinhos e uma expert em negação.

Era mais provável que estivesse cuidando de pequenas tarefas do que seguindo-o. Aquilo eram apenas seus nervos enganando-o.

O que ela fizera em termos de cirurgia plástica? Definitivamente o nariz. Talvez os lábios também. O que mais havia mudado? Sua voz havia soado diferente, será que treinara para isso? Em dez anos, ela não havia adquirido nenhum sotaque americano, mas havia perdido seu antigo sotaque, típico da alta aristocracia.

Ele tinha que parar com aqueles devaneios e aperfeiçoar seus planos. Esta tarde entraria na loja de roupas, fingindo querer comprar alguma coisa para sua esposa e veria se conseguiria puxar conversa. Ela parecia ser muito amiga da dona da loja. Acharia uma maneira de encaminhar a conversa para Lydia. Hoje era sábado. Na segunda-feira, quando ela estivesse no trabalho, fora do caminho, ele arrombaria a casa dela. Haveria alguma coisa por lá para apimentar a história. Alguma coisa que ela trouxera consigo, talvez uma joia reconhecível, uma fotografia de família. Alguma coisa que garantisse a primeira página para sua matéria. No segundo que ele saísse de lá, teria tudo carregado e pronto para ser enviado por e-mail na pousada. Primeiro uma chamada para Gareth. Ou fode ou sai de cima. Gareth iria ficar louco.

∼

Ele observou a butique por algum tempo do outro lado da rua, fingindo que examinava a mercadoria na floricultura. Seria melhor entrar quando não houvesse outros clientes. Examinou a rua mais uma vez para se certificar de que o carro de Lydia não estava lá.

Cathy não o aceitaria de volta. Ela nunca tinha se dado bem com a mãe dele. Nunca fizera um esforço. Aquilo iria mudar a vida dele de qualquer maneira. E quem sabia o que ele iria querer quando acabasse?

Na primeira vez em que encontrara Cathy, ele tinha se metido numa briga em um pub na véspera. Como a briga havia começado, no dia seguinte ele nem sequer conseguia se lembrar. Seus dias de brigas, graças a Deus, há muito tempo haviam passado.

A loja de roupas agora estava vazia, exceto pela proprietária, que estava pendurando roupas trazidas do provador. Ele não tinha certeza de como iniciaria a conversa. Teria que improvisar na hora. É claro que tinha tentado com a sra. Jackson, mas ela não tinha lhe dado nada de útil. Os mesmos detalhes vagos que Lydia tinha lhe fornecido pessoalmente, sobre ter-se mudado para a América com o marido, ter vivido em vários estados diferentes, ter-se divorciado e vindo morar em Kensington. A sra. Jackson não era íntima de Lydia e, mesmo se fosse, estava interessada demais em ocupar o centro do palco para ser capaz de refletir um pouco sobre os atores secundários.

– Está procurando por alguma coisa especial?

– Um presente para levar para minha mulher.

– Meu nome é Amber. Vou deixá-lo dar uma olhada. Apenas me diga se eu puder ajudá-lo de alguma forma.

Grabowski escolheu um cardigan bordado com contas.

– Este é bonito.

– Ah, é muito bonito – disse Amber. – Com certeza vai agradar. Que tamanho veste a sua esposa?

Ele refletiu.

– Ela é alta e magra. Acho que talvez tamanho dez.

– Dez na Inglaterra? Isto seria um tamanho seis aqui. Está hospedado com a sra. Jackson?

– Estou. – Ela estava mostrando que gostava de conversa. Talvez fosse conseguir alguma coisa. Mas talvez seu *timing* estivesse errado. Será que não seria melhor esperar mais um ou dois dias, e então emendar direto com uma visita rápida à casa de Lydia?

– Que ótimo – disse Amber. – Você conheceu minha amiga Lydia? A sra. Jackson a convidou para comer bolinhos de aveia.

– Conheci. Nós comemos os famosos bolinhos. – Ele andou até uma arara com vestidos de noite longos e escolheu um.

– Esse é o meu favorito – disse Amber. Ela era uma loura *mignon*, um tanto sem graça, um pouco tagarela. – Lydia tem um vestido igual. Ela fica absolutamente deslumbrante nele. Como é a tez da sua esposa? Ela tem cabelos escuros?

Ele levantou o vestido e o examinou, frente e costas. Aquela Amber era definitivamente uma tagarela. E repetiria aquela conversa para Lydia no segundo em que a encontrasse.

— Minha esposa é loura — disse ele —, bem clara de pele.

— Ah — disse Amber —, bem, que tal este azul de tafetá, aqui? Dê uma olhada. O que acha?

Seria melhor, também, ter alguma coisa gravada em fita. Ele teria que comprar um gravador digital e deixá-lo ligado no bolso. Já deveria ter pensado nisso antes. "Não perca a viagem por uma economia porca", como diria sua mãe. Bem, não iria pôr tudo a perder. Ele iria se assegurar de que a viagem fosse muito bem-sucedida.

— É realmente muito bonito — respondeu. — Será que eu poderia dar uma olhada nos outros?

Amber mostrou todos os vestidos de noite, apontando detalhes, dizendo o nome dos tecidos, explicando como eram os decotes.

— Porém o de Lydia é realmente deslumbrante. Vocês tiveram uma conversa agradável a respeito de Londres?

Ele avaliou os vestidos distraidamente, levantando um junto ao outro para comparar. Não iria demonstrar interesse pela amiga dela. Quando relatasse a conversa, não haveria nada para sobressaltar Lydia.

— O que acha? — perguntou ela. — Tem algum instinto sobre qual é o melhor?

Ele tinha um instinto que lhe dizia que seria mais certo esperar até quarta-feira à tarde. Se Lydia tivesse tido uma desconfiança inicial, até então, ele não teria feito nada para torná-la mais forte, muito pelo contrário, se manteria completamente longe dela. Ela tirava todas as quartas-feiras de folga no trabalho e as passava ali, na butique. Aquilo dava a ele caminho livre para fazer uma abordagem da velha do abrigo de cachorros. Se ele jogasse corretamente, conseguiria arrancar alguma coisa útil dela, uma declaração da empregadora. Então iria à casa. Mais quatro dias e ele teria tudo de que precisava. E não muito depois daquilo, aquela cidadezinha entraria no mapa para sempre. Eram Chappaquiddick, Roswell e Dealey Plaza misturadas em uma só. Era cobertura de saturação mundial vinte e quatro horas por dia.

— Não consigo me decidir — disse ele para Amber. — Acho melhor pensar um pouco no assunto.

— Ah, por favor, pense — disse Amber, sorrindo de maneira simpática. — Nunca é bom tomar decisões apressadas.

CAPÍTULO VINTE E TRÊS

Depois de um *brunch* na casa de Tevis no domingo, seu namorado e o marido de Suzie começaram a arrebanhar as crianças para uma caminhada na floresta. Lydia se perguntou se não deveria ir com eles. Estava irrequieta. Não estava com vontade de ficar parada. Mas não conseguia se decidir e se levantar da cadeira.

— Maya — disse Mike —, trate de se levantar e se mexer. Nós vamos seguir para a trilha.

— Por que eu não posso ficar aqui? – perguntou Maya. – Eu detesto andar.

Mike sorriu para ela. Ele era alto com cabelos louros acinzentados e sardas, e sempre tinha o controle da situação. Só olhar para ele naquele momento deixava Lydia mais exausta.

— Não me faça lhe dar um cascudo – advertiu ele.

Maya se virou para Lydia.

— Sempre as mesmas piadas sem graça.

— As velhas são sempre as melhores – disse Mike, batendo na coxa. – Por que a galinha atravessou a rua?

— Ah, meu Deus, papai – disse Maya. – Você realmente vive na Idade da Pedra.

— Resposta do Departamento de Polícia de Los Angeles: "Nós não sabemos, mas dê-nos cinco minutos com a galinha que descobriremos."

— Eu vou ficar aqui – disse Maya, enfiando as pernas debaixo da cadeira.

Suzie saiu da cozinha para o deque e empilhou mais pratos.

— O Steve já foi?

— Ele está embarcando a tropa na caminhonete. – Mike pôs as mãos nos ombros de Maya. – O que você acha de a gente levar Rufus conosco, se Lydia estiver de acordo?

— Por mim, tudo bem – disse Lydia. Mike, pelo que ela via, estava tentando convencer Maya e evitar um confronto com a mãe.

— Você, mocinha – disse Suzie. – Mexa-se.

Maya abriu a boca, mas Mike se inclinou e sussurrou alguma coisa no ouvido dela que a fez dar uma gargalhada.

— Vamos, Rufus – disse ele. – Vamos passear.

Rufus estava colado em cima dos pés de Lydia. Ela os tirou de debaixo dele.

— Vai – disse ela. Ele se levantou, se moveu dez centímetros e se enroscou sobre os dedos dos pés dela. – OK, então fique.

~

Depois de acompanhar a saída dos homens e das crianças, Suzie, Amber e Tevis vieram se juntar a Lydia à mesa.

— Carson não deveria ter vindo também? – perguntou Tevis.

— Nós tivemos um pequeno desentendimento ontem à noite – respondeu Lydia.

— Ah, céus, e está tudo bem? – Amber olhou para ela com ansiedade.

— Está tudo bem – respondeu Lydia. Ela sorriu para barrar as perguntas. – Nós precisávamos dar uma arejada hoje.

— O sujeito que está hospedado na pousada apareceu na loja ontem – disse Amber. – Procurando um presente para a esposa. Ele pareceu simpático.

Todo mundo, refletiu Lydia, parecia simpático para Amber. Ela gostava das pessoas indiscriminadamente. E se Grabowski estava xeretando na loja de Amber, talvez Lydia não estivesse sendo paranoica. Talvez ele estivesse rondando pela cidade inteira, fazendo perguntas.

— A respeito de que vocês conversaram?

— Na verdade, a respeito de nada – respondeu Amber. – Ele estava interessado nos vestidos de noite.

Durante todo o dia anterior, ela estivera tentando tirar aquilo da cabeça, dizendo a si mesma que estava sendo idiota. Na sexta-feira, ela tirara um dia de folga do trabalho e o seguira da manhã até o final da tarde. Tinha sido mais difícil do que imaginara que fosse, fazê-lo sem que ele percebesse. Muitas vezes ela o tinha perdido porque ficara muito afastada, quando não havia tráfego, e porque sabia que seu carro era facilmente reconhecível. Anos atrás, incontáveis vezes, ela o tivera em seu encalço e conseguira se livrar dele dirigindo perigosamente. Desta vez, ela tinha se esgueirado atrás dele e o tinha visto dirigir pela cidade tirando fotografias de placas e do rio. Ela tentara tomar a decisão de parar de se torturar. Ao anoitecer, é claro, a dúvida havia reaparecido. E agora Amber estava lhe dizendo que Grabowski estivera farejando em sua loja. Seu instinto inicial estivera correto.

– Qual foi o que ele comprou? – perguntou Lydia.

– Ele não conseguiu escolher – disse Amber. – Vai voltar na semana que vem. Eu disse a ele que era melhor não tomar uma decisão apressada.

– Ele mencionou que tomamos chá juntos, com a sra. Jackson?

– Mencionou. Ou melhor, eu perguntei a ele – disse Amber.

– O que mais ele disse? – O que ela queria saber era o que Amber tinha dito. Todas as coisas que tinha contado a Amber, ela estava sendo descuidada.

– Realmente nada demais. Ele me contou que sua esposa é loura. Estava interessado no mesmo vestido que você comprou, mas achou que talvez não fosse combinar com a pele clara dela. Eu contei a ele como você ficava fantástica no seu.

– O que mais você contou a ele? – perguntou Lydia.

– Você está interessada nesse sujeito, Lydia? – perguntou Tevis.

– O que mais você contou a ele? – perguntou Lydia. – Eu estou apenas curiosa, é só isso, porque, para dizer a verdade, ele não me pareceu um homem muito decente. Ele me pareceu meio cafajeste.

– Ah – disse Amber. – É mesmo? Bem, ele não ficou lá muito tempo, e nós conversamos, eu falei, sobre os vestidos.

Eu fui reprovada em meus exames finais duas vezes. Por que havia contado isso a Amber? Por que entreguei informações desse tipo? Quantas outras coisas teria contado a Amber e Esther e às outras que Grabowski poderia juntar? Minha mãe me abandonou quando eu tinha seis anos. Ainda no outro dia, estivera contando à Esther. Descuidada, burra, ignorante. O dossiê de Carson poderia ser bem fino, mas Grabowski mandaria tudo pelos ares se conseguisse levar suas amigas na conversa. Suas autodenominadas amigas.

– Lydia? – perguntava Tevis. – Lydia, você está bem?

Elas a entregariam. Por que algum dia tinha pensado que isso não aconteceria?

– Lydia?

Eterna traição. Sua vida tinha sido uma eterna traição. Ela nunca, jamais poderia confiar em ninguém, e já deveria ter aprendido isso há tanto tempo. Em sua lua de mel, quando seu marido passara fazendo chamadas para sua amante. Não, muito antes disso. Quando sua mãe a deixara sentada na escada e saíra para entrar no carro, levando a mala.

— Lydia? – disse Suzie.

Aquilo era um raciocínio louco. Ela tinha que parar. Deveria ter ido na caminhada com as crianças. Uma longa caminhada e depois uma nadada.

— Você quer um copo de água? – perguntou Amber.

Lydia sacudiu a cabeça.

— Você está com dor de cabeça?

Ela olhou para as três, a preocupação visível nos seus rostos.

— Perdoem-me – disse ela –, estou com uns problemas me incomodando.

— Pensamos que tínhamos perdido você – disse Suzie.

Lydia deu-lhe um sorriso. Ela sentiu um rubor de vergonha pela maneira como tinha acabado de julgar suas amigas.

～

Houve uma pausa na conversa. A brisa começou a bater mais forte e o sol se escondeu atrás de uma nuvem. O quintal de Tevis era pequeno, coberto de cascalho e com um jardim de ervas, que tinha um perfume forte de tomilho quando o vento batia. Além do jardim de ervas, havia um laquinho cheio de juncos e lírios-d'água.

— Eu vou dar uma esticada nas pernas – disse Lydia. Ela caminhou até o laguinho.

Na noite anterior, Carson aparecera. Tinha sido terrível. Ela havia feito uma cena horrorosa. Por que tinha feito aquilo? Foi desnecessário. Rufus estava agitado nos seus pés. Ela o pegou no colo. Tinha passado o dia anterior inteiro tentando evitar pensamentos de que houvesse alguma coisa sinistra na presença de Grabowski. Repassando suas dúvidas, como um monte interminável de roupa suja, uma vez após a outra em sua mente, cada vez mais depressa em um ciclo de rotação, emaranhadas, amarfanhadas, borradas. Quando afinal Carson chega, ela estivera tão nervosa e irritada que havia se encolhido toda quando ele a beijara. Ela mal tinha conseguido falar.

— Você sabe que pode conversar comigo se quiser – disse Carson. – A respeito de qualquer coisa. Eu estou aqui.

Tinha tido vontade de gritar com ele naquele momento. Não, ela não podia conversar com ele a respeito de coisa nenhuma. Não podia contar absolutamente nada a ele.

— Obrigada – disse por entre os dentes cerrados.

— De verdade – disse ele. A sinceridade nos olhos dele tinha sido escaldante, insuportável. – Se não quiser me contar, também tudo bem. Nós continuaremos como estamos. Mas não há muito que eu não seria capaz de fazer por você. Espero que você saiba disso, Lydia.

— O que você faria por mim? — retrucou ela com aspereza. Era uma besteira o que ele havia dito. — O que você realmente faria?

Ele segurou sua mão.

— Me teste — respondeu com delicadeza.

— Você largaria tudo? — perguntou ela. Estava praticamente gritando. — Você abandonaria sua casa, seu emprego, seus amigos? — Ele não se dava conta, ela tinha que fazer com que ele se desse conta de que quando dizia algo daquele tipo tinha que falar sério. — Você sacrificaria tudo o que tem para estar comigo? Eu creio que não. — Ela afastou sua mão da dele. Se Grabowski pretendia expô-la ao mundo, o resto da vida dele mudaria. Isto é, se ele ficasse até o fim com ela, algo que não faria, quando tivesse que decidir. Se ela tivesse que fugir repentinamente, será que ele viria com ela, sem nenhuma explicação, sem qualquer aviso prévio? Ela não era tola a ponto de acreditar nisso. E se ela explicasse? Mas não, era inútil.

Ele tentou responder, mas ela não lhe permitiu.

— Não passa de conversa fiada. Nós passamos um tempo agradável juntos. Nós dormimos juntos. Somos companhia um para o outro. Mas se resume nisso. Não fique falando que não existe nada que você não faria por mim, porque você não sabe. Você não tem ideia.

Ela estava tremendo. Ela queria que ele a tomasse nos braços e lhe dissesse que tudo ficaria bem. Ela queria encher o espaço entre o pescoço e o ombro dele de lágrimas. Se ele dissesse agora "você terá que me contar tudo", ela deixaria tudo escapar de roldão. Tudo. Não conseguia mais segurar. O que tivesse que acontecer, aconteceria. Ela estava farta daquilo, farta de tentar controlar tudo nos mínimos detalhes.

Ele não disse uma palavra. Esfregou a nuca e olhou para o teto.

Depois de algum tempo, quando ela sabia que era tarde demais e o momento havia passado, ele disse:

— Eu sou uma pessoa séria, Lydia. Quando você vai começar a me tratar como uma pessoa séria? Eu não estou brincando.

Então ela chorou e ele a abraçou, mas a distância entre eles era vasta, grande demais para preencher com lágrimas. Como ela poderia se explicar? E se tentasse, como ele poderia compreender? Não era por sua culpa. Talvez uma pessoa jamais pudesse compreender outra, e no caso dela, era demais para pedir a qualquer ser humano.

Ela voltou para o deque onde Amber estava falando sobre Phil, relatando onde eles tinham ido quando saíram juntos.

– Então – disse Suzie –, você acha que vai engrenar em namoro?

– Na noite passada – disse Amber –, ele estava falando e eu ouvindo, e fazendo comentários, sabe como é, ora ele ora eu.

– Isso se chama uma conversa – disse Tevis.

– Mas eu não estava realmente participando da conversa – disse Amber. – Eu estava apenas observando e pensando: "Uau, aquela conversa parece maçante. Espero que aquela mulher saiba o que está fazendo. Espero que ela não se veja presa a um sujeito que fica lá falando sobre sua SII."

– SII? Ele estava falando sobre suas finanças? – perguntou Suzie.

– Síndrome do Intestino Irritado – disse Tevis. – Você ainda nem foi para a cama com ele e ele já está falando de sua síndrome do intestino irritado?

– Ele tem que ser cuidadoso com o que come – respondeu Amber. Ela deu uma risadinha.

Lydia retomou seu lugar à mesa.

– Você parecia bem entusiasmada com ele da última vez.

– Eu sei – disse Amber. – Eu pareço muito volúvel? Realmente acho que ele é uma pessoa muito legal.

Lydia bateu de leve na mão de Amber.

– Você é a pessoa mais generosa que eu já conheci. Você acha que todo mundo é muito legal.

– Ah – disse Amber –, bem, a maioria é.

– Isso é uma coisa que você me ensinou – disse Lydia. – Ou algo que eu ainda estou tentando aprender.

– Então quer dizer que melou? – perguntou Suzie.

– Acho que eu vou deixar desacelerar – respondeu Amber.

– Porém, parece que a história já chegou ao grande clímax – disse Suzie. – Falar sobre os intestinos irritados. Cara, você deveria fazer um filme disso.

– Droga – disse Tevis. – Esqueci de servir a sobremesa. Tenho dois enormes tiramisus na geladeira. Alguém quer?

Lydia arrumou a cozinha enquanto Tevis lavava e cortava morangos e servia o tiramisu em tigelas. Ela colocou os pratos na máquina de lavar louças e areou uma panela. De jeito nenhum Grabowski poderia estar seguindo-a. Todos os dias, ela olhava por cima dos ombros, checando o retrovisor, à procura dele. A única pessoa que seguira alguém fora ela.

O perigo de destruir seu mundo vinha apenas de uma pessoa. Ela mesma. Ela era sua pior inimiga. Um ano depois de ter nadado para sua nova vida, tinha imaginado que uma vizinha tivesse descoberto quem ela era. Que frenesi de paranoia aquilo se revelara.

Havia uma pressão, uma nuvem de tempestade, se acumulando dentro dela. Quanto tempo iria viver assim?

Lydia pegou uma tábua de cozinha suja e uma faca. Depois de tê-las lavado, continuou virando e revirando a faca nas mãos. Pensou no sangue escorrendo de seu dedão, sobre seu pé e seu tornozelo, a flor carmesim se abrindo, desabrochando. Olhou para a faca. Deixe sair, pensou. Se ao menos conseguisse botar para fora. Um minúsculo furo, uma pequena válvula, uma lancetada, uma sangria, algum derramamento de sangue.

– Deixe a louça suja – disse Tevis. – Vamos levar as sobremesas lá para fora.

Lydia enxugou as mãos. Ela precisava se acalmar.

– Está pronta? – perguntou Tevis.

Ela não queria se acalmar. Por que deveria? Será que sua vida seria assim para sempre? Sempre prendendo a respiração. Sempre com o pé atrás. Ela ferveu de revolta, uma descarga de adrenalina que quase a fez saltar e a tirou do chão. Quanto tempo havia desde que voara nas alturas? Nos velhos tempos, quando era derrubada, ela sempre não se levantava imediatamente?

– Tevis – disse ela, largando o pano de prato –, eu quero que você jogue um tarô para mim. Será que podemos fazer isso antes?

A sala de estar era uma caverna de tesouros do Oriente: painéis de parede indianos, mobília indonésia, um grande Buda de ônix presidindo sobre uma arca de chá japonesa. Tevis apanhou seu baralho de tarô e sentou no chão na posição de lótus do lado da mesa de apoio, que tinha no tampo uma sereia feita em mosaico. Lydia se sentou na ponta oposta.

— Tem alguma coisa em particular que você queira descobrir através da leitura? – perguntou Tevis. – Não me diga o que é, apenas concentre-se nela. – Ela vestia uma frente única de algodão amassado, e o cordão que a amarrava no peito tinha nas pontas pequenos sininhos dourados. – Eu vou abrir com uma Cruz Celta – disse ela. – Você já fez isso antes?

— Já, mas há séculos – respondeu Lydia. Ela já tinha feito de tudo. Tevis parecia tão à vontade. Ela nunca se importava com o que as outras pessoas pensavam. Naquele momento, parecia positivamente serena.

Tevis abriu sete cartas em forma de uma cruz.

— Esta parte é chamada de bastão – disse ela, abrindo mais quatro cartas.

As cartas não poderiam dizer o que queria saber. Tevis não saberia dizer. Ninguém poderia. Ela tinha que sair dali. Precisava ir para algum lugar. Qualquer lugar. Tinha que sair imediatamente.

Rufus entrou correndo para investigar o que estava acontecendo. Seu rabo derrubou algumas cartas no chão.

— Vamos deixar para lá – disse Lydia. Ela recolheu o resto das cartas e as misturou de volta no baralho.

— Não tem importância – disse Tevis. – Eu posso dar as cartas de novo.

— Eu sei, mas mudei de ideia. Rufus mudou para mim. Ele é muito sábio, você sabe. – Lydia forçou uma risada. Ela deveria pelo menos dar uma nadada. Tentar clarear as ideias.

Tevis juntou as cartas e pôs todas de volta numa pilha.

— Você não gosta dessas coisas de história hippie.

— Você acredita? – perguntou Lydia. – Tarô, runas, horóscopo, chacras, mediunidade?

— Esta semana, no trabalho... – disse Tevis. Ela empilhou o cabelo no alto da cabeça enquanto pensava, e enfiou um lápis para prendê-lo. – Esta semana, no trabalho, eu mostrei cinco casas, fiz cerca de cinquenta telefonemas, li ou enviei cerca de cem e-mails. Bebi quinze xícaras de café, tive seis reuniões com colegas, fui ao banheiro doze vezes. Li sobre as novas regras para contas de caução. Fiz três avaliações e preparei meia dúzia de contratos. O fio correu em dois pares de meias que usei. O ponto alto da semana de todo mundo foi quando o novo bebedouro com água gelada chegou. – Ela se calou por um momento. Espichou o lábio inferior e deu de ombros. – Eu não sei o que é mais maluco. Tudo isso fora do trabalho ou as coisas que eu faço durante a semana inteira.

Lydia estacionou e subiu a pé para a rua Albert até a farmácia para comprar aspirina. Sua dor de cabeça estava intensa. Ela tomaria os comprimidos e iria nadar, e depois disso conseguiria pensar mais claramente, decidir exatamente o que fazer e quando.

A rua Albert estava às moscas, nada se movia. Quanto tempo ela conseguiria se enterrar ali? Estava na hora de recordar a si mesma de que não tinha morrido de verdade.

Ela deveria se mudar. O que deveria fazer era se mudar para Nova York ou Washington e começar uma vida nova. Estava na hora. Lawrence tinha lhe dado um plano alternativo, outro passaporte e outra identidade, para o caso de ela algum dia precisar. Muito provavelmente ela não precisava e não queria reaprender a responder a um outro nome. Mas ela deveria se reinventar em algum outro lugar, por via das dúvidas. Era uma funcionária de um abrigo de cachorros em Kensington quando poderia ser (ainda era atraente o suficiente para isso) uma socialite em Washington.

É claro que lá seu caminho cruzaria com velhos amigos. Se conseguisse se infiltrar em alguns de seus velhos círculos... Ela sorriu.

~

Na farmácia, a sra. Deaver estava se preparando para fechar.

– Eu serei rápida – disse Lydia. – Preciso apenas de aspirina e de um rímel.

– Leve o tempo que precisar – disse a sra. Deaver. – Se precisar de ajuda, me avise.

Lydia pegou um frasco de aspirinas. As prateleiras de cosméticos ficavam no fundo da loja. Ela examinou um par de rímeis, enfiou um no bolso e pôs o outro de volta na prateleira.

A sra. Deaver registrou o frasco da Bayer.

– Não encontrou o que queria lá atrás?

– Não, sra. Deaver. Na verdade, decidi que não precisava do rímel.

Ela se despediu, saiu para a rua e a examinou em ambas as direções. Em sua antiga vida, não podia pôr o pé na rua sem checar antes onde estavam as câmeras. Caminhou de volta pela rua Albert, imaginando os fotógrafos andando de costas na frente dela, outros nas laterais chamando o seu nome. Será que iria voltar para aquilo? Será que era o que ela queria? Estava com os braços arrepiados. "Aguente firme", disse a si mesma. "Aguente firme." Ia ser um percurso infernal.

CAPÍTULO VINTE E QUATRO

Grabowski tinha dois dias para matar até quarta-feira, e eles seriam os mais longos de sua vida. Será que havia alguma coisa que podia fazer para acelerar aquilo? Já havia checado seu trabalho mil vezes. Não havia nada que pudesse fazer agora, exceto esperar. Ele queria a "entrevista" com a mulher que comandava o canil. E se esperasse até a tarde habitual de folga de Lydia, não haveria chance de se encontrar com ela lá. Seria cuidadoso com o modo como faria as perguntas. Com um pouco de sorte, a velha não perceberia nada, não relataria nada a Lydia. Ela não fugiria antes que a história viesse a público.

Na noite anterior, ficou acordado pensando se deveria enviar algumas fotografias para Gareth como medida de segurança. E se a pousada pegasse fogo? Ele sabia que aquilo era besteira. Levava todo o seu equipamento para todos os lugares. Se o perdesse, algo que não aconteceria, tinha uma cópia em um pen drive na gaveta da escrivaninha. Enviar aquele material por e-mail seria perigoso. Se alguém no escritório de Gareth o visse, vazaria por toda parte na internet, e não haveria jeito de controlar. Ele tomaria o avião de volta com tudo gravado em segurança apenas em seu laptop. Gareth providenciaria um encontro com o *Sunday Times* e Grabowski mostraria a eles. Não entregaria nada enquanto o dinheiro não estivesse acertado.

Paciência. Dez anos sem uma única história que realmente valesse alguma coisa. Esperar mais dois dias não seria nada.

O bar em Gains abria ao meio-dia e Grabber chegou quando o barman estava levantando as grades da porta. Jogou um pouco de sinuca com um mecânico que tinha uma perna mais curta que a outra, e um andar gingado de pirata. Bebeu refrigerantes dietéticos e manteve um olho atento em suas bolsas e outro na porta. Se aquela mulher aparecesse, ele daria o fora dali. Não que tivesse nenhum motivo para se sentir culpado. Mas preferia evitar cenas.

Quanto ele ganharia pela exclusiva? Um milhão não seria demais. Um milhão, de fato, seria muito pouco.

Grabber sentou-se em um banco no bar e pediu uma cerveja. Tentou pensar em alguma coisa para dizer ao barman, mas o homem tinha uma cara que parecia um ferrão de vespa e estava concentrado demais secando os copos, provavelmente precisava dos dois lados do cérebro para isso.

Quando voltasse e contasse à rapaziada do pub, eles pegariam pesado. Era assim quando alguém obtinha um grande sucesso. Eles tinham que suportar as caçoadas, para impedi-los de se tornarem arrogantes demais. Ficariam loucos de inveja. Mas satisfeitos por ele. A maioria. Teria que pagar rodadas de bebidas a noite inteira.

A velha do abrigo de cachorros. Tinha que pensar em como faria com ela. Tinha que inventar um motivo para falar com ela, um motivo que a levasse a se abrir. Depois que tivesse conquistado a sua confiança, seria fácil conduzi-la para a direção certa, conduzir a conversa para Lydia. Tudo o que necessitava era um punhado de detalhes, que gravaria no gravador escondido no bolso. Compraria o gravador amanhã. Qualquer coisa daria mais peso à história. "Então, a sra. Jackson disse que Lydia foi criada em Southampton." "Ah, não, meu caro, Lydia foi criada em..." Não importava o que ela dissesse. Seria útil de qualquer maneira. Se Lydia tivesse contado à velha qualquer coisa verdadeira sobre sua infância, é claro que o jornal publicaria como um fato de consolidação. Se tivesse inventado histórias, o jornal publicaria de qualquer maneira, como confirmação de que ela havia tecido uma teia de mentiras ao redor de sua falsa identidade.

E não era difícil induzir as pessoas a falarem. Você tinha apenas que lisonjeá-las um pouquinho. Ele tinha anos de prática. Uma tarde, recebera uma dica de que ela havia levado os meninos a um cinema em Leicester Square. Ele não encontrou o carro dela estacionado em lugar nenhum nas redondezas, e não sabia se estava desperdiçando seu tempo. Não havia outros fotógrafos à vista. Se ela estava lá dentro, tinha conseguido enganar todo mundo.

Ele havia entrado no foyer e andado por ali, deixado sua câmera dentro do carro, é claro. Fingira estar lendo algumas das críticas do filme que estavam coladas em vários pilares. Então tinha comprado uma entrada para uma sessão mais tarde e puxado uma conversa casual com uma das mulheres da bilheteria. Disse que não ia àquele cinema desde logo depois da inauguração:

– Não foi inaugurada pelo Duque de Edimburgo em 1985?

— Sim, foi – respondeu a mulher da bilheteria. – Havia uma placa comemorativa logo ali. – Grabowski se virou para olhar, embora já a tivesse visto.

— E o duque aparecia de vez em quando para assistir a filmes ali?

— Não que eu tenha conhecimento – disse a mulher.

— Você seria discreta demais para revelar – disse Grabowski. A mulher estava quase explodindo.

— Bem, eu não devo contar a ninguém, mas a Princesa de Gales está aqui agora, com seus dois filhos.

— É mesmo!? – exclamou Grabowski. – Ela é tão bonita em pessoa quanto nas fotos?

— Ela é incrível – disse a mulher. – Sabe como ela é incrível nas fotos? Pois bem, ela é ainda mais incrível em pessoa.

Ele sabia o que diria para a mulher dos cachorros. E quase não importava o que ela dissesse. Tudo seria um contexto espetacular. Lydia é maravilhosa tanto com pessoas quanto com animais. Ela não fala muito sobre seu passado. Toma café com açúcar. Não importava. Tudo ajudaria a alimentar a história, e o apetite por ela seria insaciável. Todo mundo engoliria todos os detalhes do que a sua chefe dissesse, nunca se fartariam deles, e os interpretariam da maneira como quisessem.

— Vou tomar mais uma cerveja – disse Grabowski. – Ei, o que as pessoas fazem para se divertir por aqui?

O barman olhou para ele com desconfiança, como se ele tivesse feito uma pergunta capciosa.

— Diversão? – disse ele, mastigando a palavra. – Bem, nos fins de semana algumas pessoas saem para caçar. É muito apreciado por aqui. Você gosta de caçar?

— Não – respondeu Grabowski. Ele se deitara de bruços nas moitas de Balmoral, mas não eram cervos que tinha na mira. – Não gosto de esportes sangrentos.

O barman assentiu.

— É emocionante. Não se pode explicar para alguém que nunca caçou. Mas é preciso obter uma licença, existem leis muito rigorosas.

~

Ele passou o dia no bar, fazendo render uma cerveja depois da outra. Ao anoitecer, estava quase na esperança de que a mulher aparecesse porque estava quase enlouquecendo de tédio. Ela não apareceu.

Por volta das dez horas, dirigiu de volta para Kensington, estacionou, guardou seu equipamento, e decidiu fazer uma caminhada até a loja de bebidas, embora não soubesse se ainda estava aberta, aquela cidade era um cemitério depois das nove.

Estava tão silencioso na Fairfax que suas passadas soavam muito altas. Na Albert, um velho saiu arrastando os pés de seu bangalô, tossiu e voltou arrastando os pés para dentro. As ruas estavam desertas, quase não passavam carros.

Quando quis atravessar, havia um único veículo, vindo da esquerda. O motorista não estava em velocidade, ele teria tempo de sobra. Grabowski saiu da calçada e instintivamente se virou para checar se havia algum tráfego vindo da direita. Um motor rugiu e ele se virou para encará-lo. O carro da esquerda estava acelerando em sua direção, os faróis o caçando. Por um momento, ficou paralisado, sem saber se devia voltar ou correr para a frente. Houve uma voz gritando "NÃO!". Foi a sua voz. Ele corria para o outro lado da rua, o carro estava quase em cima dele. Ele estava correndo para salvar a vida, o motor rugindo em seus ouvidos.

O carro não iria atropelá-lo, tinha sido aterrorizante a maneira como havia acelerado, mas estivera longe o suficiente para que... Antes que ele completasse o raciocínio, o carro virou subitamente na direção dele. Ele gritou. Era o fim, ele iria morrer.

Grabowski se preparou para o impacto, como se contrair o peito e os braços fosse deixá-lo pronto para receber uma tonelada de metal chocando-se contra ele a cento e trinta quilômetros por hora.

A velocidade em que o carro passou foi tanta e levantou tanto vento que quase o fez girar para o outro lado, mas o carro se desviou para a direita e foi embora.

– Filho da puta! – berrou ele para o carro. – Seu babaca... – Ele se calou. Aquele era o Sport Trac de Lydia.

Ela tinha tentado matá-lo.

Ela o havia reconhecido.

Ele fechou os olhos e fez o sinal da cruz.

O que aquilo significava? Ele tentou pensar, com o coração ainda disparado. O que aquilo significava? Significava alguma coisa, claramente. Ele teria que acelerar seus planos.

CAPÍTULO VINTE E CINCO

Na noite de segunda-feira, Lydia foi à casa de Esther para jantar e, no caminho de volta para casa, atravessando a cidade de carro, tinha tentado se concentrar em como o dia seguinte seria maravilhoso. Tinha pedido mais um dia de folga, mas iria aparecer no trabalho à tarde e presentear Esther com o dinheiro que levantara com a venda do bracelete. O avaliador deveria estar de volta no dia seguinte e ela presumia que fosse receber um cheque na mesma hora.

Durante o jantar, Esther tinha lhe contado que havia conseguido mais fundos da ASPCA. O dinheiro só estaria disponível dali a algumas semanas, mas tudo que elas precisavam era aquentar até lá.

– Eu sei que vamos ter um chá na casa de Amber amanhã – dissera Esther –, mas eu também queria fazer uma coisa especial para o seu aniversário. Não tenho certeza de que você saiba quanto aprecio o que você faz.

Esther não era pessoa de abraços, de modo que Lydia não a abraçou.

Na noite anterior, ela estava tão enlouquecida que estivera pensando toda sorte de coisas. Por que deveria deixar aquele lugar? Por que se submeteria à tortura novamente? O que tinha encontrado ali em Kensington era alguma paz. E tinha encontrado alguns amigos.

– John Grabowski – disse em voz alta –, você tem que responder por muita coisa.

Havia uma coisa que ela não tinha decifrado ainda, com relação à presença dele ali. Será que era uma coincidência absoluta? Será que ela deveria acreditar nisso? Bem que tinha tentado.

Ela parou diante de um sinal vermelho, e tamborilou com os dedos no volante.

Tinha que acreditar, caso contrário se levaria à loucura. Ressuscitaria todos os demônios que ela acreditara ter exterminado.

Mais uma vez, repassou todos os fatos. Ele não havia revelado nenhum sinal de reconhecimento ao vê-la. Ele não a estivera seguindo, ela havia verificado cuidadosamente. Ela o seguira.

O sinal ficou verde. Lydia continuou parada ali. Alguma coisa não estava certa. Tinha que haver alguma coisa que ela havia deixado passar. Ela engrenou o carro e avançou. Eles tinham se encontrado na quarta-feira e ele não tinha tentado se aproximar dela desde então.

Não desde então. Mas e antes? Aquela tinha sido a primeira vez em que ela o tinha visto, mas e se não fosse a primeira vez em que ele a via?

Há quanto tempo ele estava na cidade? A sra. Jackson tinha vindo à loja de Amber e a convidara para conhecê-lo. Aquilo tinha sido uma semana inteira antes. Se ele já a tivesse visto antes, já teria todas as fotografias de que precisava.

Pelo que ele estava esperando? Por que estava brincando com ela?

Lydia agarrou com força o volante enquanto seu estômago se contraía. Não poderia permitir que aquilo acontecesse. Ela não deixaria que o fizesse, ele não tinha direito. *Não tinha direito, não tinha direito, não tinha direito.* As palavras se engavetaram em seu cérebro.

Não tinha sido um texugo no oleandro do lado de fora da casa de Carson.

Maldito fosse. Maldito fosse John Grabowski. O que lhe dava o direito?

A cidade passou voando por ela dos dois lados. Não havia nada e ninguém nas ruas à medida que se estendia adiante e tudo em que ela conseguia pensar era em John Grabowski e em quanto ela o odiava.

Saído de lugar nenhum, ele saiu da calçada para a rua. Lydia não hesitou. Enfiou o pé bem fundo no acelerador. Ele lhe tomaria a vida se pudesse. Ele a tomaria dela e não teria nenhum arrependimento. Ela apertou o pé ainda mais fundo no acelerador. Ele estava correndo, mas ela o apanharia, ele não fugiria. No último momento, desviou o carro para evitar bater nele e quando afinal chegou em casa, o suor que a tinha banhado escorria frio como gelo pelas costas.

~

Ela ficou debaixo do chuveiro e ensaboou o rosto, o pescoço, os braços, as mãos, o peito, as coxas, as canelas, os pés. A sanidade tinha lhe escapulido por entre os dedos com mais facilidade que aquela barra de sabão. Não era Grabowski que a estava torturando. Ela estava torturando a si mesma. Aquela montanha-russa de dúvidas e emoções – ela tinha escolhido embarcar nela, e se não gostasse daquilo, então cabia só a ela escolher desembarcar. Àquela altura ela já não tinha aprendido isso? Era a mais difícil das lições. Não adiantava culpar os outros. Não adiantava nada atacar. Ela tivera que abandonar tudo e todos para descobrir que você era a única pessoa responsável por sua própria paz de espírito.

Quando Lydia saiu do chuveiro, havia alguém tocando a campainha da porta. Eram mais de dez e meia. Ninguém aparecia naquela hora.

Ela podia inventar uma dúzia de histórias para culpar Grabowski por esse – o quê? – retrocesso. Não passavam de histórias em sua cabeça. Será que ela estava encontrando algum prazer doentio nelas? Tudo que ela tinha visto com seus próprios olhos era ele cuidando da própria vida. E então ela quase o atropelara.

Ele tinha vindo lhe pedir satisfações a respeito. A campainha tocou de novo. Ela não sabia o que poderia dizer. E seria bem feito para ela ter que enfrentá-lo agora.

Lydia abriu a porta de roupão.

– Eu sei que é tarde – disse Carson. – Mas posso entrar? Nós precisamos conversar.

∼

Ela abriu uma garrafa de vinho tinto, pegou os copos e se sentou no sofá, esperando que ele se sentasse ao lado dela. Ele se sentou defronte.

– Andei pensando no que aconteceu no outro dia. Nós nos complicamos.

Ele sorriu para ela. Era um sorriso cheio de pesar, como se aquilo tudo estivesse acabado e ele tivesse vindo dizer adeus.

– Não poderíamos esquecer aquilo? – disse Lydia. – Apenas continuar?

Ele se inclinou para a frente na sua cadeira e, por um momento confuso e doloroso, ela pensou que ele fosse se levantar e vir para junto dela, mas Carson apenas baixou a cabeça e a deixou caída. Quando a levantou de novo, disse:

– Eu sei que disse que não perguntaria nada, mas tenho que perguntar. Eu quero que você fale comigo.

Ela examinou o rosto dele, como se para memorizá-lo. As rugas em sua testa, o sinal do lado direito do queixo, o quebrado dos lábios. Os olhos dele buscaram os dela.

– Nós sempre conversamos – disse ela.

– Você sabe do que estou falando. – Ele a encarou e havia uma luz triste em seus olhos castanhos. Ela sabia exatamente o que significava.

Mesmo assim, ela tentaria resistir.

– Não faça isso – disse. – Nós estávamos bem como estávamos.

– Pare de me afastar, Lydia. Eu não sei de nada a seu respeito e toda vez que tento conversar, você age como se tudo estivesse acabado.

– E não está?

Ele sacudiu a cabeça.

– Lá vem você de novo. O que é que você está escondendo? Qual é o segredo terrível que você não pode me contar?

– Sinto muito – disse ela. Ela mordeu o lábio. Lydia pensou no sangue escorrendo por seu pé, o imaginou escorrendo pelo seu braço, pelo seu corpo, que escorresse.

– É assim? – perguntou ele. – Você lamenta? Que tipo de resposta é esta? Você é bígama? Trabalha para o FBI? Você matou alguém? O que é? Você não está tornando muito mais difícil do que precisa ser? O que você pode ter feito que signifique que eu não tenho permissão de saber nada a seu respeito?

– Você sabe de muita coisa a meu respeito – disse ela. – Você sabe que eu... – Ele a interrompeu.

– Lydia, pare. Pare de confundir minha cabeça. – Ele se levantou, e ela soube que estava acabado, que ele iria embora. Carson veio até junto dela e se sentou ao seu lado.

– Eu disse que faria qualquer coisa por você, e você acaba comigo. Como posso interpretar isso? Você, mais ou menos, me chamou de um filho da puta mentiroso. É isto o que você realmente pensa de mim?

– Não – disse ela. A palavra saiu carregada de tristeza.

Ele pôs o braço ao redor dos ombros dela, a puxou para si e a beijou delicadamente na face.

– Não estou esperando que você lave a alma comigo agora. Eu conheço você o suficiente para saber que não é possível. O que estou perguntando é: você acha que nós iremos a algum lugar com isso, e se formos, você confia em mim o suficiente para acreditar que talvez eu seja capaz de compreender seja lá o que for que você acha tão difícil contar?

Tudo o que ela precisava dizer era *sim*. Tudo o que ela precisava dizer era, *vou tentar*. Mas ela gostava demais dele para lhe prometer algo que nunca seria possível.

— Por favor, não faça isso – disse.

Ele se afastou dela. Recostou a cabeça contra o sofá, como se ela finalmente o tivesse derrotado. Por um longo minuto, ele não se moveu e ela o observou e escutou o sangue latejando em seus ouvidos.

— Tudo bem – disse ele afinal. – Tudo bem. Há duas coisas que eu preciso que você saiba. Uma é que eu amo você. Você pode não querer ouvir isso. A outra é que eu estarei aqui se algum dia mudar de ideia.

∼

Assim que acordou na manhã seguinte, Lydia foi até a janela do quarto para olhar o novo dia. Era cedo. O sol amarelo-claro estava envolto numa leve neblina, o orvalho se espalhava leitoso sobre a relva, a superfície da piscina se agitava e se alisava, as folhas de bordo dançavam na brisa. No gramado, um coelho se levantou nas patas traseiras e estremeceu, as orelhas se levantaram, a cabeça girando para todos os lados em busca de perigo de todas as direções. Lydia apoiou a testa contra a vidraça da janela e sua respiração embaçou o vidro.

Hoje era seu aniversário. Na vida real, seu aniversário só seria dali a dois meses. Na vida real, ela faria quarenta e seis anos, não quarenta e cinco.

Que vida real? Esta era a sua vida real.

Ela vestiu o maiô preto, pegou uma toalha no banheiro e desceu para a piscina.

∼

Ela nadou durante quase uma hora e todo o tempo em que esteve na água não sentiu nenhum sofrimento, como se o tivesse lavado do corpo e da alma, como se ele tivesse se dissolvido na água, se escoado.

Depois, deu de comer a Rufus e então fez ovos mexidos e torrada. Serviu-se de suco e café e sentou-se no balcão do bar. Ficou sentada e olhou para o prato. Afastou o prato de si e cobriu o rosto com as mãos como se alguém pudesse vê-la chorar.

O que havia acontecido com Carson era inevitável. Sempre tinha sido apenas faz de conta que ela pudesse dividir sua vida com ele ou com alguém. O que ela desejava era que houvesse uma maneira de voltar no tempo e fazer aquilo de novo sem feri-lo. Também era impossível.

Ela agora tinha que recolher os pedaços e seguir adiante. A vida que criara valia a pena ser vivida e cabia a ela fazer isso. Ela tinha um lugar para morar, um trabalho, amigas que a aceitavam como era. Como a pessoa que ela não era. Como a pessoa que era agora.

Naqueles últimos dias, ela ficara na gangorra. Era aquele velho, velho padrão voltando. Mas cabia a ela decidir. Ninguém a estava pressionando a entrar nele. Ela era a única responsável. Esse pensamento a fez estremecer, a fantasia que ela nutrira por um breve momento de ir viver em Washington e de se insinuar em seus antigos círculos sociais, preparando um retorno, lentamente se revelando como em um espalhafatoso número de striptease.

Uma imagem se inseriu em seu cérebro. O rosto de Grabowski sob a luz dos faróis, com um braço atirado para o alto de terror, a boca aberta em um grito sem som. Ela estava enlouquecida, era como se não fosse ela quem estivesse dirigindo, pura paranoia assumindo o controle do volante. Ele não a tinha perseguido. Isso era impossível. Era coincidência que ele estivesse ali e não havia nenhuma maneira, naquelas circunstâncias, de que ele a tivesse reconhecido. Apesar disso, era natural que o fato de ele estar ali a deixasse desconfortável. Ela poderia ter lidado com aquilo de maneira madura, aceitado que não era o que queria, mas que teria que sair da cidade por um breve período de tempo para impedir a si mesma de se preocupar. Em vez disso, ela tinha transformado tudo em um drama.

Será que deveria partir para algum lugar hoje e voltar quando Grabowski tivesse ido embora? Havia coisas que ela tinha que fazer hoje e seria horrível perder a festa que Amber havia organizado em sua homenagem. Talvez devesse partir amanhã.

O que Lawrence aconselharia? Ele era sempre cheio de sábias palavras. Sábias palavras e delicadeza. O que ele diria?

Lawrence havia lhe contado uma história sobre quando estivera esperando para se encontrar com ela naquela baía no Brasil, caminhando em um embarcadouro e encontrara por acaso um paparazzo que havia reconhecido dos velhos tempos. "Quando uma criança pequena esconde o rosto com uma almofada", dissera ele, "a criança acredita ser invisível." Ela ainda não desenvolveu o que é conhecido como uma "teoria da mente". Crianças pequenas não são capazes de se projetar na mente da outra pessoa e olhar para fora, por assim dizer, do ponto de vista do outro. "Nós adultos", dissera ele, "por vezes fazemos o oposto." Eu acreditei, pelo menos por alguns momentos, que porque eu o havia reconhecido, ele tinha que ter me reconhecido. Em outras palavras, o que eu estava fazendo era projetar coisas demais.

Lydia tirou as mãos do rosto. Em sua vida anterior, ela havia sentido conspirações por toda parte ao seu redor. Espionagem e traições constantes. Ela tinha até acreditado que seria assassinada.

Ela era um perigo para si mesma. Aquilo estava mais próximo da verdade.

Se algum dia fora a vítima, o alvo de uma conspiração, ela agora não era mais. O mundo não girava ao redor dela. Ela não era o centro do universo.

Ela se levantou e tirou o prato de comida em que não havia tocado.

Aquela manhã não seria passada em autocomiseração. Ela iria para a cidade, venderia o bracelete e levaria o cheque para Esther. O maior presente de aniversário que podia se dar seria parar de pensar apenas em si mesma. Ela se perguntou o que Carson estaria fazendo. Naquela tarde, levaria Zeus e Topper para um longo passeio pela floresta. Esvaziou o prato no lixo e depois o lavou. Da janela, observou o coelho mordiscando a relva.

Pegou as chaves do carro do balcão da cozinha. Checou seu celular para ver se Carson havia lhe enviado uma mensagem de texto. Então abriu a gaveta das facas. Havia dez facas enfileiradas. Ela passou um dedo ao longo de uma lâmina e depois para a seguinte. Contou as facas de baixo para cima e depois de cima para baixo. Enquanto se virava, usou o quadril para fechar a gaveta com um tranco.

~

A joalheria era incrustada de madeira polida e drapeados de seda como o interior de um porta-joias. O ar era carregado do tiquetaquear de relógios. Enquanto Lydia esperava que o avaliador saísse de seu escritório, examinou as fileiras de colares de ouro e prata, todos estendidos sobre metros de seda de cor púrpura clara.

— Um dia bonito, uma mulher bonita. O que mais um homem pode desejar?

— Olá – disse Lydia. – Eu tenho um bonito bracelete para o senhor.

— Eu sou Gunther. Eu não quero o seu bracelete. Quero levá-la para jantar fora.

Lydia riu e tirou o bracelete do pulso. Gunther parecia estar vestindo o paletó do pijama. Sua mão tremia em virtude de alguma doença quando ele recebeu a joia das mãos dela. As manchas de velhice que se espalhavam pelo rosto dele se estendiam também à sua cabeça calva. Havia um brilho nervoso em seus olhos.

– O que foi? – perguntou Gunther expansivamente. – Você não gosta da minha roupa? Hannah – disse ele para a mulher atrás do balcão dos relógios –, ela não gosta da minha roupa. Diga a ela que precisa ver como eu me lavo.

– Não dê atenção a ele – disse Hannah. – Está apenas brincando. Gunther, pare de brincadeiras.

Gunther tirou um monóculo do bolso. Ele piscou para Lydia.

– Feminista – disse ele. – Não se consegue ouvir nada sensato dela.

Ele estendeu o bracelete sobre uma faixa de feltro verde, acendeu uma lâmpada para iluminá-lo e se inclinou sobre ele com o monóculo.

– Você tem certeza de que quer vender?

Lydia assentiu.

– Sim, por favor. Eu gostaria que o senhor o comprasse, se puder.

– Tem certeza de que não prefere fugir comigo? – Ele beliscou seu paletó de pijama. – Não vamos tentar enganá-la. Os ricos são os excêntricos. Você está olhando para um perfeito Howard Hughes, bem aqui. – Ele respirou ruidosamente.

– Gunther – disse Hannah. – Pare com isso.

– Está bem, está bem – resmungou. Ele virou o bracelete e examinou como as granadas tinham sido engastadas. – Sabe o que há de errado com o mundo nos dias de hoje? Todo mundo é tão sério.

〜

Como Gunther tinha dito, estava um dia bonito. Lydia baixou as janelas e Rufus ficou de pé no banco do passageiro com as patas da frente na janela e o pelo esvoaçando para trás ao vento. O cheque estava na bolsa, e o sol em seu rosto estava gostoso. Se mantivesse sua mente nas coisas boas da vida, se pusesse um pé diante do outro em vez de ficar rodopiando tanto que não sabia mais para que direção estava indo, haveria paz ao final daquela tortuosa estrada solitária que ela havia seguido. Tinha que tentar parar de pensar em Carson. O carro fez um barulho assustador, um chocalhar no motor. Ela ficou ouvindo atenta, mas o ruído sumiu tão repentinamente quanto tinha aparecido, e talvez tivesse sido apenas mais um produto de sua imaginação.

〜

– Ei, Hank – disse Lydia. – Esther está por aqui em algum lugar?

– Olá, Lydia – disse ele. – Como vai você?

– Estou ótima – respondeu Lydia. – E você, como vai? – Ela deveria saber que não adiantava tentar apressar as preliminares com Hank. Havia certos rituais, certas cerimônias que deviam ser escrupulosamente observadas.

– Estou indo muito bem – respondeu Hank. – Obrigado por perguntar. – Ele vestia um short até os joelhos, meias com as sandálias, e Lydia nunca tinha visto sua camisa para fora, por mais quente que estivesse o tempo.

– Eu não consigo encontrar a Esther. – Ela não queria apressá-lo, mas estava entusiasmada com o fato de poder entregar o cheque, de quase nove mil dólares, feito diretamente em nome do Santuário Canino de Kensington.

– Ah, Esther saiu para almoçar – disse Hank. – Sabe, ouvi dizer que hoje é seu aniversário, Lydia. Não comprei um presente para você, só soube hoje. Mas feliz aniversário, de toda forma. E que este dia lhe traga tudo o que seu coração deseja. – Ele se inclinou numa reverência a partir da cintura.

– Obrigada, Hank. É muito gentil de sua parte. Você sabe aonde ela foi? – Esther nunca saía para almoçar. Ela trazia salada de arroz com frango numa caixa plástica todos os dias.

– Receio que não – respondeu ele. – Ouvi dizer que você iria tirar o dia de folga.

– Eu tenho uma... surpresa para Esther – disse ela. – Uma coisa que gostaria de dar a ela. A que horas ela saiu?

Hank consultou o relógio.

– Há cerca de uma hora, deve estar de volta daqui a pouco. Saiu com o sujeito inglês a quem esteve mostrando as instalações esta manhã.

– Como era ele?

– Ah – disse Hank, levantando a mão em câmera lenta –, mais ou menos desta altura, cabelo grisalho... Ei, Lydia agora já vai embora? – Ele gritou enquanto ela já ia se afastando. – Boa notícia, ele está interessado em fazer uma grande doação.

Aquilo era real. Aquilo estava acontecendo. Xeretando com Amber e agora em seu local de trabalho. Grabowski iria contar ao mundo que a encontrara. Ela precisava sair daquela cidade dentro de uma hora. A mão dela estava tremendo tanto que teve dificuldade de enfiar a chave na ignição. Quando finalmente conseguiu, o motor roncou uma vez e morreu. Droga. Maldição. Ela bateu com a mão na buzina. Tentou de novo e depois mais uma vez.

– Porra, mas que diabo! – gritou. – Isso não pode estar acontecendo.

Hank chegou na janela do carro.

– Problemas com o carro, Lydia?

– Hank – disse ela, tentando se acalmar –, você tem que me dar uma carona até em casa. Por favor.

– Eu nunca ouvi você dizer um palavrão antes, Lydia – disse ele, se balançando para trás e para a frente nos pés calçados de sandálias.

– Perdoe-me – disse ela, saltando do carro. – Eu realmente preciso ir para casa agora.

~

Hank dirigiu seu Volvo como se fosse um coche fúnebre. Ela teve que se controlar para não gritar.

– Será que poderíamos ir um pouco mais depressa, Hank?

Ele acelerou para cinquenta quilômetros por hora.

– Alguém está com pressa – disse ele.

Seus instintos estavam certos. Por que não lhes dera ouvidos? Ainda teria sido tarde demais para impedi-lo. Fosse lá o que ele tivesse, iria usar de qualquer maneira. Mas todo aquele tempo, ela poderia estar fugindo, e ainda estava ali, dizendo a si mesma que era louca. Dizendo a si mesma que não havia nada a temer.

– Aquele sujeito inglês – disse Hank – teve um border collie quando era menino. Foi atropelado por um caminhão. O nome dele era Zorba, o mesmo nome de meu primeiro cachorro. Agora me diga quais são as probabilidades de isso acontecer?

– Não muito altas – respondeu Lydia.

Ele a deixou na entrada para carros e Lydia agradeceu e correu para a porta. Então correu de volta para o carro, gritando e acenando.

– Hank! Hank! Pare.

– Precisa de ajuda com alguma coisa? – perguntou ele, enfiando a cabeça para fora do carro.

– Você pode entregar isto para Esther para mim? – Ela tirou o cheque da bolsa.

Ele assoviou quando viu o valor.

– Não é uma enorme gentileza sua? Dar presentes no dia de seu aniversário? – Ela saiu correndo e o ouviu gritar às suas costas.

– Agora vá com calma, Lydia.

CAPÍTULO VINTE E SEIS

A noite inteira, enquanto vigiava a casa, Grabowski tentou imaginar o que ela poderia estar pensando. Depois de ter observado as lanternas traseiras de Lydia desaparecerem, descendo a rua Albert, ele tinha corrido de volta para a estalagem sabendo que teria que agir depressa. Sua decisão inicial tinha sido embarcar no primeiro voo disponível de volta para Londres. Quando seu pé subiu o degrau da frente, ele havia se dado conta de que seria um erro. Ele sabia o que tinha que fazer. Grabowski agarrou o computador e a bolsa da câmera.

Agora, a inércia dela não fazia sentido. Ele estava tremendo de frio atrás de uma moita espessa de viburno no perímetro do quintal, desejando que tivesse trazido sua jaqueta. Não conseguia compreender. Ou ele estava deixando passar alguma coisa ou ela estava louca varrida. Ela tentou matá-lo, ou pelo menos dar-lhe um susto. Significava que sabia que ele a havia descoberto e, uma vez que ela não tivera coragem de atropelá-lo, teria que pegar seu passaporte e partir. Se a seguisse até o aeroporto e pelo controle de segurança, poderia tirar uma foto dela esperando no portão. Mesmo se ela o avistasse, tornaria a história mais sensacional. Não importava que tão logo ela aterrissasse, embarcaria em outro avião para algum outro lugar. Haveria uma trilha de papel por onde ela passasse que as autoridades seguiriam.

O namorado tinha chegado e ido embora. Ela o tinha chamado para se despedir pela última vez. Depois disso, a luz tinha se acendido no quarto dela e com certeza estava fazendo as malas. Ele estava paranoico com a possibilidade de que ela escapulisse sem que ele ouvisse ou visse alguma coisa. Ficava indo para lá e para cá, vigiando a frente e os fundos da casa, então se reposicionou na lateral. O carro ficou onde estava na entrada. Agora já era quase de manhã e ela ainda não tinha ido para lugar nenhum. Talvez, afinal, quisesse ser apanhada. Neste caso, por que tentar esmagá-lo sob as rodas de seu carro?

Ele arrancou um galhinho de viburno e o partiu em pedaços. Não fazia nenhuma diferença quais eram as motivações dela. Ele era um fotógrafo, não um psiquiatra. Mas para ser verdadeiramente excelente naquele trabalho, você realmente tinha que conhecer seu tema. Havia ocasiões em que ele sentia que a conhecia melhor do que conhecia sua esposa. Podia prever suas mudanças bruscas de humor de maneira mais precisa, sabia mais a respeito da sua estrutura do dia, os hábitos de compras. Para ser justo, ele havia devotado mais tempo e reflexões a ela do que jamais tinha devotado a Cathy.

Que diabo estava acontecendo? Por que Lydia não havia partido? Um inseto se arrastou sobre as costas de sua mão. Ele o afastou e viu outro andando debaixo de sua camisa. Tentou sacudi-lo, desabotoando o botão do punho para que caísse. Ainda estava lá. Enrolou a manga da camisa e bateu com a mão no braço, mas ainda o sentia se mover, fazendo cócegas, se aninhando entre seus pelos. Esfregou e coçou.

Checou as horas no relógio. Mesmo se ela fosse pegar um voo de manhã, teria feito mais sentido que saísse dirigindo durante a noite e fosse para um aeroporto mais distante. Ele estava farto de toda aquela espera, queria uma perseguição final, as últimas fotos, a adrenalina bombeando. Queria estar dentro do avião no voo de volta para casa. Nas próximas quarenta e oito horas, ele teria seu encontro com o *Sunday Times*. Iria se encontrar com Rupert Murdoch.

Pouco antes das sete horas, ela apareceu na janela de seu quarto, e pouco depois a porta dos fundos se abriu. Ele ficou ultra-atento. Ia ser agora. Estava na hora de partir. Ela saiu de maiô. Deus, ela estava deslumbrante, mas o que estava fazendo? Ele bateu algumas fotos.

Por quase uma hora, ela nadou a piscina de ponta a ponta e ele não sabia o que fazer. De alguma forma, tinha a sensação de que ela estava brincando com ele, como se tivesse elaborado algum plano complexo e ele fosse apenas um peão no seu jogo. O risco do que estava em jogo era tão alto que o estava deixando paranoico.

Depois de nadar, ela tornou a entrar na casa e ficou fora de vista, presumivelmente no segundo andar. Quando finalmente apareceu na cozinha, que ele estava observando através da teleobjetiva, ela havia se vestido e estava andando de um lado para o outro, aparentemente preparando o café. Com certeza, depois disso iria partir.

Ela não comeu nem uma garfada, apenas ficou sentada diante do balcão com a cabeça nas mãos. Eram quase dez horas. O que estava fazendo? Se ela ia continuar como em um dia normal e fazer de conta que nada estava acontecendo, deveria ter estado no trabalho cerca de uma hora atrás. Ele tirou seu celular, ligou para o abrigo de cachorros e pediu para falar com ela. Lydia, disseram-lhe, não iria trabalhar naquele dia.

Finalmente ela levantou a cabeça. Agora iria se mexer. Mas não se moveu. Ficou sentada ali olhando fixo para o espaço, os lábios ligeiramente entreabertos, a postura inteira catatônica. Ele esperou mais algum tempo, mas então decidiu que deveria rever seus planos à luz da maneira estranha como ela estava se comportando. Se ela fosse tentar ficar onde estava e esperar que aquilo passasse, então tudo bem, mas ele tinha que tratar de se mexer. Ele iria fazer sua "entrevista" com a velha do santuário de cachorros. Depois checaria sua casa de novo. Se ela tivesse partido, desejava-lhe boa sorte, ele já teria bastante material, e à medida que rastejou por trás dos arbustos em direção à rua, se sentiu ligeiramente tonto pela falta de sono e por saber que, finalmente, estava fazendo a contagem regressiva das últimas horas.

~

Lydia correu para o segundo andar assim que Hank a deixou. A mente dela girava tão rápido que mal conseguia pensar. Seus braços e pernas pareciam saber o que fazer, como se estivessem recebendo instruções claras de outra parte. Ela estava tirando roupas do armário. Pegando uma mala. Estava no banheiro, recolhendo a escova de dente e itens aleatórios da prateleira e correndo de volta para o quarto e jogando tudo na mala.

Agora estava ajoelhada junto à janela, abrindo o assento de madeira e revirando em busca de não sabia o quê. Tudo o mais de que precisava estava na caixa em seu armário. Ela se sentou no chão e verificou os itens. Seu passaporte atual, o outro que ela nunca tinha usado, os documentos para a conta poupança naquele outro nome que por tanto tempo tinha ficado sem uso. "Muito obrigada, Lawrence, por ter pensado em tudo." As fotografias de seus meninos que ela havia recortado e colecionado ao longo dos anos, ela levaria com certeza. E suas cartas também. A arma que ela deixaria aqui, não poderia levá-la a bordo de um avião. E de qualquer forma, não poderia protegê-la. Para onde iria? Não importa. Tomaria o primeiro voo disponível e então haveria tempo para resolver. A carteira de motorista já estava na bolsa. Ah, Deus, ela era burra. Sentou sobre os calcanhares e fechou os olhos. Estava de volta à pousada, entrando na sala de visitas e vendo-o pela primeira vez. Agora estava defronte a ele, na cadeira Queen Anne, conversando educadamente. Eles estavam de pé juntos na sacada e ele estava contando a ela sobre o highland terrier que tivera e amara, e ela estava tocando em seu braço. Ele não tinha contado a Hank que era um border collie? Ah, Deus, ela era burra, desperdiçando tempo. Estava sem o carro. Deveria ter ligado e chamado um táxi antes, e os minutos estavam se esgotando.

Enquanto começava a discar o número, ouviu um barulho, o som de vidro quebrando no andar de baixo.

~

Esther, a velha, não tinha sido tagarela como ele havia esperado. Lydia era uma ótima funcionária, tudo o que ele conseguira se resumia mais ou menos nisso, alguns comentários sobre seu talento para lidar com os cachorros. O fato de que na maioria dos dias ela comia a salada de arroz com frango de Esther de almoço. Enquanto dirigia de volta, repassou a conversa. Mesmo assim, todas as palavras ditas pela empregadora seriam impressas, cada uma valendo seu peso em ouro. Esther não tinha se mostrado exatamente desconfiada, mas ela conduzira a conversa para o funcionamento e as finanças do abrigo, para como a doação substancial que ele propusera fazer seria usada cautelosamente. Posou para uma fotografia.

Cruzou sua mente o pensamento de que Esther estava deliberadamente fazendo um esforço para proteger a privacidade de sua funcionária. Mas o que ela imaginava que houvesse para esconder? Era impossível que qualquer pessoa soubesse da verdadeira identidade de Lydia. No correr dos anos, ela deveria ter tecido a mais incrível das teias de mentiras.

Estacionou a alguma distância mais abaixo na rua e se aproximou da entrada para carros a pé. O carro não estava lá. Ela finalmente tinha recuperado a sensatez e partido. Aproveitado a chance de fuga que ele lhe dera.

Cerca de três horas tinham se passado e ela podia estar embarcando em um avião dentro de pouco tempo. O manifesto dos passageiros a revelaria, a menos que ela tivesse escolhido simplesmente viajar de carro e se esconder. Talvez tivesse outras identidades falsas. Tudo isso seria revelado no final. Ele se aproximou da porta da frente. Estava trancada. Tentou a porta dos fundos e também estava trancada. Então ele testou cada uma das janelas do andar térreo para ver se ela tinha deixado alguma aberta. Algumas fotos do interior complementariam a matéria de maneira brilhante. Valia a pena revistar os aposentos em busca de qualquer pista que ela tivesse deixado para trás em sua partida apressada. Não se podia dizer que ela tivesse passado a manhã se preparando.

Havia uma pilha de lenha ao lado de um pequeno galpão. Ele correu até lá e escolheu a maior e mais pesada. De pé diante da janela da cozinha, hesitou por menos de um segundo. Diante da grande confusão que estava prestes a explodir, o detalhe de um arrombamento e invasão de domicílio não mereceria grande atenção. Ele quebrou a janela e se içou para cima e para dentro, direto para o balcão da cozinha.

O andar térreo era em plano aberto e ele já o tinha fotografado pela janela. Grabowski não perdeu tempo, rapidamente fotografando mais alguns ângulos. O melhor lugar para começar sua busca seria o quarto. A melhor foto seria da cama onde ela dormia. Enquanto ele se encaminhava para o andar de cima, estava pensando em para que lado deveria virar no alto da escada. Ele a tinha visto várias vezes na janela do quarto de modo que já tinha um mapa mental da geografia interior. *Esta casa humilde*, pensou pondo a legenda na fotografia dos armários simples de faia da cozinha, *esta casa humilde...* ele chegou à porta do quarto e começou a girar a maçaneta. *Esta casa humilde testemunhou...* Não, assim não estava certo. Ele entrou no quarto. Por um momento, pensou que devia estar tendo uma alucinação. Deixou a câmera cair de sua mão e a tira balançou ao redor de seu pescoço, batendo em seu peito com força.

– Olá – disse ela, apontando a arma para a cabeça dele. – Estava procurando por mim?

～

Agora não havia nenhuma pressa, isso era o mais importante. Era um alívio. Ela esperou pacientemente por uma resposta, e enquanto esperava, olhou atentamente para ele da cabeça aos pés. As calças estavam rasgadas de lado a lado na coxa direita, a camisa amarrotada, um dos punhos estava solto e o outro abotoado. Ele estava com a barba por fazer e, embora o cabelo fosse grisalho, a barba era preta como um hematoma que lhe cobrisse as faces. Havia uma folha presa na sola de seu mocassim. Grabowski nunca fora o que ela chamaria de chique ao se vestir, mas, naquele dia, ele parecia ter passado a noite em meio aos arbustos. Não era improvável que o tivesse feito.

— Estava procurando por mim? – repetiu ela.

Ele levantou os braços lentamente, respondendo à arma, ela supunha. Não lhe tinha ocorrido mandá-lo levantar as mãos.

Parecia que ele estava tentando falar e ela o encorajou, balançando a cabeça.

Ele conseguiu dizer uma única palavra:

— Não.

— Compreendo. Não estava procurando por mim. – Ela baixou a arma para o colo. Os braços dele se abaixaram em câmera lenta.

Ela levantou a arma de novo, o dedo no gatilho.

— Não! – gritou ele, agora apavorado.

— Por que você está aqui?

Gotículas de suor estavam começando a se formar na testa dele

— Eu... Eu... – gaguejou.

— Sente-se no chão com as pernas cruzadas – ordenou ela. – E ponha as mãos atrás da cabeça – acrescentou. Uma vez que ela estava sentada na cama, seria melhor que ele ficasse mais baixo e numa posição que não lhe permitiria saltar em cima dela.

Depois que ele sentou, ela prosseguiu:

— O que estava dizendo?

— Eu não estava procurando por você – disse ele. Em nenhum momento ele tirou os olhos da arma.

— Então o que está fazendo na minha casa? – perguntou ela. – Se não se importa que eu pergunte.

— Quero dizer, eu não estava procurando por você antes... antes de a ter encontrado. Você estava morta. Foi um acidente.

Ele era um homem bastante bonito, ela sempre achara. Estava começando a ficar um pouco barrigudo. Uma gota de suor escorreu para a sobrancelha dele. Ela tinha que se concentrar.

— Você não está explicando muito bem.

— Eu vim parar aqui por acidente. Estive viajando pelo país e vi Kensington no mapa, e então... e então vi você.

~

O olho direito dele estava ardendo por causa do suor, mas ele não ousou mover a mão para esfregá-lo. Enquanto subia a escada para o quarto, havia pensado que estava ligado pela adrenalina. Aquilo não tinha sido nada. Agora ele estava tão ligado que podia sentir seu pulso em cada membro do corpo, cada dedo da mão e do pé.

— Mas eu estou morta — disse ela. — Você não pode ter me visto.

Ela estava sentada na beira da cama, vestindo seus jeans desbotados e uma camisa rosa-claro. Seu cabelo estava preso para trás do rosto, ela estava iluminada na lateral pela luz da janela e parecia calma e bonita.

— Eu estou morta — repetiu ela.

Ela estava louca. Ainda estava apontando a arma para ele.

— OK — disse ele —, está certo.

Ela começou a rir, uma pequena risadinha, depois outra e mais outra, até que estava com a mão livre no estômago, se sacudindo e rindo descontroladamente e balançando a arma para cima e para baixo. Se a arma disparasse, podia matá-lo. Ela não podia ter a intenção de matá-lo. Ele se torceu se desviando e baixou a cabeça enquanto a mão dela se sacudia.

— Desculpe — disse ela, puxando os pés para cima da cama e apoiando a arma no joelho. — Não tem a menor graça. — Ela enxugou uma lágrima. — Não sei por que eu estava rindo. A tensão. Toda a tensão. Eu dizendo que estou morta, você pensando que eu estou louca, e você tendo que concordar para que eu não atire. — Ela fez uma pausa. — Eu não estou, sabe.

Ele não sabia se ela queria dizer se não estava morta ou não estava louca.

— Eu sei — respondeu. — Eu sei.

Ela o contemplou atentamente. As minúsculas partículas brilharam naquela íris azul profundo. Naquele instante, os olhos dela brilhavam não verdes, mas dourados.

— Este é o nosso problema, não é? — perguntou ela. — Até alguns minutos atrás, era apenas meu problema. O fato de que você sabe. Mas agora também é seu problema.

Porra, como ele tinha se metido naquela situação? Era aquilo que ela planejara? Como ela o atraíra a entrar ali? Sempre a manipuladora, sempre controlando tudo. A boca dele estava seca e o coração ainda batia disparado. Era difícil pensar com a arma apontada para ele. Por que diabo não tinha voltado direto para Londres?

— Você sabe o que se costuma dizer — disse ele. — Um problema compartilhado é um problema dividido na metade.

— É assim que lhe parece?

— Eu acho que temos muito que conversar – disse ele. Pelo canto do olho, ele viu um montinho branco e dourado na cama vibrar. O cachorro tinha se levantado e estava se sacudindo. Ele estivera tão concentrado nela e na arma que nem havia reparado que o cachorro estava lá.

— Como velhos amigos? – perguntou ela. – Como velhos amigos pondo a conversa em dia?

∼

No instante em que ele dissera aquilo, ela havia se dado conta de que é claro que aquilo era o que ele queria. A burrice dela parecia não ter fim. Quando o vira entrar em seu quarto, e vira o rosto dele se convulsionar de incredulidade, tinha pensado que pelo menos poderia ir mais devagar e pensar que ele não a controlava mais.

É claro que ele queria mantê-la falando. Já tinha enviado todas as suas fotografias para os jornais e eles todos estariam a caminho dali.

— Quando você as enviou? – perguntou ela.

— O quê? Não, eu não enviei. Juro que não enviei. Não enviei nada para ninguém.

— Levante-se. Eu quero que você se levante.

— Eu terei que usar minhas mãos para ajudar – disse ele. – Posso baixar as mãos?

Ele não parecia estar na melhor das formas. Provavelmente machucaria os joelhos se tentasse se levantar da posição de pernas cruzadas sem dar um impulso com as mãos.

— Sim, mas mova-se devagar. Não faça meu dedo se mexer.

Depois que ele estava de pé, ela disse:

— OK, mãos atrás da cabeça de novo. Agora dois passos lentos na minha direção. Não quero seu corpo bloqueando a porta quando você cair.

— Eu juro por Deus – disse ele. Se você me deixar ir, eu lhe darei a minha câmera. Você pode apagar a memória. Mais ninguém tem nada.

Como seria matá-lo? Se ela apertasse o gatilho agora, estaria feito.

— O problema – disse ela – é que você não tem como provar. É difícil provar uma negativa.

Ele olhou meio trêmulo para os pés, e havia uma veia latejando em sua têmpora como uma grande lagarta verde.

— Minha câmera e meu laptop — disse ele em voz alquebrada. — Está tudo lá. Não enviei para ninguém. Eu ia voar para casa hoje. Não enviei porque...

— Por que não? Por que não enviou? — Se ele acreditasse que ela iria matá-lo, será que isso o obrigaria a dizer a verdade? Ou será que o levaria a mentir com todas as suas forças?

— Porque eu não confio em ninguém — respondeu ele. — Vazaria e circularia por toda a internet antes que eu sequer tivesse aterrissado em Heathrow.

Ela se lembrou de um detalhe das conversas deles dos primeiros tempos.

— Você é católico, não é, John? Você gostaria de dizer suas preces?

∼

— Eu tenho um rosário em meu bolso — disse ele. — Posso tirá-lo? — Aquilo lhe daria tempo para pensar enquanto fosse empurrando as contas entre os dedos.

— Que bolso? Tudo bem, muito devagar e mantenha a outra mão atrás da cabeça.

Ele deveria ter voltado na noite passada. Mas sempre buscava alguma coisa a mais, por isso era tão bom em seu trabalho, o que lhe valera uma reputação. Agora era o que talvez lhe valesse uma bala. Ele deixou os olhos se desviarem da arma e percorrerem cuidadosamente o quarto, enquanto movia os lábios como se em uma prece silenciosa. O cachorro estava de pé junto ao quadril dela. A cama estava cuidadosamente bem-feita, com almofadas bordadas e rolos ao longo da cabeceira. Havia uma penteadeira com alguns frascos de perfume e alguns colares pendurados sobre o espelho. O tampo no assento da janela estava levantado, obscurecendo parcialmente o vidro. De qualquer maneira ele não poderia mergulhar para fora pela janela, se mataria. Se houvesse alguma coisa que pudesse pegar e atirar, talvez pudesse dominá-la.

Ele disse uma Ave-Maria em voz alta e a encarou nos olhos enquanto o fazia. O bater desabalado do seu coração havia se acalmado, só pelo fato de ter as contas entre os dedos. Ela não iria matá-lo. Se o matasse, teria a polícia em seu encalço. Como isso poderia ser melhor do que ter fotógrafos em seu encalço?

— Por que você não baixa a arma? — perguntou ele. — Baixe a arma e então poderemos conversar direito. Você não tem motivos para ter medo. Eu lhe darei a minha câmera.

— Acha que eu não vou matar você? — perguntou ela. Parecia desapontada.

– Eu acho... eu acho que você não seria burra de fazer isso.

– Você arrombou e invadiu a minha casa – disse ela. – Eu sou uma mulher que mora sozinha. Você arrombou e entrou, por qual janela?, digamos a da cozinha, e subiu e entrou no meu quarto. Você me viu pela primeira vez há umas duas semanas e desde então ficou obcecado. Está tudo aí, todas as provas estão na câmera, tirando fotografias de mim na rua, em meu trabalho, mesmo através das janelas de meu quarto. Estou certa? Estou batendo na tecla certa? Creio que seu rosto está dizendo que sim.

– Mãe de Deus – disse ele. – Ela tinha planejado tudo. Tinha preparado uma armadilha para ele.

– Quem mais verá o que você viu? Foram os olhos? Foi o que alertou você? Você passou horas comparando-os? Sim, bem, não creio que mais ninguém vai fazer isso, e você? Para concluir a história, você vem aqui e me ataca, tenta me estuprar. Eu consigo tirar a arma de minha gaveta e lhe dou uma advertência, mas você continua avançando para cima de mim, não me deixa outra escolha.

~

A língua dele parecia inchada, talvez a tivesse mordido, e o atrapalhava quando falava, de modo que cada palavra era difícil.

– Não é tarde demais – disse ele. – Você não tem que fazer isso. Apenas deixe-me ir e eu lhe darei tudo. Eu deixarei o país, irei embora e nunca voltarei.

Ela suspirou e acariciou as orelhas do cachorro distraidamente.

– Para fazer isso, eu precisaria confiar em você.

– Você fica com todo o meu equipamento – disse ele. – Você pode ir para onde quiser. Eu não terei nada e nenhuma maneira de rastrear.

– Isso apenas levantaria outro problema, John. Você compreende, eu gosto daqui. Não vejo por que eu deveria partir, eu gostaria de ficar.

CAPÍTULO VINTE E SETE

*E*le parecia que ia desmaiar, então ela lhe disse para se sentar de novo. Dar um tiro nele parecia uma solução notavelmente prática.

– Nós dois podemos sair desta situação – disse ele, levantando o olhar para ela. – Pode acabar de uma vez por todas. Eu não enviei nada para ninguém, e não existe ninguém em quem eu confie, nem mesmo meus agentes.

Ela se perguntou se ele tinha cortado a perna quando entrou pela janela. Ela disse:

– É uma coisa triste.

– O Gareth é um homem correto – disse ele –, mas nunca se sabe, alguém no escritório dele... – Ele se calou sem acabar. Sua respiração soava pesada, ofegante.

– Você me obrigou a agir em legítima defesa – disse ela. De certo modo, era verdade.

– Eu trabalhei com um parceiro numa ocasião – disse ele. Seus ombros estavam arredondados, as costas curvadas, como se ele lentamente estivesse desmoronando para ficar em posição fetal. – Tony Metcalf, ele era meio que um companheiro. Numa viagem para as Ilhas Mauricio. Nós conseguimos algumas fotografias suas na piscina, você estava fabulosa. Foi antes da era digital e nós revelamos as fotos no banheiro.

– Você fez isso consigo mesmo – disse ela. Mas mesmo assim, ainda seria assassinato.

Ele falou mais depressa, e estava com a cabeça levantada olhando para ela, sempre buscando seus olhos, à procura de algum sinal de fraqueza, de compaixão.

– Fotos deslumbrantes – disse ele –, material para primeira página, realmente glamorosas. Nós convencemos um turista a levar as fotos de volta para Londres, porque iríamos ficar com você, costumávamos fazer muito isso nos velhos tempos. Eu deixei Tony cuidar de toda a negociação, nós dividiríamos os créditos.

— Quantas câmeras você tem consigo? — A maneira como ele estava falando e falando sem parar agora estava tornando difícil pensar.

— E lá estavam elas — disse ele — na primeira página no dia seguinte. Cathy, minha mulher, me ligou e contou. Tony tinha tirado o meu nome dos créditos, o canalha. Eu nunca mais trabalhei com um parceiro.

— Quantas câmeras? — perguntou ela. — E onde estão? O seu computador está lá na sra. Jackson? — A arma estava começando a parecer pesada na mão dela.

— Duas — disse ele, se desdobrando um pouco. — Esta aqui ao redor de meu pescoço e a outra no carro. Meu carro está estacionado na rua. Meu laptop também está no carro.

∾

As costas dele doíam e os joelhos pareciam ter sido postos num torno, a pressão se tornando maior em intervalos de poucos segundos. Ele estivera de pé a noite inteira e agora tinha que ficar sentado no chão com as mãos atrás da cabeça. E ela não permitia que ele falasse.

Ele tentou de novo.

— Você pode vir comigo. Nós jogaremos tudo numa máquina picadora de madeira.

— Não seja ridículo! — disse ela. — E por favor, cale-se.

A porta à direita do closet se abria para o banheiro. Se ela lhe permitisse ir ao banheiro e se aliviar, talvez houvesse alguma coisa lá dentro que pudesse usar. Ele já tinha sido espancado antes, houvera aquela ocasião na Espanha, com os leões de chácara do hotel, mas nunca tinha enfrentado uma arma. Grabowski olhou para ela de novo. Inicialmente, ela havia parecido muito à vontade, como se fosse perfeitamente natural recebê-lo em seu quarto com uma arma apontada. Agora ela estava esfregando o pulso e suas faces estavam vermelhas, ele não queria se arriscar a deixá-la ainda mais agitada. De qualquer maneira ela não lhe permitiria ir ao banheiro.

— Eu não posso fazer você andar pela rua com uma arma apontada para as costas — disse ela. — Se você tentasse alguma coisa, eu não poderia matá-lo lá fora. Eu tenho que matar você aqui no meu quarto.

Ele tentou se convencer de que ela nunca o faria. Se ele se levantasse agora e andasse até junto dela, ela gritaria, mas não apertaria o gatilho. Ele trocou o peso de uma nádega para a outra, e ela levantou a arma, inclinou a cabeça e encarou seu olhar com firmeza. Ela era louca o suficiente, sempre fora instável, como uma bomba-relógio, uma granada de mão humana alojada bem no seio da família real.

– Você teria a minha morte na consciência pelo resto da vida – disse ele.

– Quem disse que eu teria? – Ela sorriu docemente.

Tinha sido um erro contar a ela que mais ninguém sabia. Quando ela lhe fizera a pergunta direta, quando ele ainda estava suando de terror, tinha sido seu primeiro instinto, como se aquilo pudesse liberá-lo. O que ele devia ter feito era mentir. Se tivesse dito a ela que era tarde demais, que a cavalaria já estava a caminho da cidade, então ela não poderia assassiná-lo e justificar isso inocentemente.

Por outro lado, ela poderia tê-lo matado naquele momento, por pura fúria.

Ele tinha que mantê-la falando.

~

– Posso lhe fazer uma pergunta? – disse ele.

Ele agora não parecia tão apavorado, mas ela ouvia o medo em sua voz. Mulheres que se defendem, que não aceitam apanhar caídas no chão, são sempre consideradas loucas. Esther lhe tinha dito isso. Nos velhos tempos, desde o princípio, quando ela não fora submissa, eles queriam medicá-la. Ela não aceitara, o que havia provado como era louca. Bem, agora estava sendo útil, ele pensar que ela seria louca o suficiente a ponto de fazer qualquer coisa.

– Por que você fez aquilo? – perguntou ele. – Por que você... fez o que fez?

– Eu tive meus motivos.

– Mas com certeza – disse ele.

Ela esperou, mas ele não continuou.

– Com certeza o quê? – perguntou ela.

– Eu não sei. Posso baixar minhas mãos por um momento? Meus ombros estão me matando.

Ela não viu por que não. Não havia nada que ele pudesse fazer, sentado de pernas cruzadas no chão.

– Obrigado – disse ele. – Você devia estar muito infeliz.

– Obrigada por sua preocupação – disse ela. – Estou comovida.

Ele moveu os joelhos para cima e para baixo e ela ouviu as articulações estalarem.

– Mas também houve bons momentos, não foi?

Os olhos dela arderam.

– Eu me lembro de alguns bons momentos – disse ele.
Ela sentiu as lágrimas se formando e lutou para contê-las.
– Por que você teve que vir para cá?

～

Se ela realmente quisesse matá-lo, poderia tê-lo atropelado na noite de domingo. Ela não tivera coragem de fazê-lo naquela ocasião e não o faria agora. Enquanto ela piscava para afastar as lágrimas, ele olhou ao redor do quarto de novo para ver se havia alguma coisa que pudesse agarrar e atirar contra ela, apenas para desequilibrá-la por um ou dois segundos enquanto saltava e derrubava a arma da sua mão. Havia um livro no chão, mas estava longe demais para que o alcançasse.

– Desculpe-me – disse ele. – Eu disse que foi um acidente.

As faces dela estavam realmente afogueadas. Quanto mais emotiva ela ficasse, Grabowski percebeu naquele momento, mais incapacitada ficaria.

– Você não tinha que fazer nada – disse ela. – Você poderia ter ido embora. Você poderia ter-me deixado em paz.

– Eu sinto muito – disse ele de novo. E realmente sentia por ela, de certa forma. – Mas você sabe, não existe uma única pessoa, se estivesse em minha posição, que teria agido de maneira diferente. Você compreende isso? Eu realmente lamento muito, mas é verdade.

Ela fungou e não disse nada, como se não tivesse confiança em si mesma para falar, mas balançou ligeiramente a cabeça concordando.

– Você se lembra da noite dos prêmios de moda em Nova York? – perguntou ele. – Acho que foi em 1994. Você estava hospedada no Carlyle, e quando chegou ao evento, havia cerca de duzentos policiais para conter a multidão. Todo mundo estava lá para ver você. – Ele fez uma pausa para ver como ela estava recebendo aquilo. Ela não mostrava nenhum sinal de querer interrompê-lo. – Os fotógrafos estava enlouquecidos, aos trancos e empurrões, todos tentando encontrar o melhor ângulo. Eu me lembro de algumas supermodelos tentando aproveitar um pouco da atenção. Nós gritamos e berramos com elas para sair dali.

～

Ele estava falando sem parar e ela estava tentando se concentrar no que tinha que acontecer agora. Eles ficaram sentados ali por tempo demais. Com a mão livre, ela acariciou a cabeça de Rufus e ele encostou o focinho na palma da sua mão.

Ela teria que abandonar aquele lugar, pelo menos disso sabia. Para além disso, não conseguia pensar. Sobre a penteadeira estava uma caixa de pó compacto de prata que Amber lhe tinha dado. Ela deveria levar aquilo. E o colar de conchas que Maya lhe dera no Natal.

– Quando você ficou hospedada na Embaixada do Brasil em Washington...

Não importava o que ele estivesse dizendo, desde que não se movesse. Ela ouviu seu celular dar um bipe e estendeu a mão para trás para pegar a bolsa sem tirar os olhos dele.

– Estou de olho em você – disse ela, enquanto baixava os olhos para ler a mensagem. *Feliz Aniversário. Saudades de você, Carson.*

– E houve aquela noite na Casa Branca...

As lágrimas escorriam pelo rosto dela. Estava tão cansada de lutar contra tudo e todos. Seria melhor desistir agora. Desligou o celular.

– E quando você estava na pista de dança...

Ela queria que ele calasse a boca e fosse embora para que pudesse dormir. Ele estava falando pelo que pareciam ser horas, e as lágrimas não paravam de vir.

– Você vê – disse ele –, houve uma porção de bons momentos. – Ele estava falando baixinho, como se com um bebê no berço. – Muitos belos momentos. E pode haver outros de novo. Nós poderíamos resolver juntos, você e eu. Descobrir a melhor maneira de resolver a situação. Imagine como vai ser espantoso, como vai ser totalmente de tirar o fôlego.

– O quê? – disse ela, enxugando as lágrimas. – O que você está falando? O que está tramando?

~

Ele estava pisando em ovos ali. Não, pior, estava pisando em um ego machucado sem saber exatamente onde estavam as fraturas. O cachorro saltou da cama e se deitou no chão aproveitando um resquício de sol do final de tarde. Era um quarto bonito, pensou ele, simples e não entulhado, uma colcha branca, paredes cinza bem claras, alguns toques de cor nas almofadas. *Esta casa humilde...* As palavras percorreram sua mente de novo. Segure firme, disse a si mesmo, segure firme.

– Posso chegar até ali? Me apoiar contra a perna da penteadeira? Assim, assim está bem, não está, eu vou apenas me mover bem devagarzinho, assim.

Ele não iria fazer pressão. Tinha que parecer ser ideia dela, tanto quanto dele. Deixá-la se habituar com a ideia por algum tempo. Ela não estava condenada a viver assim para sempre. Havia um caminho de volta e ele poderia ajudá-la a fazer com que aquilo acontecesse. Até ali, tudo bem, todas as velhas histórias dos dias de glória tinham-na deixado em lágrimas.

– O quê? – perguntou ela de novo.

– Se você quisesse – disse ele. E fez uma pausa. – Se você quisesse, poderia voltar.

Ela sorriu, mas foi um sorriso que ele não conseguiu interpretar.

– Eu poderia? – perguntou ela.

O spaniel se levantou, andou pelo quarto e então se aproximou dele. Ele moveu a mão lentamente para a cabeça do cachorro.

– Assim – disse ele. – Isso é gostoso, não é? Há quanto tempo ele está com você?

– Quase três anos.

Ele acariciou as costas do cachorro e então retirou a mão para o joelho. O cachorro avançou, querendo mais carinho.

– Não seria apenas para você – disse, enquanto o cachorro subia em seu colo. – Pense nos seus meninos. No que significaria para eles, ter a mãe de volta.

A arma estava frouxa sobre a perna dela, seus ombros estavam curvados, ela tinha perdido a compostura, perdido seu rumo. Ele acariciou o cachorro, estendendo a mão sob a barriga dele. Mais um minuto ou dois e ela estaria soluçando como um bebê.

O som da voz dela o sobressaltou, ele bateu com a cabeça contra a perna da mesa.

– Eu penso muito neles. Eu penso neles todos os dias.

– Exatamente – disse ele numa voz tranquilizadora. – Eles devem sentir muito a sua falta, tanto quanto você sente a falta deles.

– E é a sua opinião de especialista – disse ela – que era o melhor para eles? Você já pensou muito no assunto? Já pensou no assunto cerca de todos os dias durante dez anos? Todos os dias. Diga, pensou?

Ela estava bem ereta na beira da cama. A mão livre estava cerrada em punho e a outra estava muito animada. Não havia como saber o que iria fazer. Ele tinha que tentar sua manobra. Se levantasse o cachorro apertado contra o peito, fingindo acariciá-lo, poderia se apoiar com as costas e conseguir alguma tração, o suficiente para atirá-lo direto em cima dela.

– Rufus – chamou ela. Rufus saltou do colo de Grabowski e pulou de volta em cima da cama. – Bom menino – disse.

– Bem, você pensou? – repetiu ela.

Ele fechou os olhos bem apertados e suspirou.

– Não – respondeu. – Não pensei.

~

Eles ficaram sentados por algum tempo em silêncio. Ela sabia o que tinha que fazer, agora precisava reunir energia para fazê-lo.

– Quem ajudou você? – perguntou ele. Grabowski tinha esticado as pernas à sua frente. A cabeça dele estava inclinada apoiada contra a mesa. – Como foi que você fez?

– A câmera em volta do seu pescoço e a que está no carro, o laptop. O que mais? – perguntou ela.

– É só isso. – Ele estava se deixando deslizar cada vez mais em direção ao chão. – Você não pode ter feito tudo sozinha.

– Eu não acredito em você – disse ela. – O que mais?

Ele esfregou a mão sobre o rosto, sobre a barba escura em seu rosto.

– Alguém aqui sabe? E o seu namorado, você também mentiu para ele?

– Ninguém sabe – respondeu ela. – Exceto você.

Ela se levantou e ele levantou a cabeça. Ela apontou a arma direto para a cabeça dele.

– Agora, estou lhe dando mais uma chance. O que mais?

– Está bem – disse ele. – Na pousada, na gaveta da esquerda da escrivaninha, um pen drive. Uma coisinha pequenina de plástico e metal, mais ou menos deste tamanho. – Ele mostrou a ela com os dedos. – É a cópia de segurança.

– Passe-me as chaves do seu carro – disse ela. – Empurre-as para mim no chão. E o seu telefone celular. Agora a câmera. Obrigada.

Depois que ele fez isso, ela disse a ele para se levantar e abrir a porta do closet.

– Entre aí dentro e feche a porta.

– Seja sensata. Você não vai me deixar aí dentro.

Ela não respondeu e ele entrou em meio às roupas.

– Você já não está farta de tudo? – perguntou ele. Fosse lá de que você queria fugir, não pode ter sido seu sonho viver assim.

– Feche a porta – disse ela, andando até lá e trancando a porta. Aquilo não o manteria preso por muito tempo, mas talvez por tempo suficiente para permitir que ela saísse dali. Ela pegou a mala e recolheu as coisas dele do chão, pegou a caixa de pó compacto e o colar de contas da penteadeira e os enfiou na bolsa, então bateu na porta do closet. – Diga-me uma coisa. Qual era a raça do cachorro que foi atropelado quando você era menino?

Ela ouviu um som de riso abafado.

– Eu nunca tive cachorro.

– É, eu imaginei que não – disse ela.

~

Ela correu pela rua, encontrou o Pontiac e seguiu para a cidade, para a pousada. Por um momento, pensou que sua visão estivesse escurecendo e que talvez fosse desmaiar, mas era o céu se transformando, no que pareceu um instante, de rosa crepuscular, em púrpura e preto. Ela tateou em busca dos faróis. Quanto tempo antes que ele ousasse arrebentar a porta do closet e sair?

O granizo martelou o capô do carro, aniquilando qualquer possibilidade de pensamento. Foi com muita dificuldade que conseguiu se esforçar para ver através do para-brisa e manter o carro em linha reta na rua.

Ela tocou a campainha e, como a sra. Jackson não respondeu, tocou de novo e tentou ver através da janela de sacada. A luz estava acesa e através de uma fresta na cortina, ela viu o sr. Jackson instalado, como sempre, em sua cadeira, e por uma vez na vida ele parecia estar acordado, parecia estar lendo.

– Sr. Jackson! – gritou. Ela bateu na vidraça. – Sou eu, Lydia!

Ela tentou a campainha de novo. O sr. Jackson não ouvia muito bem nas melhores das circunstâncias, e com os trovões e o estrépito do granizo, não ouviria nada.

– Sr. Jackson! – Mas a voz dela se elevava fraca contra o ruído da tempestade e era carregada pelo vento.

Ela dirigiu para leste, para o rio, deixou Rufus no carro e desceu correndo pela margem, levando o laptop, o gravador que tinha encontrado com ele, as duas câmeras e o celular, escorregando no tapete de pedras de gelo. O granizo caía com força e bateu nas suas costas e na sua nuca. Quando estava quase junto da margem, ela caiu de lado. Lydia recolheu o telefone e o gravador e ainda sentada na encosta, os arremessou, com toda a força que tinha, na água. Ela se levantou, apanhou as câmeras e o laptop, desceu os últimos dois metros e parou na beira da água. Então os dispôs em fila no chão.

Pegou a primeira câmera, a segurou pela tira e começou a girá-la no ar, cada vez mais alto. Mesmo olhando à frente, conseguiu vê-la sobre sua cabeça, uma forma escura, dardejando, como um morcego voando em círculos. Ela soltou a tira. A câmera voou para o centro do rio. Ela levantou a segunda câmera e fez o mesmo. Atirou o laptop de modo que foi girando, deslizando como uma pedra branca chata sobre a superfície da água, e quando acertou a água, flutuou por alguns segundos antes de sucumbir ao sugar da correnteza.

~

Ela estava ensopada quando afinal voltou para o carro, e tremendo, embora sentisse calor, não frio. E se ela ligasse e deixasse uma mensagem para a sra. Jackson... O que poderia dizer? Não deixe seu hóspede entrar esta noite? Por favor, troque as trancas? Ela ligou seu celular. Três mensagens de Amber. Ah, Deus, ela deveria estar na sua festa de aniversário. Eram quase quinze para as nove, tinham se passado trinta e cinco minutos desde que ela o deixara. Ela tinha levado todas as suas coisas para baixo e então voltado e dito a ele que iria se sentar por meia hora e recompor seus pensamentos e que se o ouvisse se mover um centímetro, atiraria nele através da porta. Então tirara os sapatos e descera a escada nas pontas dos pés. Sem o carro, ele levaria meia hora para caminhar de volta à pousada.

E então o quê? Ela tinha que pensar racionalmente. É claro que ela tinha que sair daquele lugar, mas será que uma hora faria alguma diferença? Grabowski iria procurar os jornais com a cópia de segurança das fotos, mas ele teria que fazer sua história colar. Ela estava bem diferente, tinha estado morta por tempo suficiente, de modo que mesmo os tabloides não tocariam naquela matéria sem fazer algumas perguntas.

Ela queria apenas chegar ao aeroporto. Por que arriscar mais do que já tinha arriscado? Ela não estava naquela situação agora porque havia postergado e postergado?

Tudo que tinha que fazer era ligar para Amber e dizer a ela que lamentava. Então podia ir. Ela pressionou o botão para retornar a última chamada, mas antes que fosse completada, desligou.

CAPÍTULO VINTE E OITO

Estava escuro demais dentro do closet para ele ver seu relógio. Grabowski se agachou nos calcanhares, empurrando as camisas dela para o lado com o ombro. Porra, como, porra? Como ele tinha permitido que aquilo acontecesse? Será que ela estava realmente sentada no quarto ou tinha ido embora? Ele não duvidava de nada vindo dela. Era totalmente louca.

– Alô? – disse cautelosamente. Ela não respondeu. Isso não significava nada.

Ele sufocou um gemido. Ela tinha levado o carro dele e iria seguir direto para a pousada da sra. Jackson. Então pediria licença pata usar o banheiro e subiria até o seu quarto. Estava tudo acabado. A menos que, por algum milagre, ele chegasse à pousada antes dela.

A dor em suas costas estava excruciante, as coxas doíam, o maxilar estava tão tenso que havia se cerrado e ele mal conseguia engolir. A raiva e a frustração trouxeram lágrimas aos olhos de Grabowski. Mas que merda. Quanto tempo estivera sentado agachado ali no escuro? Grabowski se inclinou para a esquerda e pressionou a orelha contra o interior da porta do closet para ver se conseguia ouvir alguma coisa.

– Alô? – chamou de novo. De muito longe, ouviu um estrondo, as camisas balançaram sobre o seu rosto e ele as estapeou cegamente, o pânico dominando seu corpo, acertando um tabefe em seu próprio nariz enquanto se debatia. Alguma coisa caiu com estrondo e ele se arrastou depressa para o fundo do closet, cobrindo a cabeça com os braços.

Seu coração martelava tão forte que parecia ecoar ao redor das paredes laterais do closet. Respirou fundo, bem lentamente. Não estava acontecendo nada. Ele estava ficando claustrofóbico. Nenhum tiro havia sido disparado, ela não tinha gritado com ele. Um cabide havia caído e ele praticamente tinha molhado as calças.

Ele se levantou, abriu caminho entre as roupas e empurrou com força a porta do closet com as duas mãos. Então se virou de lado e a golpeou com o ombro. Afastou-se e a chutou duas vezes. A sra. Jackson ia sair naquela noite, estava falando disso há séculos, um jantar com seus velhos companheiros da associação de teatro amador. O sr. Jackson estaria adormecido em sua cadeira.

Ainda havia uma chance. Ele sentiu sua força voltar, ainda não estava esgotado. Cerrou os punhos e bateu nos braços para fazer o sangue circular, reunindo sua fúria. Com um uivo girou sobre o pé esquerdo, bateu com a cabeça no varal, e lançou um chute de caratê que despedaçou a madeira e quebrou a tranca.

~

Grabowski começou a correr, mas logo ficou sem fôlego e sentiu uma pontada no flanco. A menos que tivesse dormido de pé em algum ponto, tinha passado a noite em claro. Havia um ruído esmagador em sua cabeça, mas o ignorou, não iria desmaiar agora. Correu até o fim da rua e ficou parado ali sob a luz de um poste, se perguntando se havia um atalho que pudesse tomar. A calçada reluzia branca. Ele se agachou um momento até o chão, pegou alguns grãos e os viu se dissolverem em sua mão.

Um carro estava se aproximando e ele tentou fazê-lo parar. O carro não parou e Grabowski praguejou baixinho. Então começou a correr de novo.

Graças a Deus, ele tinha guardado sua chave da pousada separada das chaves do carro e ela não havia pensado em pedi-la. Não era tão esperta quanto imaginava ser. Um cachorro latiu de trás de uma cerca, uma televisão lampejava numa janela, uma mulher passando na direção oposta se manteve bem ao largo dele. Ele provavelmente estava com uma aparência medonha. A pontada no flanco era uma agonia de dor e ele apertou o lado do corpo, fazendo um esforço de vontade para correr mais depressa.

Ele viu o reflexo azul da luz giratória nas pedras espalhadas de granizo antes de ouvir a sirene. O carro de radiopatrulha se aproximou do meio-fio adiante dele e parou. Dois policiais saltaram e se postaram na frente dele com as mãos nos quadris.

— Posso ver um documento de identidade, por favor, senhor?

Ele tinha que se manter frio. Passou a mão pelo cabelo, como se aquilo fosse fazê-lo parecer menos desgrenhado, como se fosse ajudar alguma coisa.

– É claro – respondeu, tirando a carteira. – Algum problema?

Um dos policiais, o mais baixo, mal olhou para sua carteira de motorista.

– O senhor se importa se eu lhe fizer algumas perguntas?

Grabowski sentiu o vento em sua coxa, onde a calça estava rasgada. O vento batia em seu rosto e ele esperou que fosse suficiente para esfriar a raiva que crescia.

– Estou com um pouco de pressa, guarda, será que existe alguma forma de fazermos isso mais tarde?

O silêncio com que sua pergunta foi recebida foi irritante. Ele olhou de um para o outro. O sujeito baixinho estava batendo a carteira de motorista de Grabowski contra a perna. Seu parceiro, um homem que parecia um lápis de uniforme, um ruivo, ainda estava com as mãos nos quadris.

– Receio que não – disse o mais baixo. – O senhor pode nos dizer onde esteve esta noite?

Não havia nenhuma maneira pela qual ele pudesse explicar. E tinha que chegar à pousada entes que a sra. Jackson chegasse em casa e entregasse as joias da coroa.

– Eu saí para uma caminhada – respondeu. – Estive caminhando e agora vou voltar para Fairfax, para a pousada onde estou hospedado.

– Nós gostaríamos que o senhor viesse até a delegacia.

– Por quê? Um homem não pode mais andar pela rua? – Por um momento louco, ele pensou em correr e tentar fugir. Imaginou sair em disparada, deixar para trás o carro da radiopatrulha, desviando-se de balas, saltando cerca, correndo, ferido, mas não derrotado, rumo à vitória.

– Recebemos uma queixa de uma invasão de domicílio. O senhor corresponde à descrição. Ele limpou o espaço entre os dentes da frente com a unha do polegar. – Seja um bom garoto, vamos indo.

– Eu posso explicar – disse Grabowski, o pânico dominando-o, sua voz trêmula –, mas mais tarde. Ou os senhores podem vir comigo agora e mostrarei uma coisa que explica tudo.

– Que engraçado – disse o alto. Ele deu um tapinha nas costas de seu parceiro. – Nós queremos que ele venha conosco e ele quer que a gente vá com ele. Como deve ser?

– Vamos entrar no carro, senhor.

A maneira como o baixote metido a besta o chamava de "senhor" era deliberadamente irritante. Mas ele não iria perder a cabeça.

— O tempo — respondeu — é muito, muito precioso. — Grabowski gemeu silenciosamente. Por que diabo ele tinha dito aquilo?

— Eu o prenderei aqui se for preciso, senhor.

Porra, aquilo era demais. Ele estava farto. Aqueles dois palhaços de merda.

— Se você não parar de dizer "senhor" no final de cada frase...

— Sim. Se eu não parar, o que acontecerá, senhor?

— Olhe — disse ele, quase sufocando de ira. — Olhe, eu peço desculpas, a situação é muito, muito complicada. Se eu puder apenas ir buscar uma coisa na pousada onde estou hospedado, a caminho da delegacia...

— Algeme-o — disse o mais alto. — Ele não está cooperando.

— Eu não fiz nada! — berrou Grabowski. — Vocês não podem me prender por andar pela rua.

O canalha magrela partiu para cima dele mais rápido que um furão.

— Que tal se eu prendê-lo por resistir à prisão? — disse ele. — *Senhor*.

— Vá se foder! — gritou Grabowski. O policial estava praticamente pisando em seus polegares. Ele estava pedindo. Mesmo dizendo a si mesmo para não fazer aquilo, Grabowski sentiu sua mão se fechar num punho, e quando o punho acertou aquele nariz arrebitado e metido a besta, ele sentiu, por uma fração de segundo, uma sensação de puro e límpido êxtase.

A sala de entrevista na chefatura de polícia do condado em Roehampton era tão quente que, enquanto olhava para seu advogado, Grabowski imaginou a cadeira de plástico abaixo dele se derreter e se fundir contra as suas costas.

— Não tenho certeza de ter entendido — disse o advogado.

— Cristo, já repeti três vezes. — Na noite anterior, na prancha de metal que se passava por cama, ele praticamente não tinha conseguido dormir nada. Suas roupas, que ele agora estava usando pelo terceiro dia seguido, estavam fedendo. — E você não fez uma única anotação.

O advogado tinha espinhas no pescoço, era recém-formado e sua boca, durante a última hora tinha se contraído sem parar, tentando conter o riso.

— Deixe-me ver — disse ele, fingindo consultar seu bloco. — O senhor é um fotojornalista britânico, de férias em Kensington, e ontem à tarde arrombou e invadiu uma residência particular na rua Cedar 45, onde foi mantido refém por...

uma mulher que o senhor acredita... – A boca dele tremeu e se contraiu de novo. – Uma mulher que o senhor acredita estar vivendo sob uma identidade falsa. Sua verdadeira identidade, no presente momento, o senhor não está preparado para divulgar. Mas o senhor também acredita que quando puder provar essa verdadeira identidade, em algum momento indefinido no futuro, as acusações contra o senhor serão retiradas. – Ele revirou a caneta entre os dedos. – Sr. Grabowski, as acusações contra o senhor são agressão a um policial e de resistir à voz de prisão. E eu não entendo muito *claramente* quais são as circunstâncias atenuantes que o senhor propõe apresentar.

Grabber teve vontade de estender as mãos e apertar aquele pescoço magro e cheio de espinhas até a cabeça dele vazar e explodir.

– Escute – disse. – Escute, eu já disse, eu não estava aqui para passar uns dias de férias, porra.

– Desculpe-me, sim, o senhor disse. O senhor esteve nos Estados Unidos durante dois meses, trabalhando. O senhor tem um visto de trabalho?

Grabowski cruzou as mãos e apertou até os nós de seus dedos ficarem brancos. Era tão quente ali que ele mal conseguia respirar.

– Não, eu não tenho visto de trabalho.

– Bem – disse o advogado –, este é o menor de seus problemas agora.

A porra do canalha arrogante estava de terno e gravata, nem tinha tirado o paletó, mas não parecia estar transpirando nem um pouquinho.

– Por que eles mantêm a temperatura tão quente aqui dentro? – perguntou Grabowski. – Tem alguma coisa errada com o aquecimento? Alguém deveria reclamar.

– Está ligeiramente quente. Sr. Grabowski, eu não tenho certeza de que o senhor se dê conta exatamente da seriedade de sua situação.

Ele não sabia por que sequer se dera ao trabalho de tentar contar àquele cretino o que tinha acontecido. Mas deveria fazer mais uma tentativa. Se não conseguisse convencer nem seu advogado de defesa, nunca convenceria ninguém da verdade.

– Eu sei que é difícil de compreender – disse ele, no que esperava que fosse um tom moderado e convincente. – O motivo pelo qual eles estavam tentando me prender era porque eu tinha invadido a casa dela, foi assim que começou, e nós acabamos brigando porque eu estava tentando voltar para o meu quarto para apanhar uma prova de importância vital.

O advogado coçou o pescoço magro com a caneta.

— Mas é exatamente aqui que o senhor começa a me deixar confuso. Não há nada no boletim de ocorrência sobre nenhum arrombamento. Ninguém disse nada a respeito disso. O policial... deixe-me ver, Johnson, e o policial Nugent disseram que estavam fazendo uma patrulha de rotina na rua Montrachet, aproximadamente às nove e quinze da noite passada, quando viram um homem, possivelmente um mendigo, cambaleando e possivelmente embriagado.

— Isto é mentira — disse Grabowski.

— A calçada estava em condições traiçoeiras devido à tempestade de granizo que tinha acabado de ocorrer, e eles decidiram ver se podiam prestar alguma ajuda. Foi então que o senhor agrediu... o policial Johnson. Naquela ocasião, o senhor estava sob a influência de drogas ou de álcool?

— É tudo mentira! — berrou Grabowski. — Será que você nunca vai me ouvir?

O advogado — Grabowski não conseguia se lembrar do nome dele, mas provavelmente responderia se o chamassem de Bundão — deixou-se fazer uma pequena pausa antes de falar.

— Eu compreendo que o senhor esteja aborrecido — disse. — Mas tem que compreender que estou aqui fazendo meu trabalho, da melhor forma que posso. O que estou fazendo é tentar ajudar o senhor. Agora, o senhor pretende prestar queixa contra... a senhora em questão? O u senhor já fez isso? Eu não vi nada no relatório.

Grabowski sacudiu a cabeça.

— Ela já fugiu.

— Fugiu para onde?

— Eu não sei.

O sujeito assentiu, como se fosse a primeira coisa sensata que Grabowski tivesse dito.

— E quanto à prova... ahh... vital? Já foi recolhida?

— Ela a levou — disse Grabber. — Também se foi. — Na noite anterior, depois que eles o prenderam, cumpriram os procedimentos, tiraram suas impressões digitais e preencheram os formulários, tão lentamente quanto podiam, já era bem mais que meia-noite e toda a esperança havia desaparecido. Se eles o tivessem deixado fazer sua chamada telefônica antes, talvez tivesse podido convencer a sra. Jackson a trancar a porta.

— E o senhor poderia me contar, sr. Grabowski, quem realmente é esta mulher? Uma vez que o senhor acredita que seja de grande importância para o seu caso.

Grabber pressionou os dedos contra as têmporas e fez uma pequena massagem. Se ele se abrisse e dissesse... será que conseguiria fazer o sujeito ouvir seriamente? Ele já conhecia a resposta para aquela pergunta. Tudo que aquilo lhe valeria, se tentasse explicar, seria a possibilidade de ser examinado por um psiquiatra.

– Esqueça a mulher. Ela não é relevante, nada aconteceu, esqueça o que eu disse antes.

O homem de terno continuou assentindo, como se para dizer que finalmente eles estavam fazendo algum progresso, como se a questão inteira afinal tivesse sido esclarecida.

– Com certeza, se são as suas instruções, sr. Grabowski – disse ele. – E como pretende se declarar?

– Inocente – disse ele. – Agora me diga, em quanto tempo consegue me tirar daqui?

– O senhor poderá pagar fiança depois da audiência para a acusação.

– E quando será isso?

– O tribunal está um pouco sobrecarregado, eu diria que na segunda ou na terça-feira, possivelmente na quarta-feira.

– Eu não vou ficar aqui uma semana – disse Grabowski.

O advogado coçou o queixo com a caneta.

– O senhor pode pagar a fiança com um cartão de crédito ou pode providenciar uma carta de fiança, ou me dizer o que quer e eu farei tudo que for necessário. Vamos esperar que não seja uma semana inteira, pensando positivamente, é possível que seja um ou dois dias antes disso.

~

Durante a hora seguinte, ele andou de um lado para o outro em sua cela, fervendo de indignação. O que tinha acontecido com a acusação de invasão? Agora ele parecia uma pessoa maluca, alguém que havia atacado um policial sem nenhum motivo no meio da rua. Ela devia ter telefonado fazendo a queixa na esperança de que ele fosse apanhado pela polícia, e depois telefonado de volta dizendo que tinha sido um engano. Ela não quereria nunca encará-lo em um tribunal.

Aquilo não era justiça, aquilo era uma farsa. Era um absurdo. Seus direitos humanos estavam sendo violados e não havia nada que pudesse fazer a respeito daquilo, não havia ninguém que o ouvisse. E ela tinha brincado com ele, o tinha apanhado numa armadilha, o tinha encurralado como se ele fosse um animal. Uma pessoa tinha o direito de cuidar de sua vida sem a interferência de ninguém, uma pessoa tinha o direito de andar na rua livre de...

A porta se abriu. O sargento de plantão que lhe tirara as impressões digitais apareceu.

– Alguém lá em cima gosta de você – disse ele.

– O quê? – perguntou Grabowski. – Vocês vão me transferir agora? – Ele sabia que seria transferido para a cadeia do condado até o dia da primeira audiência no tribunal.

– Eu disse que alguém lá em cima gosta de você – repetiu o sargento. – Ou talvez você seja apenas um filha da puta de sorte.

~

O Pontiac estava estacionado na frente da pensão e o táxi estacionou atrás dele. Grabowski pagou e saiu para a calçada. Ele usou sua chave para abrir a porta da frente. O sr. Jackson estava em sua cadeira, mas nem se moveu quando Grabowski subiu as escadas silenciosamente. Ele queria sair dali sem ter que falar com a sra. Jackson sobre onde tinha estado durante as últimas duas noites.

Seguiu direto para a escrivaninha e abriu a gaveta da esquerda. É claro que não estava lá. Ele soubera que não estaria. Mesmo assim, não conseguiu conter um profundo desapontamento. Ela o tinha vencido de lavada. Ele trocou de roupas e fez as malas. A chave do carro estava na escrivaninha. Talvez ele devesse se considerar um homem de sorte, como dissera o sargento de plantão. Os patrulheiros Johnson e Nugent tinham retirado a queixa e ele estava livre para ir embora. Eles haviam errado ao preencher a papelada, aquele par de imbecis, e se ele fosse a julgamento, o caso seria arquivado por erro técnico.

– Se eu fosse você – disse o sargento –, eu tentaria evitar cruzar com aqueles dois. Eles não vão ficar nada satisfeitos se algum dia voltarem a ver a sua cara.

– É? – perguntara Grabowski. – E vão ficar satisfeitos quando eu os processar?

Ele não iria fazer aquilo, havia coisas melhores que podia fazer com sua vida do que passá-la com advogados. Em todo caso, na verdade, tinha dado um murro no policial e se você dava um murro em um policial, você era preso, era inevitável.

Grabowski pôs algum dinheiro em um envelope para pagar pelas noites que devia, deixou no último degrau da escada e saiu sorrateiro.

Havia dois carros na entrada, nenhum sinal do Sport Trac. Ele não podia partir sem checar se ela havia realmente ido embora. Andou até a casa. Uma mulher estava saindo pela porta da frente que ficara aberta. Ela estava escrevendo alguma coisa em uma prancheta enquanto andava e levou um momento até levantar os olhos e perceber a presença dele.

– Posso ajudá-lo? – perguntou ela.

– Estou procurando por Lydia.

– Eu sou a corretora de Lydia, Tevis Trower. Receio que ela não esteja aqui.

– Ah, tudo bem – disse Grabowski. – Ela está pondo a casa à venda?

– Está, eu acabei de tomar as medidas para incluir no anúncio.

– Ela... vai voltar mais tarde?

– Ela teve que viajar para o exterior de urgência, deixou as chaves comigo de manhã.

– Ah – disse ele –, para onde ela foi?

A corretora deu de ombros.

– Você acha que os pratos e os copos devem ser embalados antes ou depois da festa *open house*? – A voz veio de dentro do vestíbulo da frente.

– Eu já vou, Amber – respondeu a corretora.

Mas Amber, a lourinha sem graça da butique, saiu para a varanda.

– Ah, *alô* – disse ela. Enfiou o cabelo atrás das orelhas. – Como vai?

– Estou ótimo. Eu ia passar na loja mais tarde.

– Ah, apareça – disse Amber. – Minha assistente vai estar lá, ela tem muito bom gosto, vai poder ajudá-lo. Eu iria e ajudaria eu mesma, mas tenho que dar um jeito aqui na casa da Lydia. Não vou fazer isso hoje, estou apenas fazendo listas do que precisa ser feito e então se eu tiver tempo no domingo, venho e começo. As roupas vão para instituições de caridade, as que ela deixou, os abajures e coisas assim para a loja de antiguidades em Fairfax, os pratos ainda não decidimos o que fazer...

Ela prosseguiu tagarelando e ele ouviu, e esperou por uma chance de encaminhar a conversa para onde queria.

A corretora consultou o relógio, ansiosa para encerrar a conversa e sair dali, mas Amber, com a corda toda, não reparou.

– ... a mobília, decidimos que vamos deixar e ver se conseguimos incluir na venda. Se não conseguirmos, há uma casa de leilões que eu conheço e podemos mandar para lá. É claro que o custo de enviar tudo para a África do Sul é proibitivo. De qualquer maneira, nós sentiremos falta dela. – Ela mexeu na tira de seu vestido tipo envelope. – O senhor não sabia que ela tinha ido embora? Estava na esperança de vê-la?

– Havia uma coisa – disse Grabowski – a respeito de que eu queria falar com ela. Ela por acaso deixou um endereço para correspondência?

Amber sacudiu a cabeça.

– Não, ela vai entrar em contato depois que estiver instalada.

Ele olhou para a corretora que estava segurando a prancheta abaixada, balançando-a ligeiramente, ficando cada vez mais impaciente.

– Imagino que ela vá entrar em contato com você por causa da venda da casa – disse ele.

– O senhor vai ter que me dar licença – disse ela. – Eu preciso voltar para o escritório.

– Não tive a intenção de atrasá-la. Se tiver um número de telefone, um endereço de e-mail, alguma coisa?

A corretora estava com as chaves do carro na mão, tinha começado a descer pela entrada para carros. Grabowski a seguiu.

– Desculpe – disse ele –, mas ela não vai poder vender a casa sem se manter em contato.

Ela estava com a porta do carro aberta.

– Não que seja da sua conta – disse ela. Ela entrou no carro. – Não que seja de sua conta mesmo, mas ela me deixou uma procuração para a venda. Eu creio que houve uma crise familiar, mas não sei, não quis me intrometer. – Ela fechou a porta.

Ele bateu na janela e ela abriu.

– Então o que vai acontecer com o dinheiro? Como ela vai recebê-lo?

– Que interesse o senhor tem nisso? – Ela deu partida no motor.

– Tudo o que estou dizendo é que você deve ter uma maneira de entrar em contato com ela se necessário, e se não poderia...

– O dinheiro irá para uma conta em nome do cliente e quando ela quiser, poderá sacá-lo. De qualquer maneira, com o mercado do jeito que está, levará muitos meses. Talvez um ano. – Ela levantou a janela e deu marcha a ré no carro.

Amber estava junto do ombro dele.

– Se quiser – disse ela –, eu direi a Lydia que você está querendo falar com ela. Isto é, quando eu tiver notícias dela.

Ele sentiu pena de Amber, pela maneira como tinha sido enganada pela mulher que considerava uma amiga.

– Você não terá – disse ele.

– Não terei o quê?

– Não tem importância – disse ele. – Escute, eu preciso ir. Não creio que vá conseguir ir à sua loja. Vou ter que comprar um presente para minha mulher no aeroporto.

– Ah, também está nos deixando? – perguntou Amber. – Espero que tenha gostado de sua estadia aqui na pequenina Kensington. Talvez um dia volte. Eu sei que não acontece muita coisa por aqui, mas é um lugar simpático – disse ela sorrindo para ele. – Espero que tenha achado.

⁓

Grabowski conseguiu um assento de janela na classe econômica em um voo direto. Houve alguma turbulência durante a decolagem e ele olhou para as nuvens negras que passavam ligeiras. O avião deu um tranco e estremeceu como se estivesse raspando sobre uma superfície dura. E quando eles ganharam mais altura, as nuvens ficaram abaixo, cobrindo a terra como um véu esgarçado.

Ela tinha um irmão na Cidade do Cabo. Ele sabia que as chances eram remotas, mas tinha que tentar. Se ela estivesse lá e ele vigiasse a casa noite e dia, era possível que a encontrasse de novo. Não havia nenhuma garantia de que ela estivesse na África do Sul, apenas porque isso fora o que dissera à sua amiga. A realidade era que ela não tinha amigas, elas não a conheciam, mas ele a conhecia, e se desse tempo suficiente, pensasse por tempo suficiente, nunca desistisse, no final ele a encontraria. Ela o havia derrotado uma vez, mas aquilo ainda não estava acabado, ele descobriria uma maneira de encontrá-la.

Tinha que dormir um pouco durante o voo. Grabowski fechou os olhos e tentou flutuar no som dos motores, permitir que a vibração profunda enchesse sua consciência de modo que pudesse se desligar. Ele a viu, ela veio até ele, sentada na cama. O sol entrava obliquamente pela janela, iluminando-a lindamente, e ela estava radiante e calma e ele ficou ali paralisado, bebendo-a com os olhos. *Você estava procurando por mim?* Ele podia ver o desejo, o anseio nos olhos dela. *Foi um acidente*, disse. Ela assentiu encorajando-o e ele deu um passo à frente, levantou a câmera, levantou a arma e a encostou na cabeça.

CAPÍTULO VINTE E NOVE

O chalé ficava bem perto do lago, escondido em meio aos pinheiros. Eram cerca de duas e meia da manhã quando ela chegou e ainda não tinha ido até nenhum dos dois quartos, deitando-se no sofá empoeirado sob a luz da lua, as mãos entre os joelhos, e acordando com dor no pescoço e com o sol batendo ao redor dos tornozelos. Estava com fome. Na véspera, não tinha comido nada. Amber tinha posto provisões na mala e ela saiu para tirá-las do carro.

Na sétima tentativa, conseguiu acender o fogão e botar uma chaleira de água para ferver. Enquanto a água esquentava, comeu um pãozinho recheado, espalhando migalhas por todo lado. Rufus estava sentado aos seus pés, esperando com paciência exagerada. Ela não tinha comida para cachorro, mas tinha metade de um bolo de carne da geladeira de Amber. Tirou um pires de um dos armários e picou uma fatia para ele.

Depois do café, calçou as botas e eles caminharam entre os pinheiros sobre um leito de agulhas que era macio e úmido, alguns cogumelos brotando aqui e ali, de vez em quando uma samambaia reluzindo cor de esmeralda contra o fundo de terra marrom. De tempos em tempos, eles chegavam a uma clareira colorida por flores silvestres, pinceladas de rosas, brancos e amarelos em meio à tela de relva. Ela manteve o lago à vista ao longe à direita, de modo que afinal eles completaram o círculo, de volta ao ponto de onde haviam começado.

Quando ela desligou o telefone na véspera, antes de completar a ligação para Amber, tinha dirigido até lá para se despedir pessoalmente. Todas elas estavam lá, esperando por ela. Pretendia ficar por pouco tempo, mas acabara saindo depois da meia-noite, enquanto todos os planos estavam sendo traçados.

Ela saiu do meio dos pinheiros e andou em direção ao lago, Rufus correndo à sua frente para a margem de ardósia. Eles tinham caminhado três horas e completado dois terços do contorno do lago, e depois mais hora e meia para chegar ao chalé de Tevis. Ela agora via o longo telhado inclinado, como uma letra A escrita em meio às árvores. Passaram por algumas outras casas e cruzaram com um par de trilhas abertas por pneus na terra que sugeriam que havia outros chalés mais para dentro na floresta, mas não viu nenhum. Ela olhou através da água pouco iluminada, o verde denso da floresta, em direção às colinas azuladas que se elevavam num borrão contra o horizonte. Uma sombra passou acima, desceu veloz para o lago e se elevou em lenta a silenciosa comoção, o peixe gordo prateado se debatendo nas garras da águia.

Tinha contado a elas que uma coisa havia acontecido, o que significava que ela precisava partir e que não voltaria.

– Por que você não nos deixa ajudar? – perguntou Esther. – Talvez possamos dar um jeito.

– Existem coisas que eu não posso contar a vocês – disse Lydia. – E eu não quero mentir.

– O que você não pode nos contar, não precisamos saber – disse Esther. – Diga-nos o que precisa acontecer agora.

Ela caminhou até a beira da água, sentou numa pedra e tirou as botas e as meias, os jeans e a camiseta. A ardósia pareceu cheia de pontas duras sob as solas de seus pés, e então cedeu lugar ao cascalho que lhe massageou os pés à medida que andava para dentro da água, com insetos coloridos deslizando sobre a superfície, caçando os rastros deixados pelas pontas de seus dedos. Tentou manter os pés no fundo à medida que avançava mais para dentro, com a água primeiro na cintura, depois no esterno, na clavícula, queria andar até estar acima de sua cabeça, mas seus pés subiam, os quadris se levantaram sem peso na água e ela começou a nadar.

Quando ficou cansada, se virou de costas, agitando os pulsos e tornozelos para ficar boiando, olhando fixamente para a extensão lisa azul. Ela se virou de novo, nadou de volta para a margem e sentou-se no pedregulho para se secar.

Na noite passada, Suzie havia telefonado para o marido e ele ligara de volta assim que prendera Grabowski e o levara para a cadeia.

– Você se sente mal pelo que fez? – perguntou Suzie. – O homem invade sua casa, entra em seu quarto, ele merece receber o castigo que está a caminho.

– Leve o meu carro – disse Tevis. – Eu posso pegar um emprestado no trabalho. Vá para o chalé. Eu ainda não dei uma limpeza nem arrumei, mas ninguém vai saber que você está lá além de nós.

– De que mais você precisa – perguntou Esther – para que seja possível voltar?

Ela vestiu as roupas e chamou Rufus, que havia saído para passear na floresta. Eles partiram desta vez andando ao lado da linha da água, e ela andou com o sol batendo em suas costas, e na ardósia vermelha, marrom e negra, com partículas douradas que rebrilhavam.

Quando afinal chegaram ao chalé, suas pernas estavam doloridas e ela tirou as botas e sentou no sofá. Havia teias de aranha em cada canto do teto e riachos de poeira por toda parte. As cortinas, que estavam semifechadas, eram amarelo-claras, quase translúcidas, no alto, e mostarda sólida abaixo do peitoril da janela, como se no correr dos anos a cor tivesse escorrido para baixo até formar uma crosta espessa na bainha. O ar cheirava a tapetes velhos e papelão úmido e muito ligeiramente aos ramos de lavanda seca que estavam arrumados em um buquê sobre a mesa.

Seu celular tocou e ela o tirou do bolso.

– Ele foi embora – disse Tevis. – Eu o segui até o aeroporto.

– Aqui é lindo – disse Lydia. – Eu gostaria de ficar alguns dias.

– Fique o tempo que quiser. Amber foi até a sra. Jackson esta manhã e tirou aquele negócio de que você precisava da gaveta da escrivaninha dele. O pen drive com todas as fotos. Ela o jogou fora.

– Eu ainda não sei – disse Lydia – se vou poder voltar. Você me liga se... se alguma outra coisa acontecer?

– Ligo, mas, Lydia, aqui é o último lugar em que ele vai procurar você agora.

– Se eu pudesse contar a você... – disse Lydia. – Você sabe, se eu pudesse contar, eu contaria.

– É como a Esther disse. Você não precisa nos contar nada.

Ela se deitou no sofá com as mãos atrás da cabeça. Se Grabowski tivesse mentido para ela, se ele já tivesse enviado as fotografias, então no máximo naquele fim de semana Kensington seria sitiada. Era por isso que era fora para lá, para o caso de a cidade pegar fogo.

Todas as teias de aranha estavam abandonadas, dilapidadas, sem aranhas. Havia caixas cheias de livros e revistas no chão abaixo das prateleiras vazias. Talvez o dono anterior tivesse ficado sem espaço no carro e tivesse achado que não valia a pena mais uma viagem para buscá-las. Será que Grabowski tinha mentido? Se ele tivesse mentido para ela, ele não teria estado tão desesperado para chegar à pousada e pegar o pen drive. Ele tinha dado um murro no nariz de Mike. Coitado do Mike. Ela tinha causado muitos problemas para seus amigos. Talvez fosse melhor para todo mundo se ela se mudasse e começasse de novo.

Ela pensou em ligar para Carson. Não tinha respondido a mensagem de texto dele. Mas o que poderia dizer? Permitira a si mesma começar a tecer uma fantasia sobre contar-lhe tudo. A fantasia fora de que ele compreenderia. A única pessoa no mundo que entenderia. O que ela tinha que compreender era que sempre estaria sozinha.

Será que estava sozinha? Suas amigas tinham feito mais por ela do que tinha qualquer direito de esperar, mas que tipo de fardo, que tipo de tensão agora seria posta sobre aquelas amizades?

Sempre tecendo fantasias. Eram tão vazias quanto aquelas teias de aranha no teto. Ela havia pensado que poderia ver seus meninos de novo, que encontraria uma maneira. Se, há dez anos, tivesse sido a pessoa que era agora, então ainda estaria com eles, eles não seriam crianças sem mãe. Eles não eram mais crianças. Era difícil imaginar agora a pessoa que ela tinha sido. Se encontrasse seu eu mais jovem, quanto teriam em comum, o que diriam um ao outro?

～

Na manhã seguinte, ela caminhou e nadou e então começou a arrumar a casa. Não havia aspirador de pó, mas havia uma vassoura e ela enrolou os tapetes e começou pelos tetos. Encontrou um espanador de pó e uma lata de lustra-móveis debaixo da pia, limpou as prateleiras e a mesa, abriu as cadeiras dobráveis e as limpou. Então varreu os pisos, e Rufus se meteu no caminho e espirrou e espirrou. Na cozinha, passou um esfregão no linóleo, esfregou os azulejos com uma escova de aço e limpou o mofo do rejunte. Esfregou as torneiras até elas brilharem.

Sempre que parava para respirar, John Grabowski surgia em sua mente. Houve um momento em que ela havia considerado apertar o gatilho. E se ela o tivesse feito? Será que teria sido capaz de fazê-lo? Será que era capaz de matar outro ser humano? Não poderia tê-lo feito. Ela disse a si mesma que não teria sido capaz de fazê-lo. Houve um momento em que poderia tê-lo feito. E por quê? Por fazer, como ele dissera, o que qualquer outra pessoa na posição dele faria.

Ela tirou as cortinas da sala e dos quartos, as lavou na pia e as pendurou sobre a cerca que se estendia ao redor do deque na frente da casa. Esvaziou os armários na cozinha e lavou os pratos, esfregou as prateleiras com um pano molhado e guardou a louça de volta. Então começou a limpar o banheiro, esfregando as manchas na privada, o interior da banheira, lavando e secando os espelhos, dando-lhes brilho com um pedaço de jornal amassado.

Amber tinha lhe dado alguns lençóis e ela então tirou a colcha da cama. Arrastou o colchão para fora para arejar. Levou o outro para fora também. Então espanou e varreu os quartos e limpou as janelas. Àquela altura, estava ficando escuro e comeu um pedaço de pão com queijo e deu a Rufus um sanduíche de patê.

Ela revirou as caixas em busca de alguma coisa para ler. Havia revistas de pesca e de jardinagem, mais jornais velhos, um manual de identificação de pássaros, uma enciclopédia, livros de receitas, guias de viagem, uma série de atlas em capa dura e alguns livros de capa mole. Todos exceto dois dos livros, eram romances em francês e o francês dela não era bom o suficiente para ler. Dos dois que restavam, um tinha perdido a capa e as primeiras páginas. O outro era *Crime e castigo*, um dos livros que Lawrence dera a ela.

Ela acendeu um abajur e se sentou no sofá com o livro nas mãos. Leu a quarta capa, virou o livro e o colocou no colo. Ela esperava que Lawrence não tivesse estado sozinho quando morrera, ela teria estado com ele se tivesse podido.

— Se eu não estiver lá na data marcada — dissera ele —, só poderá significar uma coisa. — Ela tinha ficado de pé a noite inteira, esperando, sabendo em seu coração que ele não viria, sabendo o que significava. Ao raiar do dia, ela saiu para o pátio e acendeu uma vela, colheu algumas flores para pôr ao pé de um velho carvalho e rezou uma oração, um funeral sem corpo.

Lawrence achava que ela poderia ler aquele livro. Ela o abriu na primeira página, mas não conseguiu ver as palavras por causa das lágrimas. E ele sempre tinha sido tão gentil com ela, a tinha em tão alta conta, que provavelmente era uma outra maneira de demonstrar seu amor. Isso não significava que ela de fato tivesse condição de ler o livro. Ela o fechou e o largou.

Saiu da casa e olhou para o céu cheio de estrelas e para a lua prateada que havia caído sobre o veludo do lago.

Na sexta-feira, primeiro nadou e depois caminhou durante o resto da manhã. Durante a tarde, lustrou os armários e tentou fazer as maçanetas de metal brilharem. O forno parecia ter testemunhado algumas cremações e não havia pasta apropriada para limpá-lo, mas ela deu o melhor de si para raspar o pior dos restos queimados com uma faca. Quando estava quase acabando, sua mão escorregou e ela cortou o polegar. Pôs o dedo debaixo de água corrente até que a pele ficou branca e enrugada e o sangramento cessou. Então limpou a placa do forno e a chaleira, escaldou as panelas com água fervendo e as areou com palha de aço.

Varreu o deque e arrancou as ervas das fendas nos degraus de madeira. O que mais faltava fazer? Limpou as mãos nos fundilhos das calças jeans e a testa com o dorso do braço.

Os tapetes ainda estavam enrolados no fundo da sala de visitas, e ela os trouxe para fora e bateu neles com um velho bastão de beisebol, até que a poeira parou de sair voando a cada batida. Então os levou para dentro e os estendeu.

Depois do jantar, sentou do lado de fora com Rufus no colo e pensou em ligar para Carson. Será que ele gostaria que ela ligasse? Se contasse a ele quem havia sido, será que ele ainda a veria como a pessoa que era agora? Não havia nenhuma maneira de contar alguma coisa a ele sem lhe contar sobre seu crime monstruoso. Ele havia desistido da filha, mas ela já lhe havia sido tomada. E uma mãe que abandona seus filhos não pode ser perdoada por ninguém.

Todo dia, pelo resto de sua vida, ela se perguntaria a mesma coisa: será que eu podia ter ficado?

Para começar a conhecer a resposta ela tinha que se reencontrar, da maneira como era naquela época, se lembrar de como as coisas tinham sido. Era como se encontrar com uma desconhecida. Será que ela poderia apresentar aquela desconhecida angustiada a Carson? Esperar que ele compreendesse?

Ela acariciou as orelhas de Rufus e ele ganiu enquanto dormia.

No sábado, seu telefone celular sinalizou um alerta de entrada de mensagem de texto e o espírito dela exultou. Se ele tivesse mandado mais uma mensagem, ela ligaria de volta e eles encontrariam uma maneira de vencer os obstáculos. Era Amber, *Apenas checando para saber se você está bem.* Ela enviou uma mensagem de volta para dizer que estava ótima, que não se preocupasse e agradecendo por tudo.

Caminhou e nadou, fechou com arame os buracos nas telas das janelas e passou óleo de linhaça na mobília do deque.

Pensou em Carson derrubando a árvore no quintal dos fundos de sua casa, nas partículas de serragem na clavícula dele. Sentiu o gosto do seu suor. Ouviu sua voz. Sentiu dentro do peito "Pôr-me no lugar de outra pessoa faz parte de meu trabalho. Eu nunca pensei que ele fosse maluco."

No dia seguinte, seguiu sua rotina matinal de caminhar e nadar. Cada passo e braçada que dava a levavam para mais longe de John Grabowski, a faziam acreditar que ele realmente tinha ido embora, que ele não estava mais no seu encalço. Ela havia se livrado dele. Tinha reencontrado seu equilíbrio. Ele ainda estaria procurando por ela, e nunca compreenderia que a pessoa por quem estava procurando não podia mais ser encontrada.

Não conseguiu pensar em mais tarefas para fazer na casa. Limpou o chão da cozinha com o esfregão de novo. Então foi para as caixas e folheou as revistas de jardinagem. Folheou um atlas. Pegou o romance sem capa e começou a ler, ainda sentada no chão.

Passou para o sofá e continuou lendo. Era sobre um personagem chamado Ivan Denisovich Shukhov, um preso em alguma espécie de campo de prisioneiros. Virou o livro e o folheou tentando descobrir o nome do autor. Os nomes de todos os personagens eram russos, portanto o autor provavelmente também era russo. Era um livro fácil de ler, frases curtas e ninguém que falasse como Lawrence, como se tivesse saído de um dicionário. Os prisioneiros tinham que trabalhar em uma construção e eles viviam com tanto frio e tão famintos que tudo em que conseguiam pensar era em como sobreviver a mais um dia. Fazia vinte graus abaixo de zero e os prisioneiros não estavam suficientemente vestidos. Se acrescentassem camadas adicionais sob o uniforme, eram punidos. Shukhov pensava sobre o pedaço de pão que tinha guardado do café da manhã e costurado em seu colchão.

Ela pensou que ele fosse morrer no final do livro, que esta fosse a história. As condições eram tão extremas que era isso o que ia acontecer. Continuou a ler. *Pode um homem que está aquecido compreender outro que está morrendo de frio?*

Durante as quatro horas seguintes, leu sem levantar a cabeça; quando Rufus se levantou de um salto e quis brincar, lhe fez carinho, mas continuou lendo. Ela se moveu no sofá, trocou de posições, esticou as pernas, trocou o livro de uma mão para a outra, tudo sem interromper o fluxo da leitura. Estava começando a escurecer e tateou em busca do interruptor do abajur; os guardas estavam revistando Shukhov e ele tinha um pedaço de metal escondido na luva. Eles não o encontraram e ela respirou aliviada. Já não tinha mais tanta certeza de que ele iria morrer, ele era um sobrevivente.

Ao final do livro, Shukhov ficava agradecido por ter vivido mais um dia. Ele concluía que era um bom dia, que conseguiria obter rações extra. Ela fechou o livro e ficou sentada ali cheia de anseio, uma vontade tão intensa que a fazia tremer.

Foi para fora olhar as estrelas. Quando voltou, havia uma nova mensagem de texto em seu telefone, e desta vez era de Carson. *Onde você está? Estou com saudade. Será que podemos tentar de novo?*

Por algum tempo, olhou fixamente para a tela. Ainda não havia decidido o que era possível. Será que iria mergulhar de novo no desconhecido?

Ela se despiu, foi até o banheiro e pegou uma toalha. Então correu para fora do chalé, atravessou o deque, desceu a escada e, sem fazer uma pausa, correu para dentro da água até a altura das coxas. Então mergulhou e nadou na escuridão. Estava nadando para longe da terra e em direção à escuridão e viu Lawrence no barco a remo, o reluzir de sua cabeça calva, subindo e descendo. Levantou um braço e acenou para ele, e ele desapareceu, mas ela continuou a nadar.

AGRADECIMENTOS

Minha pesquisa para *A história não contada* se baseou em muitos livros, artigos e *websites* sobre a instituição da realeza, sua evolução nos últimos anos, e o papel que os paparazzi desempenharam nesta mudança. Em particular, encontrei inspiração nos fatos e análises perceptivas contidas em *The Diana Chronicles* de Tina Brown. Também gostaria de reconhecer minha dívida a quatro outros livros: *Diana: sua verdadeira história* de Andrew Morton, *Diana: em busca de si mesma* de Sally Bedell Smith, *Diana e os paparazzi* de Glen Harvey e Mark Saunders, e *Paparazzi* de Peter Howe. Sou muito grata a todos estes autores.

Este livro foi composto em tipologia Adobe Garamond Pro,
utilizando papel Chamois 80g/m²
e impresso nas oficinas da gráfica STAMPPA para a Editora Rocco.